추사2

추사
秋史

2

한승원 장편소설

열림원

차례

추사 1

인명·용어 풀이

十
五

달려가는 낙엽

혼침.

추사는 자기가 혼침 속에 들어가 있다는 것을 알고 있었다. 이 혼곤하면서도 편안한 잠은 안식이고, 그 안식은 이승과 저승의 간극 속에 놓여 있는 시공이고, 그 시공은 무극으로 달려가는 태극의 바람이고, 그 바람은 무지갯살이거나 붉은 노을 같은 것이다. 노을은 사람을 취하게 한다. 혼침은 알 수 없는 세상으로 나아가는 황홀한 시공이다.

이른 아침에 동편 하늘에서 피어오르는 것도 노을이고 저녁에

서쪽 하늘에서 피어나는 것도 노을이다. 왜 하루의 시작과 종말을 모두 노을이라 이름했을까. 노을은 치자 색깔의 빛, 신神의 비낀 볕斜陽이다. 그 비낀 볕의 시공은 갓난아기의 입김처럼 여리어 탄력이 느껴지지 않는다. 그 황홀한 시공은 그것을 느끼는 자만 안다.

어질어질하다. 혼침 속에서 어디론가 둥둥 떠간다. 입극도 속의 소동파처럼 차려입고 간다. 혼령 같은 흰 꽃 너울 출렁거리는 마른 갈대숲을 지나고 억새숲을 지나간다.

'昏沈(혼침)' 두 글자를 예서체로 쓰고 싶다. 고졸하고 기괴한 글씨 형체는 노을 속에서 더 잘 보인다. 노을의 색깔은 어떤 색깔이냐. 마지막 빛 바다의 색깔, 까치노을이다.

'까치노을', 다른 바다 다른 섬에는 숯가루 같은 땅거미가 부슬부슬 내리기 시작했는데, 오직 어느 한 섬을 둘러싼 바다에만 치자색 빛을 번하게 뿜고 있는 것. 그것은 약으로 치자면 만병통치의 약이다. 탐욕과 미움과 저주와 질시와 오만을 해소시켜주는 약.

'나는 아무 말도 하지 않았다.'

사실인지 아닌지 모르지만, 석가모니가 열반에 들면서 제자들에게 유언했다고 전해지는 그 말의 색깔은 까치노을의 빛을 닮았을 터이다. 아, 나 지금 혼침이라는 마지막 빛 바다를 즐기고 있다. 그 속에서 사유하고 있다. 그 마지막 빛 바다로 인한 사유는 최고의 자유자재라는 언어이다. 사람에게는 육체와 혼이 있는데, 그

혼의 정체는 무엇일까. 어떻게 생겼을까. 하인 방이의 늙은 아버지 쇠돌이는 인간의 혼의 정체를 한 마리의 벌레라고 말했었다.

추사가 연경에 다녀온 뒤의 어느 여름 한낮에 나른하여 숭정금실에서 잠 한숨을 자고 일어났는데 작달작달 소나기가 제법 오랫동안 내렸다. 저 정도 내렸으면 빗물이 마당을 넉넉하게 적시고, 처마 끝의 낙수가 마당을 한 바퀴 돌아갈 터이고 더위가 한풀 꺾이었을 거라는 생각을 하는데, 창문 너머에서 도란도란 이야기하는 소리가 들려왔다.

바깥의 처마 밑에서 하인 쇠돌이가 제 아들 방이에게 이야기를 하고 있었다.

"이렇게 소나기가 갑자기 내려서 마당 물이 한 바퀴 돌아가는 때에는, 저런 섬에 갇힌 개미 같은 미물들을 반드시 구해주어야 하는 법이란다."

방이가 왜 그러느냐고 묻자, 쇠돌이가 말했다.

"옛날 어느 여름 한낮에 꼭 이렇게 소나기가 내렸던가보더라. 몸이 많이 편찮으신 늙은 아버지는 방에서 혼침에 빠져 있고, 병간을 하던 젊은 아들은 시방 우리들 둘이같이 이렇게 툇마루에서 앉아 비 내리는 것을 보고 있었는데, 처음 보는 하얀 벌레 한 마리가 저 개미 같이 섬에 갇혀가지고 어찌할 바를 모르고 뱅뱅 맴돌고 있더란다. 그 벌레를 민망하게 여긴 아들이 막대기 하나로 다리를 놓아주니까 그 벌레가 그 다리를 건너 댓돌로 올라가더란다. 이놈이 어디로 가는가 보자, 하고 가만두고 있으니까, 그 벌레는 기둥을 타고 올라가더니 툇마루를 건너가서 아버지가 잠들어 있는 방으로 들어갔지. 이상스러운 벌레다, 저것이 어쩌는가 보자, 하고 있으니까, 그것이 아버지의 목을 타고 올라가더니 콧구멍 속으로 들어가버렸어. 아이고, 이를 어쩌나, 진즉 잡아 죽일 것을 그랬다 하고 후회를 하는 참인데, 이때껏 혼침에 빠져 있던 아버지가 눈을 번쩍 뜨더란다. 그러더니 댓돌 위에 서 있는 아들을 불러 이런 이야기를 하더란다. '내가 저승엘 갔다가 오는데 비가 억수로 쏟아져서 강물이 범람했단 말이다. 어떻게 건너올 수가 없어 방황을 하고 있는데, 하늘이 도왔는지 문득 다리 하나가 강물 한가운데 놓여 그 강을 건너왔다.' 그 일이 알려진 뒤로부터 사람들은, 비 오는 날 섬에 갇혀 있는 벌레가 있으면 막대기로 다리를 놓아 도와준단다."

오랫동안의 혼침에서 깨어난 추사는 눈을 뜨고 상우와 허유를 바라보았다. 밖에서는 바람이 말을 달리고 있었다. 청계산 중턱에서 부엉이가 한 많은 늙은 남자처럼 음산하고 걸걸한 목소리로 울었다.

"대감, 하실 말씀이 있으시면 시방 해주십시오."

초생이 말했다. 추사는 초생 옆에 있는 상우의 얼굴을 멀거니 쳐다보았다. 상우의 눈길이 추사의 눈 속으로 들어가고, 추사의 애처

로워하는 눈길이 상우의 눈 속으로 들어갔다. 그 눈빛들이 많은 말을 하고 있었다.

'글씨 쓰는 것, 난초 치는 것, 그림 그리는 것, 경학 공부 그 어느 것 하나도 제대로 이루지 못한 상우 저놈이 먹고살 만큼 무엇인가를 남겨주고 가야 하는데…….'

추사의 눈빛에서 그 말을 읽어낸 상우가 고개를 떨어뜨리면서 두 손바닥으로 얼굴을 가렸다. 상우의 머리에 희끗희끗한 머리칼들이 몇 오라기 보이고, 눈가에 잔주름살이 그어져 있었다.

내 무슨 업을 이렇게도 많이 지어놓고 떠나가는가. 추사는 눈을 감았다.

인연 혹은 슬픈 업장

　제주도로 온 지 두 해 뒤에 부인 예안 이씨가 먼 나라로 떠나
갔다.

　추사는 촛불을 책상 위에 밝혀놓고 그녀를 조상했다. 그가 당한
환난을, 그녀는 자기의 박복으로 말미암은 것이라고 슬퍼하며 죽
어갔다고 했다.

　"아미타 세상, 거기 먼저 가서 기다리시오."

　초생이 난초 같은 여자라면, 예안 이씨는 금방 써놓은 예서 같은
여자였다. 초생에게서는 난초 향기가 풍기고 예안 이씨에게서는

고졸한 묵향이 풍겼다.

추사는 그 두 여인을 다 사랑하고 아꼈다. 어떻게 두 여자를 똑같이 사랑할 수 있느냐고, 아무래도 첩 쪽으로 마음이 더 기우는 것이 상례이지 않느냐고 하지만 그는 그렇지 않았다.

난초 치는 즐거움이 있듯이 예서 쓰는 재미가 있었다. 난초를 치면서도 환희심에 빠져들고, 예서를 쓰면서도 황홀감에 깊이 빠져들었다.

예안 이씨는 풍성한 몸과 수더분한 정의 여자였고, 초생은 늘씬하고 산뜻한 몸과 여리고 청초한 여자였다. 예안 이씨에게 이리저리 굼실거리듯이 찍어야 하는 점과 물고기의 삼절의 파닥거림 같은 획과 아슬아슬한 삐침과 곱고 아름다운 파임이 있다면, 초생에게는 수양버들 가지처럼 낭창거리지만 꺾이어 떨어져 나가지 않는 유연함이 있고, 죽죽 뻗어나가면서 가녀린 몸을 세 번 외틀고 그때마다 오묘하게 표정을 바꾸지만 절개를 굽히지 않는 향기로운 지란芝蘭으로서의 자존이 있었다.

초생은 예안 이씨의 투기로 인해 떠나가면서 상우를 보내왔고, 이후 소식을 끊었다. 그렇게 하루도 그의 품에 들지 않으면 못 견디던 그녀가 어디로 잠적을 했을까. 예안 이씨는 하늘이 무너지고 땅이 꺼지는 집안의 환란家禍에 쫓겨 예산으로 들어간 다음 죽어갔다. 그 두 여인과의 만남은 슬픈 인연이었다. 나를 슬프게 하는 그 인연이란 무엇인가.

석가모니 부처님은 인연은 없다고 했다. 인연은 있는 것처럼 보일 뿐 원래 없는 것이라고 했다. 허무하고 또 허무하다. 허무는 기묘한 힘을 가지고 있는 것이었다.

그 진한 잿빛의 안개 같은 허무의 색깔을 더 진하게 물들이는 것은 날아올지도 모르는 사약에 대한 두려움과, 피부 가려움 안질 혀에 생기는 종기 따위의 풍토병으로 인한 육체적인 고통, 빈대 벼룩 모기 파리 지네 따위의 벌레들로부터의 시달림이었다.

허무는 무력증을 가져왔다. 무력증은 몸과 마음을 땅속으로 가라앉게 했다. 그 허무로부터 벗어나기 위하여 그는 날마다 글씨를 쓰고 또 썼다. 불제자들은 참선을 통해 정심에 이르지만, 유학자들은 사업을 통해 정심에 이른다. 그에게 있어 사업은 시 짓기 글씨 쓰기 난초 치기 그림 그리기였다. 날이면 날마다 마주 대하는 하늘과 땅이 들려주는 말들을 그는 시 짓기와 글씨 쓰기와 난초 치기와 그림 그리기라는 언어로 번역하여 발음하고 있었다.

만일 내가 쓴 글자의 한 점 한 획 한 삐침 한 파임, 내가 친 난초 잎사귀 한 개, 봉의 눈이나 날개 치는 메뚜기 같은 향기로운 꽃 한 송이, 내가 그린 안개 자락 속의 산봉우리들이 잘못 번역되어 발음된 것이면, 사람들은 내 작품들에게서 하늘과 땅의 말을 알아듣지 못한다. 남들이 알아듣지 못한 말을 지껄거리면서 어떻게 나를 엄습하는 허무를 잡아 없앨 수 있단 말인가. 그리하여 추사는 글자의 한 점 한 획, 난초의 잎사귀 하나, 그림 한 폭에다 혼신의 힘을 다

기울였다.

그런 어느 날 상우와 허유가 하인들과 더불어 왔는데, 상우가 그의 사철 옷 들어 있는 옷 보따리와 홍삼 자루를 펼쳐 보였다. 거기에 서찰 하나가 들어 있었다.

대감, 놀라시지 마시옵소서. 소첩은 초생이옵니다. 원악도에서 고초가 얼마나 자심하실까, 소첩은 밤잠을 이룰 수 없사옵니다. 이 옷들은 원악도에 계시는 대감을 생각하며 한 땀 한 땀 감치고 기운 옷들이옵니다. 이 옷이 대감의 옥체를 겨울에는 다사롭게 하고 여름철에는 시원하게 감싸기를 부처님께 비옵니다. 그리고 함께 보내드린 홍삼은 인삼과 달리 약하신 몸을 잘 보양하는 약제이옵니다. 잘게 다진 것이므로, 입에 넣고 씹기도 하고 침으로 녹여 국물을 빨아 삼키기도 하십시오. 대감 부디 옥체 안강하게 보존하시옵소서.

원악도遠惡島에서 살아남기

발끝 어딘가를 바늘로 찌르기도 하고 우벼 파기도 하는 듯한 고
통 때문에 소스라쳐 놀라 일어났다. 순간 추사는 지네에게 물렸구
나, 하고 생각되어 벌떡 몸을 일으켰다. 그렇지만 그는 발을 세차
게 흔들어 뿌리쳐 털지 않았다. 이놈을 기어이 잡아야겠다고 생각
한 때문이었다. 만일 뿌리쳐 털어버리면 지네가 서책의 틈새 어디
론가 숨어버릴 것이므로.

발끝이 떨어져 나가는 듯싶지만 이를 악물어 참고, 재빨리 유황
개비를 찾아 화로의 알불에 대어 불을 일으키고, 파르스름하게 일어

난 불을 소태 기름접시의 심지에 붙였다. 방 안이 어슴푸레하게 밝아졌다.

지네에게 물린 발을 불에 비췄다. 새끼발가락과 그 옆의 발가락 사이에 지네가 머리를 처박은 채 꼬리를 이리저리 꼬물거리고 있었다. 세필 붓 반 토막 크기쯤 되는 지네였다. 등가죽은 까맣고 발들은 황금색인 그놈의 머리 처박혀 있는 자리가 바늘로 쑤셔대는 듯 아팠다.

그는 그놈의 몸 누를 막대기를 준비한 다음 그놈을 방바닥에 떨어뜨려놓았다. 이놈은 몸 전체로 재빨리 새 을乙 자를 그리면서 달아났다. 이놈을 산 채로 잡아 말려야 한다. 이놈의 몸은 피부병에 좋은 약이다. 머리 부분을 막대기 끝으로 눌렀다. 그리고 옆방의 상우를 불렀다.

"실로 묶어라."

선잠을 깬 상우가 눈을 비비며 달려와서 실로 그놈의 머리 부분을 묶었다.

"처마 끝에 달아매놓아라. 바싹 마르면 약으로 쓰게."

상우가 지네를 들고 나갈 때부터 온몸에 식은땀이 흘렀다. 미열이 오르고 있었다. 발끝의 통증이 정강이와 종아리를 거쳐 아랫배 쪽으로 올라왔다. 발과 발목이 끊어지는 것처럼 아팠다. 통증으로 말미암아 눈앞이 흐려졌다. 혼절을 하게 되지 않을까. 아니 이놈이 내 몸에 풀어놓은 독이 내 심장을 마비시킬지도 모른다. 그러면 하릴없이 죽게 될 것이다. 아, 이 원악도에까지 와서 독충에게 물려 죽다니, 참으로 억울하고 허무한 죽음이다. 아니다. 조금만 참자. 독사에게 물리면 죽지만, 지네에게 물려 죽지는 않는다고 했다. 그렇지만 너무 아프다. 통증과 더불어 죽음에 대한 공포가 육신과 정신을 통째로 흔들어댔다.

"대감마님, 많이 아프시지 않습니까? 의원을 불러오지 않아도 되겠습니까?"

지네를 매달아놓고 들어온 상우가 무릎을 꿇고 앉으면서 그의 얼굴을 쳐다보았다.

"염려 마라. 곧 좋아질 것이니라."

이 아픔을 누가 대신 아파줄 것이랴. 하늘 위 하늘 아래 나 혼자 우뚝 서 있을 뿐인 天上天下唯我獨尊 나를 누가 도와줄 것이냐. 내 아픔은 내가 혼자서 견디어야만 한다. 그가 한 손으로 힘껏 누르고 있는 발끝을 보던 상우가

"빨갛게 부어오릅니다" 하더니 밖으로 나가서 무명 수건에 찬물을 적셔 가지고 왔다. 그것을 빨갛게 부어오른 부위에 올려놓았다. 추사는 그 물수건을 손바닥으로 누르면서 상우에게

"시원하구나. 어서 가서 자거라" 하고 말했다.

상우가 문을 열고 나갔다. 기름접시 불을 껐다. 방 안에 어둠이 가득 찼다. 자리에 누웠다. 잠을 자버리면 통증을 잊게 되리라. 그러나 아픔은 더 심해졌고, 가슴이 답답해지고, 눈앞의 어둠이 선회

했고, 속이 메스꺼워지기 시작했다. 이러다가 정말 죽게 되는 것 아닐까. 심호흡을 거듭하며 어둠을 노려보았다. 그 순간, 그렇다, 하고 속으로 소리쳤다. 이럴 때에는 글씨를 써야 한다. 삶의 고통스러움으로부터 벗어나는 길은 글씨 쓰는 일뿐이다.

몸을 일으키고 유황 개비를 찾아 불을 밝혔다. 자리끼 한 모금으로 타는 목을 축이고 나서, 벼루에 물을 붓고 먹을 갈았다.

전지를 펼쳐놓고 붓을 잡았다. 이때는 작은 글씨보다 큰 글씨를 써야 한다고 생각했다. 큰 글씨의 한 개의 점 한 개의 획 한 개의 파임은, 쓰는 사람의 심혈과 혼을 확실하게 빨아먹어야 풋풋하게 살아 꿈틀거린다.

예서로 쓰자 했다. 글씨 가운데서도 예서법이 가장 마음에 들고, 한두 자 쓰면 곧 글씨 쓰기의 삼매경 속에 빠져들게 한다. 예서 쓰기의 신결神訣은 해맑고 드높고, 예스럽고 아름다운 뜻과 문자향과 서권기에 있다.

무엇을 쓸까. 그렇다. 꿈을 통한 추사와 지네의 경계를 쓰자.

추사가 꿈에 지네가 된 것인가
지네가 꿈에 추사가 된 것인가.
秋史之夢爲蜈蚣與 蜈蚣之夢爲秋史與

이것을 쓰고 났는데도 아직 발가락의 통증이 남아 있었다. 통증

다스리는 것도 장자의 본을 받아 추사의 글씨 쓰기의 법으로 치유할 수 있다.

추사가 예법으로 글씨를 쓰는데, 그 손으로 붓을 잡는 것이나 팔꿈치를 들고 쓰는 것이나 점 찍는 것이나 획을 건너긋는 모양이나 파임을 그려내는 품이 음악적인 가락 그것이고, 그 행동이 옛날 상림에서 기우제 지내던 무당의 춤 그것이고, 잡이들의 장단 그 자체이다.

　　秋史隷書 莫不中音 桑林之舞 經首之會

이 대목을 쓰고 나자 통증이 가셨고, 죽음에 대한 공포감에서 벗어나 편안해졌다. 그래 나에게는 글씨 쓰는 일이 만병통치의 약이다, 하고 생각하며 붓을 필통에 담는데, 으슬으슬 한기가 느껴졌다.

소피를 보러 나갔다. 가지색 밤하늘의 별들이 수런거렸다. 찬바람이 달려와 그의 몸으로 파고들었다. 목의 근육이 뻣뻣하게 굳어 있고 팔다리가 아렸다. 목을 좌우로 틀기도 하고 휘젓기도 하고 팔을 주무르고 다리도 주무르고 심호흡을 거듭하는데 기침이 나왔다. 목과 가슴이 아팠다. 방으로 들어와서 보니 지네에 물린 발끝과 발등이 보송보송 부어 있었다. 자리끼를 한 모금 더 마시고 자리에 누웠다. 이불 속은 차디차다. 얼마 동안 참고 기다려야 내 체

온에서 나온 온기가 고여 훈훈해질 것이다. 잠은 멀리 달아나고 만
감이 교차했다.

제주도에서 살아 배기기는 한순간 한순간이 싸움이었다. 그 땅
에 존재하는 모든 것이 한양에서 유배되어온 그를 공격해왔고, 중
늙은이인 그의 몸과 마음은 공격해오는 그것들을 물리치기 위해
치열하게 싸워야만 했다.

기침하고 으슬으슬 춥고 무력증이 일어나는 데다, 혓바닥의 종
기와 살갗의 부스럼에 시달리는 그를 지네들이 한밤중에 공격했
고, 파리 모기 빈대 벼룩 이蝨들이 물어뜯었다. 지네에 물린 자리
는 바늘로 찌르는 것처럼 아프면서 빨갛게 붓고 벌레에게 뜯긴 자
리는 가려웠고, 잠결에 긁어놓으면 덧이 나 헐었고 옴과 부스럼이
되어 번졌다.

상우는 추사의 간병을 하고 잔심부름을 했다. 지네 말린 가루
와 머리털 태운 것과 유황 가루를 질그릇 깨진 것에 넣고, 참기름
을 붓고, 수은 한 방울을 떨어뜨려 이겨 죽이면서 덖은 다음 환부
와 옴과 부스럼에 발라주었다. 낫는 듯하다가 도지면 다시 바르기
를 거듭했다. 지네의 독은 피부병에 신통한 효험이 있다. 이날 밤
에 잡은 것도, 다음 날 상우를 시켜 약으로 만들 참이었다.

가을부터 이른 봄까지는 늘 으슬으슬 춥고 기침이 나오고 숨이
가빴다. 하인 방이는 땔나무를 구해다가 수시로 군불을 지피곤 했

다. 추위도 이기기 어렵지만, 군불을 지필 때 나는 연기를 쏘이는 일도 고통이었다.

눈이 흐려 책을 읽을 수 없었다. 이상적이 청나라 연경에서 구해다준 돋보기를 써도 잘 보이지 않았다. 자잘한 글씨를 쓸 수도 없고, 그림을 그릴 수도 없을 지경이었다. 그럼에도 불구하고 추사는 흐린 눈을 비비고, 돋보기를 쓴 채 매일 큰 글씨도 쓰고 자잘한 편지글도 썼다.

많은 사람들이 그의 글씨를 가지고 싶어 했다. 제주목사는 물론 대정현감 정의현감, 수사들이 줄줄이 종이와 먹을 구해다가 주고 곡식 자루를 들어다주면서 글씨를 달라고 했다. 그들은 그의 글씨를 육지로의 영전을 위해 조정의 대신들에게 올리곤 했고 가보로 간직하려 했다.

상우는 먹을 갈아주기도 하고, 추사가 글씨 써놓은 종이를 방 가장자리로 옮겨주기도 했다. 추사는 글씨를 쓰다가 지치면 그 자리에 누워버렸다. 상우는 그의 자리를 보아주고 옆방으로 갔다. 옆방으로 가는 상우의 옆얼굴에서 얼핏 초생을 느꼈다. 아, 초생이 보고 싶다. 초생을 내 옆으로 와서 살게 할 수 없을까.

글씨 사러 오는 육지 사람들

무안현에서 왔다는 이방과 호방이 추사에게 큰절을 했고, 들고
온 홍삼 한 근과 종이 한 축을 내놓고, 따라온 두 포졸이 들고 온
곡식 자루를 내려놓았다. 이방은 염소처럼 수염이 길었고, 호방은
구레나룻이 곱슬곱슬하면서 부숭부숭했다.

무안현 이야기를 듣자 추사는 그곳의 현감 정현수를 떠올렸다.
정현수가 추사의 글씨를 받아 오라고 휘하의 이방과 호방을 보냈
을 터이다. 무안현감 정현수의 오만방자함에 대해서는 초의에게서
들은 바 있었다.

승달산 법천사에서 설법을 하고 돌아가던 초의는 한 무리의 사냥꾼들과 만났다. 초의는 자드락길을 내려가고 있었고, 사냥꾼들은 올라오고 있었다.

현감 정현수는 스스로 시와 서와 그림에 남다른 자질을 가지고 있다고 자부하고 있었다. 술에 취하면 '내가 목민을 일삼지 않고 지필묵 주무르기만을 일삼았다면 천하의 이광사나 추사를 디디고 올라설 수도 있었을 것'이라고 호언하곤 한다는 것이었다. 그런 그가 시서화 삼절이라는 중 초의의 소문을 듣지 못했을 리 없었다. 함께 가던 병방이 턱으로 가리키며

"나리, 저 중이 바로 그 초의라는 중이옵니다" 하자 정현수는 고삐를 당겨 말을 세운 다음 초의를 내려다보며 빈정거리듯이 말했다.

"어이, 승달산僧達山 중놈아, 승달(스님으로서 해야 할 깨달음을 얻는 수도)이나 제대로 하고 그렇게 나돌아다니는 것이냐?"

산 아래서 서풍이 세차게 달려오고 있었고, 마른 억새의 혼령 같은 꽃 너울이 파도처럼 일렁거렸다. 초의는 무안현감이 자기를 놀리는 말을 듣자 빙그레 웃으면서 마상에 버티고 앉은 사냥복 차림의 현감을 향해 말을 던졌다.

"무안務安현감 놈아, 무안(백성들을 편안하게 다스리는 일)이나 제대로 하고 나서 그렇게 사냥을 다니는 것이냐?"

그러자 정현수는 자기의 오만을 자책하고 말에서 내려 초의에

게 고개를 숙이며 정중히 사죄를 했다.

"과연, 듣던 대로 천하의 초의 스님이십니다. 소관의 무례를 용
서하십시오."

초의는 현감을 향해

"현감께서 땡땡이 중놈의 농담 한마디에 무안無顏해하시는 것
을 보니, 백성을 힘써 다스리는 무안務安도 아주 잘 하시것구만이
라우, 어허허허……" 하고 하늘을 향해 웃으며 산을 내려갔다.

이방은 추사가 이광사의 글씨를 글씨다운 글씨로 쳐주지 않는
다는 소문을 들었는지, 거침없이 이광사에 대한 험구를 늘어놓
았다.

"우리 마을 어른들의 말로는, 그때 신지도는 한 해 봄철에 한번
씩은 이광사 글씨를 사러 온 사람들로 아주 굿도 장도 아녔더랑만
이라우. 그것이 참말인지 거짓깔인지는 몰라도, 글씨 쓰는 판을 굿
판을 겸해서 벌렸다고 합디다. 멍석을 몇 개 잇대어 깔아놓고는,
그 가장자리에서 잽이들이 꽹과리 장고 북을 치고 깽깽이 가야금
거문고를 연주하게 하고, 미모 출중한 새파란 당골네가 소복을 한
채 살풀이춤을 추게 하고, 그 춤이 끝나면 부자들이 데리고 온 기
생들이 수양버들같이 휘늘어진 허리를 낭창낭창 흔들거리면서 춤
을 추게 하고…… 그때 이광사는 그 춤들을 구경하면서 어깨와
엉덩이를 들썩거리며 술을 좍좍 들이켰답니다요. 그 옆에 깔아놓

은 멍석 한가운데에는 종이를 수북하게 쌓아놓고, 벼루에서 갈아
낸 먹물을 아주 큼지막한 사발에다가 담아놓았는데, 이광사는 취
흥이 돌면 미친 듯이 붓을 들고 휘갈겨 쓴답니다요. 그래서 초서
의 획이나 점이 꼭 살풀이춤 추는 당골네의 낭창거리는 허리 같기
도 하고, 파임이 허연 명주 수건같이 휘돌고 춤사위를 밟는 발이나
출렁거리는 치맛자락 같았당만이라우. 그렇게 한번 쓰기 시작하면
은 열 장이고 스무 장이고를 거침없이 한달음에 써버리는디, 제자
한 사람은 옆에서 기다리고 앉아 있다가 쓴 것을 젖혀 빼내서 말리
고, 또 젖혀 빼내서 말리고, 또 한 제자는 글씨 종이가 날아가지 않
도록 조약돌로 사방을 눌러놓는당만이라우. 어떤 때에는 서른 장
을 한숨에 써내기도 하는데, 그것들을 마당 한가운데다 죽 늘어놓
으면 외지에서 글씨를 사러 온 사람들이 나는 이것을 살란다, 나는
저것을 살란다, 하고 지정을 하고, 판매를 맡은 이장하고 제자들이
돈을 받기도 하고, 피륙을 받기도 하고 곡식 자루를 받기도 했당만
이라우."

호방이 맞장구를 쳤다.

"그렁께 그 굉장한 굿판에, 어디 글씨 사러 온 사람들만 모여들
것습니까? 글씨라는 것이 무엇인지 생판 모름스롱도, 당골네춤 기
생춤을 구경할라는 사람, 천하의 이광사가 일필휘지하는 것을 볼
라고 모여드는 사람들이 구름 같고…… 그래서 신지도 안팎이 들
썩들썩했것지라우. 그날 신지도 연안포구에는 외지에서 온 배들,

이웃 섬들에서 온 배들로 삿대 하나 꽂을 틈도 없었당망이라우."

"대감마님, 그르쿨로 굿도 장도 아닌 판에서 쓴 글씨가 어디 글씨었것습니껴? 일반 사람들은 점 하나 찍고 획 하나 건너긋고 파임 하나 써낼라면은 온 정신을 다 몰두해도 제대로 써질까 말까 하는디…… 안 그랍니껴? 그런디…… 아무리 명필이라고는 하제만은, 그렇게 기생이나 당골네가 춤을 추대끼 마구 휘둘러대는디……."

"사실은 처음에 이광사가 함경도 부령으로 유배되어 갔다가, 거기서 사람들이 몰려들어 술대접을 하고 글씨를 받아 가고 야단인께 사헌부에서 나서갖고 진도로 보냈다가 그것도 부족하다고 신지도로 쫓아보낸 것 아니오? 그리고 이광사하고 가까이 지낸 사람이면 누가 됐든지 혼을 내줄란다고 했지만, 이제 신지도에 온 이광사는 '날 잡아묵을 테면은 잡아묵어뿌러라' 하고 막살아버린 것이지라우잉."

"아니라우. 내 생각으로는 그 양반이 젊어서 총총했을 때 그런 것이 아니고, 말년에 들어서 노망을 한 것이라, 관에서도 그냥 모른 체해부렀등갑습디다."

"그런께로 그때 얼싸덜싸 하는 굿판에서 얼뜬 정신으로 비싼 돈 주고 사 간 글씨를 가보로 보관해놓았다가, 나중에 정신차려갖고 본께 그것이 글씨도 뭣도 아니고 도깨비장난만도 못하드라우."

추사는 빙그레 웃으면서 그들의 입방아질을 듣고만 있었다. 추사의 눈치를 살피던 이방은 두 손을 짚고 머리를 조아린 채 정현수의 부탁을 전했다.

"우리 고을 원님께서 오래전부터 대감마님의 글씨를 흠모해온 터라, 어떻게 감히 무값인 보배를 돈으로 쳐 받아오겠느냐고 했사옵니다. 삼가 청하오니, 몇 자 일필휘지해주시어 저희들이 곤장이나 면하게 해주시옵소서."

'이 사람들은 내 글씨를 받아 가지고 가서 무어라고 내 험구를 할까.'

상우는 오래전부터 글씨 쓸 종이를 펼쳐놓고 먹을 갈고 있었다. 이들을 얼른 보내버리고 싶어 붓을 들었다. 오직 백성들에게서 값나갈 만한 것을 빼앗아갈 궁리와 권력에 줄을 댈 생각만 하고 사는 오만한 자에게 무어라고 써줄까. 그래 목민하는 자는 오만을 삼가야 한다.

'上求菩提下化衆生(상구보리하화중생―위로는 깨달음을 구하되 아래로는 중생이 되어 살아라)'이라고 써줄까, '和光同塵(화광동진―자기 가진 권력을 부드럽게 풀어버리고 못사는 사람들과 더불어 살아라)'이라고 써줄까, '衆人皆醉我獨醒(중인개취아독성―다들 취해 있을지라도 나 홀로 깨어 있어야 한다)'이라고 써줄까.

그 셋을 다 쓰기로 했다. 현감한테도 주고 심부름을 온 이방과 호방에게도 주어야 하는 것이다. 붓을 들면서 이광사가 기생들의 춤을 즐기면서 술을 들이켜고 나서 미친 듯이 휘갈겨 썼다는 그들의 말을 떠올렸다.

외딴 신지도에 유배되어 살면서 굿판을 벌리고 미친 듯이 글씨를 써서 나누어주었다는 이광사의 심사를 짐작할 수 있을 듯싶었다. 이광사는 자기 글씨의 진가를 알지 못하고, 오직 그것을 사다가 가보로 두었다가 훗날 자식들로 하여금 몇 배의 비싼 돈을 받고 팔아먹게 하겠다는 생각만 하는 자들을 희롱했는지도 모른다. 마치 기생이 돈만 앞세우고 자기를 탐하는 부자 늙은이에게 몸을 열어주기는 하지만, 진짜 그윽한 사랑의 요분질로써 답하지 않는 것처럼.

그러나 어찌 그럴 수가 있으랴. 소매 속에 수천만 권의 문자향과 서권기를 담고 붓 대롱을 금강 방망이처럼 집어 든 자의 눈앞에는 글씨를 받으러 온 사람이나, 그것을 받아 간직할 사람은 보이지 않아야 한다. 머리에는 써야 할 시향詩香 머금은 글씨만 있고, 눈에는 태허 같은 흰 종이와 먹물 묻은 붓만 보여야 하는 것이다. 머리로는 부처를 구하고 발로는 중생의 길을 가야 하는 것이다. 기생다운 기생이라면, 애초에 자기를 몰라주는 남자에게는 목을 베일지언정 몸을 열어주지 않아야 하는 것이다.

글씨를 쓰는 자는 지금 보는 모든 사람이 몰라줄지라도, 훗날 그것을 알아주는 단 한 사람의 그 누군가를 위해, 금시조가 청룡을 포획하고, 향기로운 신코끼리가 파도를 일으키며 바다를 건너가듯이 써야 한다.

예서로 썼다. 추사가 한 작품을 써놓으면 상우가 그것을 들어다가 옮겨 말렸다. 추사는 다 마른 작품 왼쪽에 '해악산인海嶽散人'이라 썼다. 악嶽은 옥嶽이다. 낙관을 하면서 오규일에게 그 해악산인을 기다랗게 관으로 새겨달라고 해야겠다고 생각했다. 조선에서 오규일만한 서각 장인은 없다. 그의 서각에는 부처와 중생이 함께 춤추고 있다.

"위로는 부처를 구하고 아래로는 중생이 되어 살라는 것을 현감에게 가져다주고, 그대들 둘이는 각자 마음에 드는 것을 하나씩 골라 가져가게나."

추사의 말이 떨어지자마자 이방과 호방의 눈이 나머지 두 작품을 번갈아 살폈다. 그들의 눈은 반짝반짝 어느 것이 더 잘 쓰인 것인지, 어느 것이 더 값진 것인지를 계산하고 있었다. 두 사람의 손이 동시에 '중인개취아독성'을 향해 나아갔지만 이방의 손이 좀 더 빨랐다. 호방은 어찌할 수 없이 '화광동진'을 취했는데, 그의 얼굴에는 아쉬워하는 기색이 역력했다. 호방의 아쉬워하는 기색을 알아차린 이방의 얼굴은 마치 큰 횡재를 한 듯 환해졌다.

추사는 그들을 향해 말했다.

"그냥 운이라고 생각하게나. 그런데 만일 중국에서 눈 제대로 박힌 장사꾼이 와서 그것들을 사 간다면, 호방이 취한 것은 천 냥을 줄 것이고, 이방이 취한 것은 오백 냥을 줄 것이야."

그러자 이방과 호방의 안색은 정반대로 바뀌었다. 추사는 맞은
편 바람벽을 향해 "아하하하하······" 하고 웃었다.

十

六

서얼 자식 상우

"글씨를 배우는 자는 절대로 근거 없는 글씨를 쓰지 않아야 한다."

추사는 상우에게 비첩을 보이면서 어눌하게 말했다. 오래전에 난 혓바닥의 종기가 낫지 않고 있었다. 가볍게 여겼는데, 밥을 먹거나 말을 하면 아구창과 목구멍과 턱까지도 켕기면서 아팠다. 거기다 콧속에도 무엇인가가 길어나는 듯싶었다. 마땅하게 처방할 약이 없으므로, 홍삼 달인 물을 마시면서 기껏 묽은 소금물을 오랫동안 머금었다가 뱉곤 할 뿐이었다.

혀의 아픔으로 인하여, 혀가 삶에 얼마나 소중한 것인가를 통감했다. 속마음(영혼)의 무늬와 결을 만들어주는(표현하는) 일을 할 뿐만 아니라, 입에 머금은 음식을 고루 씹히도록 이리저리 옮기고 뒤적거려주고 목구멍으로 넘기는 일을 하는 혀.

그런데 그 혀의 통증은 참을 수 있는데, 몸을 땅속으로 가라앉히곤 하는 무기력증은 견디기 힘들었다. 무슨 업이 이리 많아 이러한 고통을 안고 살게 되는가. 그렇다고 절망한 채 슬퍼하고만 있을 일이 아니었다. 혀를 힘들게 하지 않으려고, 밥을 물에 말아 억지로 삼켰다. 누울 자리만 보려 하는 몸을 일으켜 세우곤 했다. 밖으로 나가 한 발 한 발 거닐었다. 운동을 거듭함으로써 밥념 입념이 생기게 해야 한다. 많이 먹고 소화 잘 시키고, 건강한 몸으로 이 원악도를 탈출해야 한다. 상우 상무의 앞날을 지켜주어야 한다. 상무는 끈질기게 경학을 파고드는 까닭으로 오래지 않아 벼슬길에 나아갈 수 있고, 상우는 타고난 자질이 있는 데다 어린 시절부터 지필묵과 가까이하여온 터이므로 머지않아 개안하게 될 터이고, 시서화의 삼절이 될 수 있을 터이다.

상우는 옆방에서 서판에다가 비첩 글씨들을 모방해서 쓰고 있었다.

"첩에 들어 있는 글씨와 꼭 닮게 베껴 쓸 때에는, 전부터 머리에 들어앉아 있는 것을 말끔하게 떨쳐버리고 하얀 종잇장같이 비운 다음에, 살과 뼛속에 각인하듯이 써야 한다. 글씨를 쓰기 위해서 먹을 갈 때 어떻게 하느냐. 머리에 써야 할 글씨의 향기와 틀이 구조적으로 자리 잡게 해야 하고, 그 글씨의 몸짓과 안면 표정과 마음씨를 머리에 선명하게 그려야 한다. 한 개의 점 한 개의 획 한 개의 파임…… 자기의 분위기를 지닌 글씨를 써야 하는 거란 말이다. 사람들은 누구든지, 말을 하거나 걸어 다니거나 일을 하거나 명상하고 사유할 때 나름대로의 개성적인 눈짓 몸짓 손짓 발짓 입짓을 하고 자기만의 표정을 짓는다. 온화한 표정을 짓기도 하고 쌀쌀맞은 표정을 짓기도 하고 근엄한 표정을 짓기도 한다. 그것이 분위기이다. 사람들은 말로써 상대에게 전달할 수 없는 정을 말 아닌 분위기로써 전달한다. 글씨도 그러하다. 새의 소리를 쓴 글씨에서는 새의 말소리가 들려와야 하고, 물소리를 쓴 글씨에서는 물의 목소리가 들려야 하고, 향기라는 글씨에서는 가슴을 환하게 하는 향기가 풍겨야 한다. 좋은 시詩가 하늘과 땅이 서로 감응하는 음악과 그림과 자연의 춤사위를 담고 있듯이, 글씨 또한 마찬가지로, 시와 음악과 그림과 자연의 춤사위를 담고 있어야 한다. 세상에는 광기 어린 시 광기 어린 음악 광기 어린 그림 광기 어린 춤이 있고, 해맑고 드높고 예스럽고 소박하고 아름다운 시와, 해맑고 드높고 예스럽고 소박하고 아름다운 음악과, 해맑고 드높고 예스럽고 소박하고 아름다운 그림과, 해맑고 드높고 예스럽고 소박하고 아름다운 춤이 있다. 광기는 땅 혼자서만 몸부림치고 소리치는 것이고, 해맑고 드높고 예스럽고 소박하고 아름다운 것은 하늘과 땅이 서로 혼융하여 감응하는 것이다. 모름지기 하늘과 땅이 감응하는 마음을 얻으려면 오천 권의 서책을 읽어야 한다."

그런데 상우는 맥이 풀려 있었다. 서얼이라는 장벽에 걸려 있었다. 서얼의 신분으로 기껏 사력을 다해보아야 무얼 어찌할 수 있을 것인가, 하고 미리 절망하고 자포자기하고 있었다. 자꾸 한숨을 쉬곤 했고 허공을 멍히 보고 있곤 했다. 저놈에게 용기를 줄 수 있는 묘방이 없을까. 안타까움을 주체하지 못하고 있을 때 한 선비가 찾아왔다. 키 작달막한 데다 깡마른 남자.

거무스레한 마당에 퍼부어지는 해맑은 햇살에서 따사로운 기운이 솟아오르는 한낮이었다. 밖에 나갔다가 들어온 상우의 뒤에 서 있는 키 작달막한 선비는 괴나리봇짐을 짊어진 채 댓돌 앞에 엎드려서 방 안의 추사를 향해 절을 했다.

추사는 그즈음 들어 흐릿해진 눈을 크게 벌려 뜨며 엎드려 절하는 선비의 얼굴을 뜯어보았다. 처마 위에까지 올라간 가시울타리의 그림자가 선비의 얼굴을 덮고 있으므로 얼른 누구인지 알 수가 없어 멀거니 바라보기만 하는데, 체구 작달막하고 깡마른 선비가

"대감, 조희룡이옵니다. 오래전에 숭정금실을 감히 기웃거리곤 했던⋯⋯" 하고 말했다.

"아니 우봉又峰이 어쩐 일인가, 이 원악도에?"

추사는 어눌한 말씨로 놀라움과 고마움을 감추지 못하고 방으로 들어오라고 하여 조희룡의 얼굴을 바라보았다. 창백하고 기름한 얼굴 살결에는 주근깨들이 잡다하게 박혀 있고, 눈은 작고 콧대는 낮고 광대뼈는 두드러진 데다, 팔자로 된 수염의 숱이 별로 많지 않았다.

매화 향기에 미친 남자

조희룡은 숭정금실을 드나들며 추사에게서 글씨와 난초 치는 법을 공부했었다. 눈썰미가 있고 손재주가 뛰어난 데다 부지런하고 끈기가 있는 조희룡은 난초를 실물처럼 그려놓곤 했다. 그에게서 난초 치는 법을 한번 배우고 난 조희룡은 실제로 산야를 돌아다니며, 고목과 바위틈에서 자생하는 실제의 난을 정확하게 모사하기도 하고, 그것을 캐다가 화분에 담아 글방에 들여놓고 키우면서 이리저리 살피고 뜯어보며 그리기도 하여온 것이었다.

추사가 누차 난초는 치는 것이지, 이렇듯 그림 그리듯이 그리면

안 되는 것이라고 했음에도 불구하고 조희룡은 고집스럽게 손재주 만으로 실제의 것을 실물처럼 그려오곤 했다.

"먹을 묻힌 붓으로 흰 종이에 치는 난초는, 산에 자생하고 있는 그 난초가 아니야. 그것은 모름지기 군자의 해맑고 드높으면서도 예스럽고 그윽한 정신세계, 하늘의 뜻 땅의 질서에 따라 사는 성인 의 뜻, 선비가 추구하는 지상至上의 그윽한 경지를 형상화하는 상 징물인 것이야."

조희룡이 그려온 난초를 보고 이렇게 꾸짖자, 조희룡은 고개를 갸웃거리면서 반기를 들었다.

"그렇지만 여항을 떠돌며 환쟁이라 자처하고, 그림을 뜯어먹고 사는 사람이 그린 난초가 실제 산야에서 한겨울을 보내고 이른 봄 에 향기로운 꽃을 피워내는 절개 굳은 난초를 닮지 않았다면 그것 이 난초일 수 있사옵니까?"

조희룡의 말에 추사가 퉁명스럽게 말했다.

"난초에는 마땅히 수천 권의 서책과 성인의 성정과 의지와 기상 이 스며들어 있어야 하고, 황대치와 미우인이 평생 동안 먹고 산 묽은 안개煙雲가 들어 있어야 하는데, 자네의 난초는 그렇지가 않 네." 그리고 매우 일반적인 말을 해주었다. "대저 그림을 그리는 묘법은 같은 것과 같지 않은 것 사이에 있는데, 너무 같게 그리는 것은 세속에 영합하는 것이고, 너무 다르게 그리는 것은 세상을 기 만하는 것이네."

그 이후 숭정금실에 발을 더 들여놓지 않던 조희룡이 원악도까지 찾아오다니…… 추사는 반가움을 감추지 못했다. 조희룡은 방 안 윗목에 엎드려 두 손을 방바닥에 짚고 머리를 조아리며 울먹이는 소리로

"대감, 이 어인 고초이시옵니까?" 하고 말했다.

추사는 말없이 그를 향해 고개를 끄덕거렸다.

"생사를 초월해버리지 않고는 건너올 엄두를 낼 수조차 없는 이 원악도를 찾아주는 우봉 자네의 천만 길 지하 속에 들어 있는 불덩이보다 더 뜨거운 정을 어느 누가 어떤 천상의 저울로써 혜량할 수 있을지…… 고맙네, 진정 고맙네."

조희룡은 수척해 있는 추사의 얼굴을 안타까운 눈길로 건너다보며 두 손을 마주 비비고 어색하게 떠듬거리며 말했다. 그의 목소리는 떨고 있었다.

"먼저, 평소에 찾아온 사람들이 말 많이 하는 것을 극도로 싫어하시는 대감께…… 이천 리 밖의 먼 곳에서, 다사롭게 늘 감싸주곤 하신 원앙금침 같은 마님을 먼저 머나먼 나라로 떠나보내신 대감께 어떤 말씀으로써 감히 조의와 위로를 표해드려야 하올지 난감하옵니다."

추사는 쓸쓸하게 미소를 지으면서 고개를 끄덕거리기만 했다. 조희룡이 주눅이 들기라도 한 듯, 망설이고 또 망설이다가 마른 입술에 침을 바르고 나서 말을 했다.

"조인영 권돈인 두 대감이 뒤에서 은밀하게 작용하지 않았다면 어떤 무서운 일이 일어났을지 아무도 예측할 수 없는 일이었다고들, 입 달린 사람들은 다 말하곤 하옵니다."

추사는 허공을 쳐다보면서 마찬가지로 고개를 끄덕거리고만 있었다.

조희룡은 괴나리봇짐을 풀었다. 그 속에서, 육 년 근 홍삼과 연경에서 들어온 붓과 참먹과 화선지를 내놓았다. 그리고 밀봉한 맹종죽 대롱 셋을 내놓고 일일이 설명했다.

"이미 이곳에서 유배 생활을 한 바 있는 사람한테서 들으니, 화산 지대인 제주도로 들어간 외지인은 입천장이나 혀가 허는 풍토증세로 고생하는 수가 많은데, 그 증세에는 이런 홍삼이 좋다고 해서 믿을 만한 개성상인을 통해서 구득한 것이옵니다. 붓하고 먹하고 화선지는 대국에서 들어온 것이고, 밀봉된 것은 황구육黃狗肉을 버드나무 태운 연기를 쏘여가면서 건조시킨 것이옵니다. 아랫것들보고 푹 과서 올리라고 하십시오."

추사는 입을 반쯤 벌린 채 허공을 쳐다보았다. 제 몸도 부실한 조희룡이 저 무거운 것들을 이천 리 밖의 원악도에까지 짊어지고 오다니. 가슴속에서 뜨거운 격정이 솟구쳐 올라왔고, 목을 메게 했다.

"천하의 명필이신 대감께서는 반드시 옥체를 잘 보존해야 하옵니다. 들리는 바로는 금상께서 아주 현명하다고 들었사옵니다. 대감의 두 벗이 간하여 조만간 억울한 죄를 벗겨주실 것이옵니다."

조희룡은 문득 월성위궁을 김좌근이 강제로 빼앗아버린 일을 생각하자, 흐르는 눈물을 주체할 수 없었다. 눈물 바람 한 것이 송구하여 무릎을 꿇고 재빨리 소매로 눈시울을 훔치면서

"송구하옵니다. 수미산처럼 꿋꿋이 계시는 대감 앞에서 방정맞게 눈물을 보여드리다니……" 하고 나서 두꺼운 창호지로 만든 봉투 속에서 사각으로 접은 화선지를 꺼냈다.

"이것은…… 이 어리석은 여항의 환쟁이가 해낼 수 있는지 없는지 내기를 거는 심사로, 분수를 생각지 않고 연이어 그려본 그림畵聯이온데, 대감께 감히 화제畵題를 청하려고 가져온 것이옵니다."

추사는 그 그림을 펼쳐보라는 뜻으로 고개를 끄덕거렸다. 조희룡이 조심스럽게 화선지 두 장을 잇대어 그린 그림을 펼쳤다. 화사한 매화 그림이었다.

마른 붓으로 그린 거짓말 그림이 아니고 싱싱하고 축축하게 그린 그림이었고, 그 향기가 방 안에 퍼지고 있었다. 미우인 황대치는 안개구름만 먹고 살아서 나이 아흔 살이 가까워서도 얼굴에 화색이 돌곤 했다는데, 조희룡은 매화 향기만 먹고 살아온 까닭으로 저 빼빼한 몸이 저토록 강단진 것이다. 시는 그림을 먹고 살고, 그림은 관광한 하늘과 땅에 울려 퍼지는 소리 없는 시와 음악을 먹고 산다. 추사는 말없이 고개를 끄덕거렸다. 상우가 먹을 갈았고, 추

사는 붓을 들어 화제를 쓰기 시작했다.

　요즈음 마른 붓과 마른 먹으로써 원나라 사람의 거칠고 쌀쌀
荒寒하고 간단 진솔한 그림을 흉내 내는 자들은 모두 자기를 속
이고 다른 사람을 속이는 것이다. 왕우승과 대소의 이사훈 이소
도 조영양 조맹부 같은 이들은 다 청산녹수로써 장점을 보였으
니 대개 품격의 높낮음은 그 자취에 있는 것이 아니고 뜻에 있
다. 그 뜻을 아는 자는 비록 청록으로 그리거나 금색을 칠할지라
도 역시 좋은데, 글씨나 그림의 길 또한 그러하다.

　추사가 붓을 놓자 조희룡은 몸을 일으키더니 큰절을 세 번 올
렸다.
　"광영이 하늘의 해와 달보다 드높고 환하고, 바다보다 드넓사옵
니다."
　추사는 상우에게 차를 내오라고 일렀다. 조희룡은 화련을 접어
괴나리봇짐 속에 넣어놓고 망설였다. 쳐 가지고 온 난초들이 있는
데, 그것을 추사에게 보이고 화제를 얻을까 말까. 고개를 떨어뜨렸
다. 두려움 때문이었다.

　조희룡이 월성위궁 숭정금실에 들렀을 때, 댓돌에 갖신 두 켤레
가 놓여 있었다. 감히 들어가지 못하고, 문틈으로 안을 엿보았다.

아랫목에 얼굴 수려한 청년이 앉아 있었다. 추사는 그 청년에게 난 치는 법에 대한 이야기를 하고 있었다.

"난 치는 것은 스님들의 선禪 그 자체입니다. 선이란 것은, 경전을 읽을 만큼 읽은 다음의, 이건 반드시 이래야 하고 저건 반드시 저래야 한다 하고 편벽되게 따지고 가리기만 하는 일차원적인 답답한 분별심(논리)을 단칼에 쳐버리고, 지름길로 하늘마음 부처 마음으로 날아가는 것입니다."

추사가 붓을 들었다. 흰 화선지 위에 붓끝이 닿는 듯하자, 하얀 허공중으로 난의 이파리 하나가 휘움하게 날듯이 뻗어가다가 몸을 슬쩍 외틀었다. 그것은 기다란 스란치마 자락 아래로 외씨 같은 버선코를 드러내며 긴 소매를 하늘로 뿌리는 앳된 강신무의 신기 어린 춤사위였다.

'하아!' 속으로 탄식을 하는데, 추사가 붓을 놓고 말했다.

"순백의 향기 같은 여인의 부드럽고 흰 몸이 탐나서, 내가 발가벗고 불같이 뜨겁게 달은 몸으로 거듭 열정적인 상교를 하고 또 하게 되면, 그 행위가 익숙해지고 껌껌한 밤에 눈을 감고도 그 일을 치를 수 있습니다. 그렇지만 그럴 경우 순백의 여인과 나의 사랑은 사라지고 음탕한 창기와 한 바람둥이의 행위만 남게 됩니다. 향기롭고 신성한 영혼과 흉한 냄새 나는 몸뚱이는 둘이 아니고, 그녀와 내가 둘이 아니어야 진정한 사랑이 이루어집니다. 그것이 불이선不二禪 이란 것입니다."

청년은 입을 굳게 다문 채 추사가 쳐놓은 난을 내려다보기만 했다. 추사가 말을 이었다.

"내가 있고, 흰 종이 속에 들어 있기는 하지만 형상은 없는 난이 나를 쳐다볼 뿐입니다. 내가 그 형상 없는 난 속으로 들어가려는데 난이 문을 열어주지 않습니다. 내 속으로 그 여인을 불러들이려 하는데 그 여인이 내 속으로 들어와주지 않습니다. 난은 참 자존이 강하여 아무에게나 마음을 열어주지 않고 아무의 몸속으로도 들어가려 하지 않는 고아하고 지순 지고한 존재입니다. 그 여인과 사귀려면 그 여인의 맑은 눈높이만큼 내 눈이 맑고 높아져야 합니다. 그 여인이 고독을 느낀 만큼 내가 그것을 느껴야 하고, 그 여인의 세계가 향기로운 만큼 나의 세계도 또한 향기로워져야 합니다. 그 여인이 침잠한 만큼 나도 침잠해야 하고, 그 여인이 태허를 맛본 만큼 나도 그것을 맛보아야 하고, 그 여인이 참 깨달음, 진공묘유眞空妙有에 이른 만큼 나도 거기에 이르러야 하고, 그 여인이 유마거사의 불이와 없음을 감지한 만큼 나도 그것을 감지해야 하고, 그 여인이 겨자씨 속에 사해를 빨아들이고 나서 수미산처럼 여여부동하듯이 나도 그리해야 합니다. 그때 비로소 내가 그 여인에게로 들어가고 그 여인이 내게로 들어옵니다. 그 여인이 나인지 내가 그 여인인지 구별할 수 없을 때 비로소 난은 쳐집니다."

청년이 고개를 끄덕거렸다. 추사가 말을 이었다.

"숲속의 바위틈에 자생하는 난의 형상만 보고 그것을 사실적으로 그려내는 것은, 오천 권의 문자향과 서권기가 소매 속에 들어 있는 선비로서 할 일이 아니고, 저 여항을 떠도는 환쟁이들이나 하는 일입니다. 그래서 '난을 친다'라고 말하지 '난을 그린다'라고 말하지 않습니다."

얼마쯤 뒤에 조희룡은 추사 앞에 앉은 그 청년이 왕손인 이하응(흥선대원군)임을 알았다.

추사에게서 글씨 쓰는 법 그림 그리는 법 난 치는 법을 배운 조희룡이지만, 그는 추사에게 반기를 들었다.

'선비의 지순 지고한 의기와 품성으로만 난을 치는 것은 난을 진정으로 사랑하지 않는 일이다. 추사는 난을 사실적으로 그리지 않는다. 산야에서 지조 높게 사는 난을 난답게 사실적으로 그리는 기예나 수법을 확실하게 익혀야, 훗날 점차로 품성을 도야시킴으로써 더 향기롭고 영혼 고고한 난을 그릴 수 있는 법이다. 고아한 성품과 지순 지고한 기상을 먼저 익히고 난을 그릴 일이 아니고, 먼저 기예를 습득하고 난 다음에 그윽한 혼을 담아야 한다.

매화꽃 한 송이 한 송이가 각기 얼굴과 표정과 맵시를 달리하고 독특한 향기를 풍기듯이, 아침나절에 그리는 난과 한낮에 그리는 난과 저녁에 그리는 난과 한밤에 그리는 난의 기상과 품새와 향기는 다르기 마련이다. 심혈을 기울여 열 점의 난을 그리면, 그중에서 진실로 살아 있는 듯싶은 지순 지고하고 그윽한 향을 풍기는 난

한 점쯤이 반드시 있게 된다. 나는 한 달이나 한 철이나 한 해에 겨우 한 점의 난다운 난을 그릴까 말까 하는 선비로서 난을 칠 일이 아니고, 눈 감고도 사실적인 향기로운 난을 어렵지 않게 그려내는 여항의 환쟁이가 되겠다. 전문인으로서의 환쟁이.'

조희룡은 추사로부터의 혹독한 꾸중을 각오하고 괴나리봇짐 속에서 난첩蘭帖을 꺼냈다. 화선지 스무 장을 한데 책으로 묶은 첩이었다. 그는 무릎을 꿇은 채 부끄러움과 두려움을 무릅쓰고 조심스럽게 말했다.

"이것은 소인이 대감께 난을 배운 이래 몇 해 동안, 하루 두어 장씩 열과 성을 다해서 그린 것들 가운데 가장 낫다 싶은 것들만을 모아 묶어 가져온 것들이옵니다. 대감께서는 선비로서의 고고한 기상과 수천 권의 책 향기가 담겨 있어야 한다고 가르치셨으므로 물론 도 닦듯이 마음을 가다듬었고, 경학과 시와 문장들을 읽고 사유하고 선인들의 난첩들을 두루 임모하면서 기상 드높고 그윽하고 또 그윽한 난을 형상화시키려고 애를 썼사옵니다. 이것들을 이렇게 대감께 펼쳐 올리는 뜻은, 이렇게 난을 치면 되는 것인지 증명받고 싶어서이옵니다. 조선 땅 그 어디에 사는 누구에게도 증명받을 수 없어 안타까워하는 소인을 가엾게 여기시고, 소인의 당돌하고 데퉁맞음을 용서해주시옵고, 만일 혹시라도 그 많은 것들 가운데 난다운 것이 있으면 화제를 내려주시옵기를 감히 청하옵니다."

조희룡의 목소리에는 울음이 섞여 있었다. 추사는 한동안 앞에 놓인 난첩을 내려다보았다. 난첩은 전지를 반으로 접은 크기였다.

'이 사람, 그동안 난 그리기에 미쳐 있었구나. 난은 그리는 것이 아니고 치는 것인데…… 만일 내가 이 많은 난을 잘 쳤다고 증명을 해주면, 앞으로 더욱더 많은 난을 그려서 부자들에게 팔아 한양 땅을 모두 다 사들이겠구나.'

추사는 눈살을 찌푸리면서 천천히 겉장을 넘겨보았다. 첫 장에는 한 촉의 난이 그려져 있었다. 정밀하고 섬세하고 싱싱하게 살아 있는 듯싶은 난이었다. 먹의 진함과 묽음의 변화도 좋고, 붓을 세 번 굴리는 법도 잘 지켰고, 괴석의 틈에서 기세 좋게 여남은 개의 잎사귀들을 뻗은 것과 봉의 눈, 메뚜기의 날갯짓 모양의 꽃을 터뜨린 것도 제법이었다.

그러나 그것은 여항 환쟁이의 숙련된 그림으로서의 난초일 뿐이었다. 그림인 까닭에 그의 난에서는 맑고 드높고 예스러운 우아한 영혼이 느껴지지 않았다. 그냥 산야에서 흔히 볼 수 있는 난초를 사실적으로 모사한 것일 뿐이었다.

두 번째 장에는 양쪽에 난초 두 촉이 그려져 있었다. 아마 산에 자라고 있는 것을 실제로 찾아다니면서 보고 또 보고, 서첩이나 비첩을 임모하듯이 그린 것이었다.

추사는 세 번째 장을 넘겼다. 거기에는 세 촉의 난이 그려져 있었다. 네 번째 장에는 다시 한 촉이 그려져 있고, 다섯 번째 장에는 두 축이 그려져 있었다. 지금까지 넘겨본 것들 하나하나는 각기 별다른 특색을 가지고 있지 않았다. 난의 잎사귀와 잎사귀의 틈과 각도와 꽃들의 개수와 크기가 약간씩 달라 보일 뿐, 엄밀한 의미에서는 동어반복을 하고 있었다.

추사는 한달음에 줄줄이 나머지의 장들을 모두 넘겨보고 나서 마른 입술에 침을 발랐다. 조희룡의 난첩에서 그가 읽은 것은 탐욕이었다. 글씨 잘 쓰고 시 잘 짓고 그림 잘 그린다는 말을 듣는 위에 '난도 잘 치는 달인'이라는 말을 듣고 싶은 욕심, 그것으로 한양 부자들의 돈을 훔쳐내겠다는 욕심, 청사 속에 이름을 남기겠다는 욕심, 여항에서 행세하면서도 고아하고 지순 지고한 선비들의 머리 위로 올라서겠다는 욕심.

그는 마지막으로 겉장을 덮어 조희룡에게 밀어주었다. 그리고 잠시 뜸을 들이고 있다가 차갑게 말했다.

"오는 뱃길, 바람이 좀 심했지?"

추사의 침 뱉어버리는 듯한 무시와 멸시 앞에서 조희룡은 얼굴이 화끈 달아올랐고, 가슴이 찢어지는 듯싶었다. '오는 뱃길, 바람이 좀 심했지?' 그 말이 조희룡의 오장육부와 살갗을 난도질하고 있었다. 조희룡은 한동안 얼굴을 들지 못하고 앉아 있기만 했다.

'아, 나는 추사의 세계, 추사가 도달해 있는 구경에 이를 수조차 없다.'

조희룡은 추사에게서, 신화와 전설이 어려 있는 거대하고 아스라이 이내嵐 짙푸른 높은 산을 느끼고 절망했다. 추사 앞에서 개미나 초파리 따위의 미물처럼 작아지고 있는 스스로가 슬펐다. 천 리길을 한 걸음 한 걸음 죽이며 걸어오고, 다시 몇 억만의 격랑을 헤쳐 험한 뱃길을 달려온 자기의 고통이 안개 연기 한 오라기처럼 값없다 싶었다.

'내가 달려온 천 리 길과 제주도까지 오는 뱃길에 만난 바람과 파도처럼 내 삶에는 탐욕의 어리 미친바람만 회오리치며 들끓고 있었더란 말인가.'

조희룡은 방바닥 한 점을 뚫을 듯이 보며 이를 악물었다.

'아니다. 그게 아니다. 추사와 나는 각자 가지고 있는 손금이 다르듯이 추구하는 세계가 다를 수밖에 없고, 서로 이르려고 하는 경지가 다르다. 여항의 늪에 뿌리를 내리고 살고 있는 등허리 꼬부라진 소나무인 내가, 어찌 헌걸차게 꼿꼿이 자란 낙락장송처럼 백설이 만건곤할 때의 굽힘 없는 푸르른 기상을 뿜어낼 수 있단 말인가. 나는 난초를 다만 그림 그리는 수법에 따라 쏙 닮게 그리고, 그런 다음 그 속에 혼을 담는 하나의 환쟁이일 뿐이다. 환쟁이가 우주 속의 사물을 닮지 않게 그린대서야 어찌 그림 그려 팔아먹고 사는 환쟁이일 수 있단 말인가. 이 조희룡이 그린 묵란은 저 산야의 한 골짜기 괴석의 옆구리나 밑뿌리에서 고독하게 향기를 풍기고 있으면 그만이다. 조희룡의 묵란은 추사의 묵란일 수 없다. 추사의 묵란이어서는 절대로 안 된다. 오직 조희룡의 묵란이어야 한다. 조희룡이 그린 묵매화는 묵매화의 달인이라는 중국의 동이수나 나양봉의 묵매화가 아니고 조선의 여염집을 전전하는 조희룡의 묵매화일 뿐이다. 조희룡은 조희룡의 재주와 역량에 따라 조희룡의 법으로 그림을 그리며 산다. 조희룡이 추사의 법으로 시를 짓지 않을지라도, 추사의 법으로 난을 그리지 않을지라도, 추사의 법으로 그림을 그리지 않을지라도 조희룡과 더불어 조희룡의 법처럼 시서화를 즐기며 유유상종하려는 여항의 벗들이 많다.'

조희룡의 가슴속에서 문득 한마디 대답이 솟구쳐 오르고 있었다. 그는 방바닥의 한 점을 응시하면서 작지만 견고한 소리로 말했다.

"바람이 참으로 무척 심했사옵니다만, 소인은 절대로 멀미를 하는 체질이 아니옵니다."

조희룡의 자존과 고집에 추사는 허공을 쳐다보면서 혀와 목구멍과 콧속의 아픔을 잊고

"어허허……" 하고 웃었다. 추사의 꾸짖음에도 불구하고 자기가 가고 있는 길을 절망하지 않고 가겠다는 고집이 가상했다.

난을 많이 쳐달라는 상우에게

얼마쯤 뒤 한양으로 간 상우가 화선지 백여 장을 보내면서, 난
을 칠 수 있는 데까지 쳐서 하인이 오는 편에 보내달라고 했다. 그
것은 여항의 부자들 가운데 그의 난을 가지고 싶어 하는 사람들이
많다는 것이고, 그의 난으로써 곤궁한 처지를 면해보겠다는 것이
었다.

추사는 상우에게 장문의 편지로써 훈계를 했다.

난을 치는 법은 예서 쓰는 법과 가깝다. 반드시 문자의 향기와

많은 서책을 읽음으로써 우러나는 정취와 향기가 있은 다음에야 될 수 있는 것이다. 또 난 치는 법은 그림 그리는 법대로 하는 것을 가장 꺼리는 것이다. 만일 그림 그리는 법을 쓰려면 난초 이파리 하나도 그리지 않아야 한다. 조희룡 같은 무리는 나에게서 난 치는 법을 배웠지만, 끝내 그림 그리는 법으로 그리는 한 길을 면치 못했다. 이것은 그의 가슴속에 문자의 향기와 선비로서의 고고함이 부족하기 때문이다.

여기까지 쓰고 나서 추사는 한동안 울타리 안의 마당을 바장였다. 상우의 처지가 안타까웠다. 상우가 변해 있었다. 돈을 모으려 하고 있었다. 새 아내와 살림살이를 하다보니 돈이 필요할 터이다. 당장에는 곤궁할지라도, 서책을 부지런히 읽고 글씨 쓰고 그림 그리고 난을 잘 치게 되면 지적인 사람이 되고 눈빛부터가 그윽해질 터인데…… 그러면 권돈인이나 조인영의 줄을 잡아 규장각 검서관 자리에 특채될 수 있는 길을 잡아줄 터인데, 왜 그 길을 등한시하고 현실 쪽으로만 눈을 돌리는 것인가.

추사는 안타까웠다. 상우가 현실 쪽을 택하려 하는 것은, 그가 서얼이기 때문이다. 서책을 부지런히 읽을지라도 고작 검서관의 자리 얻는 데 그칠 것이라는 생각부터 하는 것이다. 그는 심호흡을 하며 방 안으로 들어갔다. 상우를 설득하여 책을 부지런히 읽고 시서화를 익히게 하고 싶었다. 다시 편지를 이어 썼다.

…… 그런데 지금 여기 이렇게 종이를 많이 보내온 것을 보니, 네가 아직 난을 치는 경지를 알지 못하여 나에게 많은 난을 쳐주기를 요구하는 것이라. 너의 철없는 짓에 실소를 금할 수 없다. 난을 치는 데는 종이 서너 장이면 충분하다. 신명난 기운이 서로 모이고, 경우가 서로 융화되는 것은 글씨나 그림이 똑같이 그러하지만, 난을 치는 데는 그게 더욱 많이 작용하는데, 어떻게 한꺼번에 많은 난을 칠 수 있겠느냐. 환쟁이들이라면, 사람들이 돈을 싸다가 들이밀면서 난을 쳐달라는 대로 쳐주기로 한다면, 한 붓으로 천 장인들 못 쳐주겠느냐. 그러나 그와 같은 난은 치지 않는 것이 옳다. 내가 오래전부터 많은 난을 치려 하지 않는 것은, 많이 쳐보아야 작품다운 작품이 되지 않는다는 것을 알았기 때문이다.

붓을 멈추고 심호흡을 했다. 내가 상우, 그 자식을 왜 이 세상에 슬픈 서얼의 너울을 쓰고 나오게 했을까. 아, 초생 그 여자 때문이다. 그는 편지를 이어 썼다.

…… 그리하여 지금 석 점만 쳐 보낼 뿐이니, 너도 그 도리를 터득하기 바란다. 난을 치는 데는 반드시 붓을 세 번 굴리는 것을 묘로 삼아야 하는데, 지금까지 네가 하는 것을 보면 한 번에 죽 긋고는 바로 그치곤 하더구나. 모름지기 세 번 굴리는 연습을

많이 하여라. 요즘 난을 친다는 사람들은 모두 한결같이 삼전의 묘를 터득하지 못하고 되는대로 먹칠이나 하고 있을 뿐이다.

아침밥을 먹은 다음 양치질을 하고 차를 한잔 마신 추사는 방바닥에 펼쳐놓은 종이 앞에 반가부좌를 하고 앉아 기를 모으는데 문득 겨드랑이에 전율이 일어났다. 동시에 머리끝이 곤두서면서 온몸 살갗에 소름이 주욱 돋았다. 검은 화산석 깔려 있는 길을, 금부도사와 나졸들이 가시울타리 쳐진 그의 거처를 향해 달려오고 있는 듯싶었다. 금부도사는 사약을 들고 있을 듯싶었다.

그는 진저리를 치고 나서 눈을 감은 채 심호흡을 했다. 이 무슨 바보스러운 예감인가.

키 큰 하인 안이가 성급하게 먹을 갈고 있었다.

"먹은 세월아 네월아 오고 가지를 말아라, 하고 느긋하게 갈아야 한다. 그래야 먹물이 매끄럽고 차지게 되고, 차져야 종이가 먹물을 빨아들이기만 하고 뱉어내지 않는 법이다" 하고 수차 일렀음에도 불구하고 이놈은 있는 힘을 다해 먹의 머리를 벼루의 뱃바닥 속으로 꽉꽉 쑤셔 넣듯이 갈고 있었다. 먹 가는 소리가 사각사각했다.

"이놈아, 벼루 밑바닥 으깨지겠다!"

안이는 코를 훌쩍 마시고 잠시 천천히 가는 체하다가 벌떡 떨치고 일어나면서

"소인 놈 측간에 잠깐 갔다가 올랍니다요" 하고 밖으로 나갔다. 이놈은 하루 전부터 설사에 시달리고 있었다. 상한 것을 먹은 모양이었다.

"이놈, 거기 다녀와서는 손 정결히 씻고, 처마 끝에 걸어놓은 양귀비나무 한 그루를 약탕기에 넣고 푹 달여서 한 사발 마셔라."

추사는 엄히 명령했다. 죄지은 일 없는 네놈은 죄인 상전 따라 여기에 와서 그 무슨 고생이냐.

날씨가 흐린 까닭으로 햇살이 창호지에 들지 않았다.

안이가 여닫고 나간 대오리문을 바라보았다. 대각선으로 얽은 대오리문 창살이 ㄱㄴㅂㅁㅅㄹ 따위의 언문 글자들을 잇달아 괴발개발 그리고 있었다. 그 대오리문 창살에 누군가의 그림자가 어른거리는 듯싶었다. 눈을 바로 뜨고 다시 보니 그림자가 사라지고 없었다. 안이가 아직 들어올 때가 되지 않았는데 누가 온 것일까. 내가 헛것을 보았을까.

참새들의 짹짹거리는 소리가 들려왔다. 소리 없는 바람이 건듯 스쳐 지나가는 듯싶기도 하고, 독수리나 매가 참새를 잡으려고 날아온 듯싶기도 했다. 내가 잘못 느낀 것이겠지, 하고 심호흡을 했다. 펼쳐놓은 종이에 큰 글자 석 자를 쓰려고 하는데 신기(신명)가 모아지지 않았다. 제주목사가 부탁한 현판 '紫松軒(자송헌)'.

오금과 사타구니가 가려웠다. 지네를 참기름에 볶고 머리카락 태워 간 것에 수은 한 방울을 죽여 넣은 것을 이겨 발라 좀 효험이 있는 듯한데 새롭게 번져간 부위가 가려웠다.

가려운 곳을 손으로 긁지 않고 참았다. 참다가 안 되면 옷 위로 누르면서 문질렀다. 그러면 한순간은 화끈거리면서 시원하지만, 잠시 지나면 쓰라리면서 더 근질거렸다. 가려우면 애초에 지네 약을 발라놓기만 하고 근지럽다는 생각으로부터 벗어나야 하는 것이었다.

그러기 위해서는 글씨를 써야 했다. 글씨 속으로 빠져들면 근지러운 고통에서 벗어날 수 있었다.

시간의 길이나 부피, 고통과 번뇌의 부피나 크기는 정해진 것이 아니다. 도를 깊이 닦은 스님들은 그 시간과 고통과 번뇌를 늘일 수도 있고 줄일 수도 있다고 들었다. 나도 그 시간과 고통과 번뇌들을 내 마음대로 줄일 수 있다. 나를 억압해온 번뇌를 그치게 하고 드높은 먼 데 산과 같은 그 고귀한 분의 그윽한 마음을 본다. 높은 곳에 계시는 그분의 마음一心을 만드는 것은 내 눈빛이다. 하늘의 별빛을 만드는 것도 내 눈빛이다.

눈을 감는데, 문득 마당에 그림자가 드리워지고 있다는 느낌이 들었다. 이상스러운 예감이 스쳤다. 문밖 마당에 드리워지는 듯싶은 것은 사람이나 짐승의 그림자가 아니고 구름의 그림자도 아닐 듯싶었다. 어떤 거대한 비가시적인 것의 그림자일 듯싶었다. 아, 그렇다. 산의 그림자 아닌 그림자이다. 제주도 한가운데에 우뚝 솟아 있는 거대한 산. 한라산. 그래 그 산의 비가시적인 얼굴이다.

몸을 일으키고 문을 열고 나갔다. 지평선 저쪽에 보랏빛의 거대한 한라산 머리가 보였다. 목에 희끄무레한 구름자락을 목도리처럼 두르고 있는 그 산봉우리가 그를 향해 그윽하게 웃고 있었다. 전설의 수미산이 저러한 모습일 터이다. 추사는 눈으로 그 산정에다 한 개의 점을 찍고 그의 발 앞의 마당에 또 하나의 점을 찍은 다음 그 두 개의 점을 한 개의 선으로 이었다. 그러자 그 선을 타고 산이 그의 발밑으로 한달음에 달려왔다. 그는 가슴을 크게 펴면서 심호흡을 했고, 그 산이 가슴속으로 몰려들어왔다. 그의 가슴에서 우레 소리가 들렸다. 그는 수미산처럼 커지고 있었다. 눈앞에 보이는 것들이 모두 하잘것없고 가엾게 느껴졌다. 한양에서 그를 죽이려고 탄핵한 안동 김씨 일파들까지도.

세상에서 오직 그가 혼자 가장 크고 떳떳하고 올바른 듯싶었다. 하늘의 뜻에 머물러 사는 사람은 어떠한 장애에도 걸리지 않는 무애의 바람인 것이다. 내가 생각하는 바, 내 방식으로 사는 데까지 살다가 죽으면 그만인 것, 그것이 올바름이다.

방으로 들어오자마자 일필휘지로 '紫松軒'이라고 썼다.

이 꽃의 있음을 들어 저 달의 없음을 증명하리

오십 대 중반쯤 되었을 듯싶은 수좌가 찾아와 세 번 절을 하고
나서 말했다.

"빈도는 육지에서 떠돌다가 이곳 법화사까지 흘러온 혼허混墟
라는 중이옵니다. 원래 탐욕이 많은 것은 아니옵니다만, 얼마 전
부터 부처님의 청정한 마음만큼이나 구해 지니고 싶은 것이 생겼
사옵니다. 그것을 구해 지녀야겠다는 생각만 하면 환장할 것 같아
도저히 참을 수가 없어 이렇게 염치 불구하고 대감을 찾아왔사옵
니다."

짧은 머리칼들 사이에 흰 실 국화꽃 빛깔의 머리털이 섞여 있는 혼허 수좌를 대하는 순간, 추사는 어디에서인가 깊이 인연을 맺은 적이 있는 얼굴이라고 느꼈다. 이 얼굴을 어디에서 무슨 일로 보았을까. 아 그렇다. 금강산에서 만난 그 스님이다. 키가 크고 허리가 약간 구부정하고, 석가모니의 수제자 가섭의 얼굴처럼 말상인 데다 광대뼈가 튀어나오고, 장군이 되어야 할 사람이 중이 되었다 싶던 그 스님.

그해 초여름의 비가 추적추적 내리던 마하연암에서 만난 그 스님은, 체구가 작달막하지만 차돌처럼 강단진 앳된 스님과 더불어, 남녘의 맹종죽으로 만든 양반들 실어 나르는 등산 도구로서의 남여를 메고 있었다. 그들은 장안사에서 왔다고 했고, 추사를 비로봉 정상까지 남여에 태우고 갔었다.

추사는 같은 젊은이로서 차마 그들을 노예처럼 부릴 수 없어, 그 스님들이 메는 남여를 타지 않고, 걸어서 올라갈 수 있는 데까지만 올라가보다가 힘이 들면 그냥 내려오겠다고 했지만, 두 스님이 비탈이 심해진 골짜기로 들어서면서 남여를 앞에 대놓고 기어이 타라고 강권을 했다.

"대교 나리, 여기서부터는 남여를 타셔야 합니다."

추사는 오르던 발을 멈추고, 숨을 헐레벌떡거리면서 그들을 향해 고개를 저으며 말했다.

"내가 걸어 올라보니, 내 한 몸 오르기도 이렇게 힘이 들고 숨이 차는데, 스님들이 나를 남여에 태우고 오른다면, 타고 가는 나는 편하지만 스님들은 얼마나 힘이 들겠소?"

바야흐로 기암괴석들을 쌓아 올려놓은 듯한 봉우리와 봉우리 사이에서 안개 자락 같은 흰 구름이 기어 나오고 있었다. 추사는 남여와 스님들을 등진 채 속으로 소리쳤다.

'아, 저 구름, 도연명의 「귀거래사」 속에서 기어 나온 구름이다. 무심한 구름은 산골짜기 사이에서 돌아 나오고, 새들은 지치면 돌아올 줄 안다雲無心以出岫 鳥倦飛而知還……. 그래 바로 저 구름이다. 도연명은 저 구름을 우주천지 율동의 모습으로 읽은 것이다.'

등 뒤의 체구 작은 스님이

"대교 나리께서 저희들의 남여를 타주시는 것이 저희들의 수도를 도와주시는 것이옵니다. 여기 오신 양반들은 대개 이 남여를 타시고, 그에 상응한 시주를 하십니다" 하고 말했고, 체구 큰 스님이 "마하연암 암주께서 잘 모시라고 부탁한 바이옵니다" 하고 말했다.

자기 별호를 '파보'라고 소개한 암주는 간밤 추사가 써준 '깨달은 율사의 참모습이 세상에 나타나심과 사라짐에 대하여 읊은 시栗師示寂偈'를 보고 감탄을 거듭했었다.

참으로 깨달은 이(부처)의 참모습을 한 채 이 세상에 오셨다가 아미타 세상으로 가신 율사가 이곳 마하연에서 확실하게 모습을 보이고 열반하였으나 그 자취가 없으므로 속된 사람들은 예로부터 그 율사가 모습을 나타낸 사실이 없었는지도 모른다고 의심한다. 자기 자취를 보이는 것과 보이지 않는 것으로 그 율사의 가벼움과 무거움을 가름할 수는 없다. 나는 일찍이 그 율사의 참된 환한 모습을 마음으로 뚫어 보았으므로 이 시를 지어 대중에게 보인다.

꽃 지면 열매 있고
달 지면 흔적 없어라
이 꽃의 있음을 들어
저 달의 없음을 증명하리
있음이면서 없음인 그 무렵의
그것이 실제 그 율사의 참모습인데
탐욕과 미망 속에 허덕이는 자는
자취에만 집착하네
내가 만약 그 율사의 자취라면
왜 세간에 남아 있겠는가
오묘하고 상서로운 모습이 휘날리면서
진리의 광명이 일어나고 봉우리 짙푸르네.
花落有實 月去無痕

誰以花有 證此月無
有無之際 實師之眞
彼塵妄者 執跡以求
我若有跡 豈有世間
妙吉祥屹 法起峯靑

"천하의 추사 김정희 대교께서 친필로 써주신 이 시를 반드시 이곳 마하연의 병풍바위에 새기도록 하겠사옵니다."

파보 암주는 해서로 쓴 시를 받아들고 탄성 어린 목소리로 말했는데, 이제 남여를 메고 따라온 두 수좌가 그 시와 글씨의 값을 톡톡히 갚을 모양이었다.

"만일 이 남여를 타지 않으시면 나리께서 더 이상 오르지 못할 터이옵니다. 앞으로는 더욱 가팔라집니다."

가섭처럼 생긴 수좌가 말했다. 추사는 그에게 고개를 설레설레 저었다.

"목숨을 걸고 이 산을 오르는 것은 무의미하네. 이 금강산은 그림을 완상하듯이 즐기며 바라보면 되는 것이지, 탐험하듯이 죽을 둥 살 둥 모르고 오르는 산이 아니네. 나 같은 사람은 도연명이 독서하듯이 이 산을 올라야 하는 것이네. 도연명은 즐기면서 읽을 뿐 깊이 읽어 따지고 가리지 않는다고 했네. 오르는 데까지 오르다가 힘들어 오르지 못하겠으면 올라가지 않겠네."

왜소하지만 강단진 수좌가 항의하듯이 말했다.

"비로봉 위에 올라서 완상하시는 이 산과, 골짜기에서 완상하는 이 산은 천양지차입니다."

가섭 같은 수좌가 빙그레 웃으면서 말했다.

"대교 나리께서 저희들의 남여를 타주시는 것이 저희들의 수도를 위해 큰 보시를 하시는 것이옵니다."

추사는 하릴없이 그들의 남여에 올라탔다. 그들은 숨을 가쁘게 쉬면서 가파른 비탈길을 올라갔다. 추사의 마음은 편치 않았다. 일그러진 얼굴이 펴지지 않았고, 비로봉 아래로 펼쳐지는 풍광들이 눈에 들어오지 않았다. 아, 못 할 일이다. 노예 노릇하듯이 수도하는 수좌들이 메고 가는 남여를 타고 비로봉 오르는 이 짓, 뜻있는 선비로서는 차마 못 할 일이다.

그러한 추사의 마음을 헤아린 듯, 뒤에서 남여를 멘 장군의 몸집을 한 가섭 얼굴의 수좌가

"사람이 메고 가는 남여를 탔다고 생각지 마시고, 구름을 타고 오른다고 생각하십시오" 하고 말했다.

비로봉 정상에 이르렀다. 추사는 정상에 선 채 두 수좌의 몸에서 번져오는 땀내를 맡았고, 그곳에서 지옥과 극락을 동시에 가슴으로 느꼈다.

한 사람으로 하여금 극락 체험을 하게 하려고 두 수좌가 지옥살이를 하고 있는 것이다. 아, 슬프고 가련한 빛과 어둠.

비로봉엘 다녀온 이후, 추사는 글자 한 자를 쓰고, 난 한 점을 치고, 그림 한 점을 그릴 때면, 늘 그때에 아프게 체험한 빛과 어둠을 함께 그려넣곤 했다. 물론 '꽃 지면 열매 있고, 달 지면 흔적 없어라, 이 꽃의 있음을 들어, 저 달의 없음을 증명하리……'의 있음과 없음의 길항도 함께 거기에 담으려 애쓰곤 했다.

그런데 그로부터 서른 해쯤의 세월이 사위어간 이제 비로봉에서 인연했던 가섭의 얼굴을 한 스님이 원악도까지 나를 찾아오다니…… 추사는 꿈만 같았다.

"우리들의 인연은 무엇입니까!"

추사는 뜨거운 감개를 주체하지 못하며, 눈가에 잔주름이 그어지고 볼이 우묵 들어가고 검은 머리칼에 흰 머리칼들이 섞이기 시작하는 혼허의 순한 두 눈을 건너다보았다. 그의 머리에는 비로봉에서 보고 온 도연명의 '어스름 속으로 기울어가면서 안타깝게 외로운 소나무를 어루만지며 그 주위를 맴도는 비긴 햇살景翳翳而將入 撫孤松而盤桓'이 그려지고 있었다.

혼허는 황감해하면서 말했다.

"한량없는 부처님의 은총일 터입니다."

"그렇소. 부처님의 은혜일 터이오."

추사가 빙긋 웃으면서

"그런데 혼허 스님이 부처님의 마음보다 더 구해 지니고 싶은 것은 대관절 무엇이오?" 하고 묻자, 혼허가 간절한 목소리로 말했다.

"저 중국에까지 신필이라고 소문난 대감의 간찰 글씨를 얻어 간직하고 싶사옵니다. 빈도를 위해서 간단한 게송 하나를 써주셔도 좋고, 이 탐욕 주체 못 하는 중놈아, 지옥에나 떨어져버려라, 하고 저주의 말을 써주셔도 좋사옵니다" 하고 말했다.

혼허가 마하연 병풍바위에 남긴 그의 율사 시를 늘 가슴에 품고 살아온 모양이라고 생각하며 추사는 고개를 끄덕거렸다.

"그래 어리석고 오만한 똥자루 하나를 남여에 담아 떠메고 비지땀 흘리며 비로봉을 올라간 그 빚을 겨우 추사의 간찰 글씨 몇 자로 돌려받으려 하시다니……."

혼허는 추사가 하고 있는 말들을 이해할 수 없다는 듯 어리둥절해하며

"…… 비지땀을 흘리며 비로봉을 올라간 그 빚이라니, 빈도로서는 알 수 없는 말씀이옵니다" 하고 말했다. 혼허는 자기가 예전에 추사와 인연 맺은 바 없고 이제 처음 만나고 있음을 말하고 있었다.

추사는 흐린 눈을 몇 차례 끔벅거리며 다시 혼허의 얼굴을 깊이 뜯어보았지만, 앞에 앉아 있는 얼굴은 분명히 마하연과 비로봉에서 만난 그 장군처럼 장대한 가섭 상의 스님이었다.

추사는 빙긋 웃었다. 내가 착각하고 있는 것인가, 하며 다시 혼허의 얼굴을 뜯어보았다. 아니다. 착각이 아니다. 그런데 왜 혼허

는 한사코 아니라고 부인하려 하는 것일까. 업에 대한 보를 받지 않으려는 것이다. 이 스님의 의지를 꺾어 굴복시키지 말고 그냥 스쳐 지나가자.

혼허는 추사의 착각이 안타까운 듯 자기의 전력과 추사를 찾게 된 내력을 소상하게 말했다.

"빈도는 오랫동안 영구산 영구암에 주석하고 계시는 백파 큰스님을 시봉하던 땡중이옵니다. 어느 날 한낮에 시냇물에서 큰스님의 버선을 빨다가 문득 하늘을 쳐다보았는데 흰 구름 한 장이 소나무 가지에 묶여 있었어요. 그것을 보는 순간, 제주에 유배되셨다는 추사 대감이 머리에 떠올랐고, 다 빤 버선을 가져다가 빨랫줄에 널고 나서는…… 이곳까지 흘러왔사옵니다."

추사는 혼허의 얼굴을 다시 한번 뜯어보고 나서 "어허허허……" 하고 웃었다. 젊은 시절에 나하고 인연했던 것을 왜 구태여 감추려 하느냐고 따지고 가려 가닥을 추린들 무엇 하랴. 딱 하나일 뿐인 진실이라는 것을 품고 살면 그뿐인 것을.

"지옥살이 같은 마음공부 할 만큼 하고, 큰 깨달음 얻어 아미타 세상에 가려면 큰스님 시봉이나 잘하면서 경학 공부 참선 공부나 더 할 일이지, 왜 생뚱스럽게 진망塵妄 속에 묻힌 죄인에게서 간찰 글씨 같은 것이나 구하려 하는 것이오?"

혼허는 아직도 추사가 자기의 전력을 의심한다고 생각한 듯 바랑 속에서 『선문수경禪門手鏡』을 꺼내 보이며

"이건 백파 큰스님께서 찬술하신 책이옵니다" 하고 말했다. 추사는 서른 살의 그 팔팔하던 때에 초의와 더불어 찾아갔던 백파를 떠올리며

"어디 한번 봅시다. 그 늙은 율사 지금도 여전히 꼬장꼬장하게 쑥떡 찰떡 보리떡을 따로따로 팔고 있는지?" 하고 손을 내밀었고, 혼허가 책을 들어 바치면서

"큰스님께서 문득 유배된 추사 대감 걱정을 하곤 하셨사옵니다" 하고 말했다.

추사는 책을 후르르 넘겨보다가 흥, 하고 콧방귀를 뀌면서 말했다.

"이 늙은 율사 아마 틀림없이 '아이고, 그 천둥벌거숭이, 반딧불로 천하를 다 태울 것같이 설치더니…… 쯧쯧' 하고 혀를 찼을 것이오."

순간 혼허가 소스라쳐 놀라며 추사의 얼굴을 건너다보고

"아니 정말로 백파 큰스님께서 꼭 그렇게 '아이고, 그 천둥벌거숭이……' 어쩌고저쩌고하고 중얼거리셨는데, 그것을 대감께서 어떻게 아셨사옵니까?" 하고 말했다.

"물 흐르듯 꽃 피듯 사는 사람의 귀는 천만리 밖의 소리까지 다 듣습니다. 허허허허……."

추사는 허공을 향해 너털거리다가 붓을 들어, 비로봉에서 진 빚을 갚는다는 생각으로 정성을 다해 간찰 글씨를 썼다.

높은 텅 빔 향해 줄곧 하늘 층계 올라가니
고귀한 신선이면서 오히려 격을 낮추네
그윽한 참 얼굴을 혼자서 끌어내고 뚫으니
바위 속 규방의 회색 비단 성녀를 만나리라
峭空直上上天梯 尚有金仙一格低
頂相單提單透入 石閨纔得隻丁棲

깨달은 그분의 비밀한 뜻 찾고 또 찾으니
좋은 일 하는 사람 원래 머무는 곳은 깊은 곳
내 들었어라, 세상 모든 푸르른 것들 속에
이따금 풍경 소리 스스로 울린다고.
毗沙覓覓復尋尋 菩薩元來住處深
聞說萬青千翠裏 有時自發種魚音

　추사는 세속의 법에 의해서 묶여 있는 그의 몸과 마음처럼, 허리
를 가는 끈으로 잘록하게 묶은 붓으로 잔글씨를 쓰고 있었다. 제주
도에 위리안치된 이후, 간찰을 쓸 때는 늘 그렇게 묶은 붓으로 쓸
작정을 했다.
　그 글씨들은 가시울타리 속에 갇힌 추사의 몸과 마음처럼 뾰족
거리는 송곳 모양새였고, 위태위태하게 양옆으로 기우뚱거리는 듯
싶었지만 한없이 청정하고 견고하고 한없이 향기롭고 예쁘고 아름

다웠다.

무릎을 꿇은 채 시 쓰인 화선지를 두 손으로 받아든 혼허는 눈물을 뚝뚝 떨어뜨렸다.

그러한 혼허를 아랑곳하지 않은 채 추사는 조금 전에 혼허에게서 받아 옆에 둔 『선문수경』을 펼치고 몇 장을 넘겨보다가 눈살을 찌푸렸다.

"아니 이 늙은이가?" 하며 거듭 여남은 장을 넘겨보고 나서 혼허를 향해 무뚝뚝하게 말했다.

"이 책 나한테 좀 두고 가시지요."

十
七

초의의 요술

　초의가 가시울타리 안으로 불쑥 들어섰다. 초의는 달라져 있었
다. 여느 산골의 농투성이 처사처럼, 수염과 구레나룻과 머리를 쑥
대처럼 산발하고 있었고 얼굴 살갗과 손은 거무튀튀했다. 주장자
와 바랑과 짚신과 형형한 눈빛만은 옛날의 그것이었다.
　"아니 초의 스님, 어쩐 일이시오?"
　추사가 놀라 묻자 초의는 허공을 향해 소리 없이 웃으면서 바랑
을 풀었다. 그 속에서 비둘기 한 마리를 꺼냈다. 털에서 무지갯빛
이 발산되는 검은 비둘기가 보석 같은 눈으로 추사를 쳐다보았다.

"비둘기는 또 웬 것이요?"

"추사 대감이 나보고 아미타 세상에 가서 진묵대사한테 춤을 배우고 오라고 안 그랬소? 춤추는 소매가 한도 끝도 없이 길어서 춤을 출 때마다 곤륜산에 걸릴 정도로 너울거리는 그 춤을 배워갖고 추기 시작한 다음에는 내가 그냥 이렇게 돼뿌렸구만이라우."

초의는 이렇게 말을 하면서, 한 손으로 비둘기의 머리를 잡더니 다른 한 손으로 부리를 벌렸다. 비둘기가 '구구국, 구구국' 울면서 차를 뱉어냈다. 초의가 그 차를 손바닥에 받아서 찻주전자에 넣고 우렸다. 주전자에서 차향이 솟아올랐다. 그 향기가 하얀 새끼 비둘기들이 되어 방 안의 허공을 빙글빙글 선회했다. '하아, 손오공의 요술이다' 하고 감탄을 하는데 초의가

"대감, 이 차의 향과 맛이 어떤지 증명해주시오" 하고 말했다.

추사는 방 안의 허공을 날아다니는 비둘기 새끼들을 흘긋 보면서 차를 마셨다. 배릿한 향과 고소한 맛이 콧속과 입안을 적셨다. 가슴이 부풀어 올랐다. 그가 그 잔을 들고 차를 마시는 순간 화창한 봄날의 검푸른 보리밭을 파도치게 하는 청치마 자락 같은 바람 너울이 떠올라서 말했다.

"이것은 아마 곡우가 지나고 입하가 가까웠을 때쯤의 날이 화창한 한낮에 딴 차인 듯싶소이다."

초의가 소처럼 웃으며

"하아따! 우리 대감마님, 폴세(벌써) 다선茶仙이 다 되아뿌렀구

네이!" 하고 진한 전라도 사투리로 말했다.

추사는 초의가 차를 넉넉하게 가지고 오지 않은 것이 서운하여 "내가 초의당한테 주려고 선물을 하나 마련해놓았는데, 차 인심이 이렇게 인색하니 내놓지 않겠소이다" 하고 말했다.

그의 말이 떨어지기 무섭게 초의가 허공을 향해 한 손을 쑥 내밀자 방 안의 허공을 내내 선회하던 비둘기 한 마리가 하강하더니 초의의 손바닥에 살포시 앉았다. 그것은 눈 깜짝할 사이에 작설차의 봉지로 변해 있었다. 맹종죽의 비둘기 털 색깔의 죽순 껍질로 소중하게 싼 작설차의 봉지.

"아이고, 그러면 그렇지!"

추사는 책상 서랍 속에서 창호지로 된 봉투를 꺼내 초의에게 주었다. 초의가 봉투 속에서 사각으로 접힌 화선지를 끄집어냈다. 그것을 방바닥에 펼쳤다.

'一爐香室(일로향실)'

초의는 후덕한 여인이 수줍어하며 춤을 추는 듯한 예서체 글씨들을 보면서 "아!" 하고 탄성을 질렀다. 순간 그 글씨들이 꿈틀거리는 듯싶더니 뱀처럼 스르르 기어나갔고, 허공을 날아다녔다. 그것은 용이 되어 있는 듯싶기도 하고, 한 마리 흑두루미가 되어 있는 것 같기도 했다.

아니 내가 얼마나 공들여 쓴 것인데, 저것이 저렇게 날아가버린단 말인가. 추사는 그것을 훔쳐 잡아 다시 화선지에 부착시켜야 한다고 몸을 일으켰다. 한데, 발과 다리가 말을 듣지 않았다. 안간힘을 쓰며 손을 뻗어 날아다니는 글씨를 잡으려 하다가 눈을 번쩍 떴다. 꿈이었다.

창문에서 흰 빛살이 날아왔다.

'아, 초의…… 초의 스님이 보고 싶다.'

이렇게 말을 하고 싶었지만 혀와 입술이 말을 만들지 못했다.

그는 혼침 속에 들어 있었다. 한없이 즐기고 싶은 혼곤하고 편안한 잠. 치자 색깔의 까치노을 같은 혼곤한 잠이었다.

죽이는 칼殺人刀 살리는 칼活人劍

난이 잘 쳐지지 않았다. 글씨도 마음먹은 대로 써지지 않았다. 까닭을 알았다. 나 스스로 원악도의 땅에 발바닥을 디디고 있는 고통스러움만 생각하느라고, 하늘의 관광寬廣한 음악이 되지 못한 때문이다. 방문을 열쳤다. 마당 가장자리에 드높이 쳐놓은 가시울타리가 보였다. 그 틈새로 하늘이 빙긋 웃고 있었다.

난 한 점을 쳤다가 구겨버리고, 반절지에 '꽃이면서 꽃 아니고 꿈이면서 꿈 아니네花非花 夢非夢'라 썼다가 구겨 던져버렸다.

밖으로 나갔다. 그새 그의 뜻을 알아차린 한라산이 그의 내면에

서늘한 그늘을 깊이 드리우고 있었다. 거대한 산 하나를 말 없는 듬직한 지기로서 옆에 두고 산다는 것은 행운이다. 하늘의 편경과 공후인들이 연주하는 음악이 들려왔다. 울림이 깊고 넓고 높다. 하늘의 텅 비어 있음으로부터 관광하게 땅으로 퍼져 내리는 황금빛 살 같은 음악. 그는 오소소 진저리를 쳤다.

난초 치기는 나의 마음을 봉鳳의 눈으로 그려내고 흰 코끼리象의 눈을 메뚜기의 날갯짓처럼 그려내는 것이다. 내 마음이 하늘의 음악을 만들고, 그 음악을 땅으로 퍼지게 하고, 지령으로 하여금 두리둥 두리둥둥 반향하게 한다. 봉의 눈은 하늘의 관광한 뜻을 보고, 코끼리의 눈은 우주의 뿌리谷神 속에 들어 있는 나의 시원을 읽어준다.

내 붓끝에서 뻗어가는 난의 잎사귀는 높고 넓고 장엄한 신의 음악이다. 바야흐로 목욕을 하고 희부연 속치마 차림을 한 여인의 몸 같은 꽃대 끝에 피어난 꽃은 거무스레한 봉의 눈이고 흰 코끼리의 눈이다. 그것들의 눈과 내 눈이 교합하며 '아으, 아으' 환희한다.

산중에서 대중들에게 참선을 가르친다는 백파 노인은 그 교합과 요분질하는 환희를 모른다. 그것을 모르는 자의 난초 치기와 그것을 모르는 자의 선禪은 자기를 속이는 한낱 우김질 같은 논의일 뿐이다. 억조 만경의 짙푸른 바다로부터 달려와서 나를 에워싼 가시울타리에 얼굴을 비비는 짭짤할 미역 향기 나는 습기 많은 바람결보다 값없는 논의.

다만 따지고 가리고 차별하기의 논의만을 일삼는 사람들은, 하루 한차례씩 측간에서 구린내를 맡으면서도 자기는 늘 난초의 그윽한 향기만 뿜는다고 거짓말을 한다. 중생은 젖혀놓고 부처만 위하고 따른다.

비린내 구린내 코를 찌르는 나의 대지를 알고, 그 속에서 오묘한 길상의 신비로운 향기를 기운차게 그려야 하는데, 모두들 거짓말을 한다. 글씨 쓰기나 난 치기나 선禪이나 다 마찬가지로, 금시조가 청룡을 훔쳐 잡고 향기로운 흰 코끼리가 바다를 한달음에 건너가듯 해야 하는데, 소졸하게 차별하여 한계를 만들어 자기를 우물 안에 가두느라고 드넓은 세계로 나아가지 못한다.

백파 노인은 그가 찬술한 책 『선문수경』에서 살인도와 활인검을 관우처럼 휘둘러 선에 대한 편 가르기를 하고 있었다.

제자들을 앞장서서 가던 석가모니가 아들 많이 낳는 탑에 이르더니 그 탑의 기단 한쪽에 엉덩이를 붙이고 앉았다. 옆에 누군가가 와서 앉을 수 있는 자리 하나를 남겨놓은 채. 모든 제자는 스승이 왜 저기 저렇게 앉아 계실까 하고 어리둥절해 있는데, 뒤따라오던 가섭이 스승이 남겨놓은 자리에 가서 앉았다.

이 말 없는 가르침을 '다자탑 앞에서의 자리를 반으로 나누어 앉기'라고 말하는데, 백파 노인은 그 말 없는 가르침 속에는 살인도 만 있고, 활인검이 없으므로 '여래선'이라고 규정한다.

영산회상에서 석가모니는 제자들을 향해 말없이 연꽃 한 송 이를 들어 보였다. 제자들은 어리둥절해 있는데 오직 가섭만이 스승의 속마음을 읽고 빙그레 웃었다.

이 말 없는 가르침을 '염화시중의 미소'라고 하는데, 백파 노인 은 이 말 없는 가르침 속에는 살인도와 활인검이 다 들어 있으므로 '조사선'이라고 규정한다.

백파는 순창의 영구산 영구암에 주석한 채 선을 강의하는 법회 를 열곤 하는데, 수좌들이 구름같이 몰려든다고 했다. 백파가 찬술 한 『선문수경』은 전국의 불교계에 큰 풍파를 일으키고 있었다.
그 책을 훑어보면서 추사는 '이런! 몹쓸…… 이 노인이 조선의 불교계를 다 망치고 있네' 하고 한탄했다.
백파 노인은 젊은이들에게 경전을 읽지 않을지라도 참선만으로 써 넉넉하게 깨달음에 이를 수 있다고 가르친다. 백파는 길을 잘못 가고 있다. 잘못 가고 있는 그의 뒤를 줄줄이 눈먼 젊은 수좌들이 따라간다. 경전을 제대로 읽지 않은 젊은이들에게, 길 잘못 가는 백파를 비판할 시각이 움터나올 리 없다.

가부좌한 채 텅 빔과 없음無만 찾고, 머리에 현판처럼 드높이 내 건 '뜰 앞의 잣나무' 따위의 화두만 들고 깨달음을 얻기 위해 살인 도와 활인검을 휘두르다니, 그 얼마나 한심한 노릇인가. 그는 '백 파에게 편지로 써 보인다'라고 제목을 달고 나서, 한달음에 장문의 편지를 썼다. 백파의 율사로서의 행위를 비판하는 편지글이었다.

'…… 단도직입으로 말하는 것이므로, 비록 비위에 거슬리는 점 이 있더라도 성내어 격하지 말고 평상심으로 참구합시다…….'

이튿날 아침 일찍이 편지를 하인에게 주며, 순창의 영구암으로 달려가 백파에게 전하라고 했다.

한 달 뒤에 백파에게서 회신이 날아왔다.

'김 참판에게 편지를 올린다.'

추사는 곧 거기에 대하여 '망령된 증거 열다섯 가지를 논한다'고 써서 하인 편에 보내려고 하는데, 그때 초의가 바다를 건너왔다.

초의는 가시울타리 안의 마당에 서서 그를 맞이하는 추사를 향 해 숲속에 숨어 있는 보라색의 도라지꽃처럼 웃었다. 만면에 조용 한 웃음을 담은 초의를 보자 추사의 가슴에서 뜨거운 기운이 울컥 넘어왔다. 초의는 합장을 한 채 가시울타리 안으로 들어와서 추사 의 소매를 잡았다.

추사는 수척해져 있었다. 혀와 목구멍에 종기가 난 데다 잘 먹지 못하고 있었고, 그리고 간밤에는 백파에게 편지를 쓰느라고 밤을 밝힌 것이었다.

추사는 초의를 대하자 흥분부터 했다. 초의를 안으로 들여앉히고는 곧, 백파에게서 온 편지와 그가 백파에게 보내려고 써놓은 장문의 편지를 건네주며, 일독한 다음 의견을 말해달라고 했다.

그것을 다 읽고 난 초의는 한동안 고민을 했다. 추사의 편지는 지나칠 만큼 강경한 데다 옳지 못한 부분도 몇 곳 있었다. 자존심이 강한 추사에게 그것을 어떻게 교정하게 할까.

초의는 조심스럽게

"물론 사실에 근거하지 않은, 허깨비처럼 텅 빈 논의를 깨부숴야 한다는 대감의 기조는 칭찬받아 마땅하지라우. 경전 공부를 뒷전으로 밀어놓고 면벽참선만 하는 것은 지탄의 대상이 될 수 있습니다이. 그런디" 하고 난 초의는 손끝으로 두 부분을 짚어 보이고 나서 말했다.

"여기 요 대목…… '중국어로 번역된 경전에 잘못이 많아 천축국에서 중국으로 온 달마가 모두 쓸어 내버리고 이심전심의 '선'을 가르친 거'라는 말은 잘못이구만이라우. 그리고 살인도와 활인검에 대한 인식이 잘못되어 있습니다이……. '만일에 살인도 활인검을 휘두를 수 있는 손이 내게 있다면 이 진체眞諦도 모르면서 살인도 활인검을 운위하는 백파 노인을 타살하겠다'고 한 것은 너무 심하구만이라우. 이것은 대감이 착각하고 있는 대목이므로 빼거나 다른 말로 바꾸었으면 좋겠구만이라우."

추사는 고개를 저으며 눈살을 찌푸렸다.

"초의당의 말을 받아들일 수 없소이다. 죽이고 살리는 것이 다른 사람을 상대하여 하는 말인데, 어찌하여 그것을 자기 마음에 본래 갖추고 있는 것이라 하느냐고 하는 나의 반박에 무슨 잘못이 있다는 것이오?"

"그것은 선에서의 '죽이는 말'과 '살리는 말'에 대하여 확실하게 이해하지 못한 잘못이구만이라우. 선은 경학적, 금석학적, 훈고학적으로 풀이되는 성질의 것이 아닙니다이. 선은 초월이면서 궁극의 순리로서, 삶의 맺힌 고를 푸는 신묘한 선약 같은 것이어라우."

추사가 따지고 들었다.

"팔만대장경 공부를 바탕으로 하지 않고, 겨우 조사선 여래선만을 익혀 악喝 소리나 지름으로써 참된 깨달음에 도달할 수 있다고 보시오? 요즘 경전에 무식한 선승들이 절집 안을 휘어잡고 있는 참선 일변도의 풍조는 한심한 일이오. 그것은 조선 불교를 망하게 할 증조요."

초의가 설득조로 말했다.

"우리 절집 안에서는, 달마 스님이 중국으로 오신 이후 내내, 경전 공부를 통해 점차적으로 깨쳐야 한다는 점수漸修와 참선을 통해 단박에 깨달음에 이른다는 돈오頓惡가 대립해왔고, 앞으로도 영원히 대립할 것잉만이라우."

추사가 목청을 높여 말했다.

"조선 불교를 망치는 것이, 경전 공부를 젖혀놓고 단박에 깨침만을 내세우며 면벽참선만 일삼는 무식쟁이 무리입니다. 북한산에 있던 무학대사의 것이라고 알려진 그 비석을 예로 들어 이야기합시다. 해동 조선의 모든 사람은 실제로 거기에 가서 그것을 확실하게 뜯어 읽어보지도 않고, 그냥 무학대사의 것이라 말했습니다. 그런데 나와 조인영의 실사와 실증으로 말미암아 그게 '진흥왕순수비'로 밝혀졌습니다. 지금 절집 안의 돈오를 주장하는 사람들은 자기들이 면벽참선을 하면서 곡두(환영)일지도 모르는 불확실한 도깨비장난 같은 깨달음이라는 것에 취해 있습니다. 『반야바라밀다심경』 하나를 두고 말해봅시다. 이 사람이 번역한 것 다르고, 저 사람이 번역한 것 다릅니다. 그 서로 다른 것들을 가지고 각자가 자기 것이 옳다고 우기는 판국입니다. 무식한 자들은 『논어』의 '郁郁乎文(욱욱호문―문물이 성하고 빛난다)'을 '都都平丈(도도평장―성하고 성하면 어른을 다스린다)'이라고 엉뚱하게 읽어버립니다. 경전을 제대로 읽지 않으면 다 이러한 무식쟁이가 되기 마련입니다. 달마가 들어와서 어찌하여 싹 쓸어버리고 이심진심의 선을 권장했습니까? 무식한 자들이 제각각 딴 주장을 하기 때문입니다."

초의가 고개를 설레설레 저었다.

"그것은 너무 지나친 억설이구만이라우. 빈도를 지기로서 여겨주는 대감의 배려, 실제로 있는 일에 토대를 두고 진리를 탐구하는 실사구시의 자세, 옛것을 오늘의 새 삶에 비추어 더 확실한 진리를 찾아가는 온고지신의 태도를, 이 빈도는 진실로 존중하구만이라우. 그리고 모든 현실적인 것보다 고아하고 지순 지고한 예술이 영원하다는 대감의 사상을 숭앙하고 지지합니다이. 그렇지만 빈도는 대감이 발견한 진흥왕순수비에 끝까지 집착하는 것, 그 이후 더 높은 곳으로 초월하지 못한 채 그 비석을 찾아냈다는 자기 오만 속에서 계속 머무르고 있는 것을 안타깝게 생각하고 있구만이라우. 그 집착과 오만을 끊고, 그 협곡을 지나 개활지로 나서는 것이 살인도와 활인검의 이론입니다이."

"똑같이 사람을 해치는 칼인데, 왜 하나는 사람을 죽이는 칼로 말하고 다른 하나는 사람을 살리는 칼로 차별하여 말합니까? 어떻게 한 가지 칼로써 죽이기도 하고 살리기도 한다는 것입니까? 말장난이 심합니다."

초의가 난감한 듯 얼굴을 일그러뜨리고 있다가

"'산은 산이고 물은 물'이란 말이 있구만이라우" 하고 나서 마른 입술에 침을 발랐다.

앞산에서 산꿩이 울었다. 그 울음소리가 두 사람 사이에서 맴돌았다. 초의가 말을 이었다.

"한 수좌가 어느 날 문득 '산은 산이고 물은 물'이라는 사실을 깨닫고 나서, 그 깨달음의 환희심으로 말미암아 환장할 것 같았습니다. 그래서 기둥에다는 '기둥'이라 써 붙이고, 천장에다는 '천장'이라 써 붙이고, 문에다는 '문'이라 써 붙였구만이라우. 그랬는디 한

도반이 와서 보고 '자네 그 집착이 아주 심하군. 그 집착에서 벗어나지 않으면 죽네. 그 죽음에서 벗어나려면, 기둥에다는 기둥이 아니라고 써 붙이고, 문에다는 문이 아니라고, 천장에는 천장이 아니라고 써 붙여야만 살아날 수 있네.' 도반의 충고에 그 수좌는 또 크게 깨닫고, 그것을 바꾸어 써놓고 나서 부르짖었습니다이. '그렇다, 산은 산 아니고 물은 물이 아니야.' 그런데 또 다른 도반이 와서 보고 말했습니다이. '이 사람아, 그럴 바에는 문이 벽이고 벽이 문이고, 천장이 기둥이고 기둥이 천장이라고 해야 옳지 않은가?' 그 도반의 말에 그 수좌는 또다시 크게 깨닫고, 그 도반의 말을 따라 모두 바꾸어 써놓고 부르짖었습니다이. '그래 그렇다. 산이 물이고 물이 산이다!' 그러자 스승이 와서 보고는 꾸짖으며 말하기를 '이 답답한 사람아! 벽은 벽이고 기둥은 기둥이고 천장은 천장이고 문은 문인 거야!' 했구만이라우. 그 수좌는 이번에야말로 더욱 크게 깨닫고, 처음대로 벽에는 '벽', 문에는 '문', 기둥에는 '기둥', 천장에는 '천장'이라고 써놓았습니다이. 그러고 나서 '그렇다, 산은 산이고 물은 물이다' 하고 외쳤습니다……. 그런데 그 수좌가 맨 처음에 인식한 '산은 산이고 물은 물'이란 인식과 마지막에 인식한 '산은 산이고 물은 물'이란 인식은 어떻게 같고 어떻게 다릅니까요?"

"그 말장난 같은 돈오 얻어가기가 광대무변한 경전 공부를 통해 얻어가는 점수와 어떻게 어깨를 나란히 할 수 있다는 것이오?"

"솔직하게 말씀드린다면, 대감은 어느 누구도 어찌할 수 없는, 대감만의 모순을 가지고 있어라우. 대감은 어린 시절에 전통적인 유학 집안의 선대 조상님들이 극락왕생을 빌기 위하여 지은 월성 위궁 집안의 절인 충청도 예산 땅의 화암사에 다니시면서 불교적인 정서를 익혔습니다이. 그 때문에 대감은 현실적인 충과 효의 도덕이념, 인의예지로 무장된 유학자이면서, 석가모니의 텅 비어 있음과 태허의 없음无이나 노장의 선도仙道나 불교의 선禪을 체득한 분이십니다이. 그런데 다행하게도 대감은 그 모순을 극복하는 수단을 가지고 있는데, 그것은 글씨 쓰고 시 짓고 그림 그리고 난초 치는 일입니다이. 대감께서 그 어느 누구보다도 소동파를 좋아하는데, 그것은 대감과 소동파의 처지가 아주 비슷하다는 것입니다이. 그것이 어디 대감만의 일이겠습니까요? 조선 땅에서 확철한 깨달음眞空妙有의 멋스러운 삶을 동경하는 선비들은 다 소동파를 동경하지라우. 그래서 소동파의 탄신일에는 그분의 상을 모시고 제사를 지내는 사람들이 많구만이라우."

"옳습니다. 이 추사가 깨달은 것은 많은 경전을 읽고 나서 얻은 것인 까닭에, 무식한 선승이란 자들이 악喝 소리 질러 깨달은 것과는 하늘과 땅의 차이가 있습니다."

추사는 당당하게 말했고, 초의가 빙긋 웃으며 대꾸하듯 말했다.

"유학에는 『논어』 『맹자』 『중용』 『대학』 등의 사서가 있고, 『시경』 『서경』 『주역』 등 삼경이 있습니다이. 사서가 네 개의 각으로써 사람들을 답답하게 묶어놓는다면, 삼경은 그 네 개의 각에 한 개의 각을 더하여 오각형이 되게 하는데, 그럼으로써 묶여 있는 사람을 자유롭게 풀어놓습니다이. 그렇게 풀려 초월하게 하는 경지가 '선禪'일 것잉만이라우. 『주역』은 점치는 책이 아니고 우주의 율동대로 살게 하는 것이고, 『시경』은 규범에 주눅 들어 있는 사람을 사무사思無邪의 사유로써 물처럼 흐르게 하는 것이지라우. 산은 텅 비어 있는 것이고 그 산이 자기의 것이라 우기는 사람이 없는 것이 듯, 물 흐르듯 꽃 피듯 살아가야 합니다요."

추사는 빈정거리듯이 말했다.

"좌우간 경학 공부를 도외시하고, 화두라는 것만으로 사람들을 가르친다는 것은 못된 술책에 지나지 않는데, 중국의 여불위가 음흉한 계략으로써 아들을 진나라 소왕에게 주어 장차 진시황이 되도록 한 것처럼 흉측한 짓입니다. 진시황은 장차 세상의 모든 책을 불태웠습니다. 얼치기 선승이란 자들은 경전을 공부하지 않아도 화두를 들고 면벽참선을 하기만 하면 깨달음에 이른다고 경전들을 불태워 없애는 자들입니다. 백파 노인이야말로 그들을 진두지휘하고 있는 흉한들의 괴수이지 않습니까?"

초의가 수긍하지 않고 고개를 저으면서 말했다.

"대감은 시방 선승들에 대하여 너무 심한 말씀을 하고 계시구만이라우. 수천 권의 경전을 읽으면서 점차로 깨달음을 얻는 사람들도 있지만, 그것들 수천 권을 읽고도 미처 궁극의 깨달음에 이르지 못했다가 선을 통해 단박에 깨달은 사람들이 있습니다이. 우리 조선의 불교는 교敎와 선禪이 한데 어우러진 통합불교인 것입니다이. 한 개의 날만을 가진 칼刀로 잘라내지 못한 것은 두 개의 날을 가진 칼劍로 잘라내야 합니다."

초의는 마른 입술에 침을 바르고 나서 말을 이었다.

"아시겠지만 '옛날 백장 스님의 여우 이야기'를 예로 들어 말씀해봅시다이. 백장이 밤마다 설법을 하는데, 뒷자리에 앉아서 열심히 듣고 있다가 가곤 하는 한 노인이 있었어라우. 어느 날 밤에 그 노인이 백장에게 말했어요. '내가 사실은 오백 년 전에 이 절의 주지였는데 지금은 축생지옥에 떨어져 있소이다. 축생지옥에 떨어지기 전에 내가 설법을 하는데 한 수좌가 물었습니다. 〈도를 열심히 닦으면 윤회에 떨어지지 않는다고 하는데, 과연 그러합니까?〉 윤회에 떨어진다는 것은 중생들이 죽은 다음 극락에 가지 못하고, 뱀이 되거나 개가 되거나 벌레가 되거나 하는 일이지 않습니까요? 그래서 저는 〈그렇다. 윤회에 떨어지지 않는다〉 하고 그 수좌에게 당당하게 대답했습니다. 그랬더니 그 순간에 제가 축생지옥에 떨어졌고 지금까지 그 지옥을 면하지 못하고 있습니다. 백장 스님, 대답해주십시오. 스님들이 도를 열심히 닦으면 윤회에 떨어집니까, 떨어지지 않습니까?' 이거 큰일이 났습니다. 만일 백장이 '윤회에 떨어지지 않는다' 하고 대답을 한다면, 백장도 축생지옥에 떨어져야 하는 것 아닙니까요. 그러나 백장은 대단한 선승입니다. 백장은 빙긋 웃으면서 이렇게 대답했습니다요. '그 윤회라는 것에 얽매이지(눈이 흐려져 있지) 않아야 합니다.' 그 말을 들은 노인은 아, 하고 깨달았고, 그로 말미암아 드디어 축생지옥으로부터 벗어났습니다요……. 경전의 가르침에 얽매어 있느냐, 그것으로부터 벗어나느냐 하는 차이로 말미암아 극락엘 가냐, 지옥엘 가냐를 결정하기도 합니다다이. 대감, 경전 공부도 필요하지만 참선 수행도 필요합니다다이."

추사가 말했다.

"우리 분명한 근거를 가지고 이야기합시다. 불교에서 깨달음에 이른다는 것을 유학에서는 '정심'에 이른다고 합니다. 참선하는 자들은 바람벽을 향해 앉은 채 화두를 들고 깨달음에 이르려고 합니다. 소위 '면벽참선'이라는 것이 그것입니다. 면벽하고 있으면 머리에 곡두(환영) 같은 망상들이 황막한 산하에서 한밤에 뛰어노는 도깨비들처럼 요동을 칠 터입니다. 면벽참선이란 것을, 천축국에서 중국으로 온 달마가 혜가에게 가르치고 혜가는 또 누구에게 가르치고 그 누구는 또 누구에게 가르쳤다고들 알고 있습니다. 그런데 『달마어록』을 읽어보면, 면벽참선이란 말은 그 어디에도 없습니다."

초의가 말했다.

"옳은 말씀입니다다이. 그렇지만 면벽참선은 하나의 비의秘義처럼 전해오는 것이라, 초심자들에게는 반드시 거쳐야 하는 것입니

다. 물론 '벽'이란 것은 '바람벽'을 말하지 않습니다. 아까 백장이
윤회에 떨어지느냐 그렇지 않느냐에 얽매이지 말라고 했듯이, '벽'
이라는 문자에 걸리지 말아야 합니다. 달마가 말한 '벽'이란 것은
비유하자면 이런 것입니다요⋯⋯. 진흙을 주물러서 만들어 단단
하게 말려놓은 진흙 소가 만약에 강을 건너가면 금방 물에 풀어져
한 바가지쯤의 흙탕물이 되고 맙니다이. 그런데 우리는 그 진흙 소
가 강물을 헤엄치며 건너가더라도 물에 풀어지지 않도록 미리 불
가마에 넣어 구워 단련을 시켜야 합니다이. 그렇게 하여 청자나 백
자나 옹기들처럼 단단해지면 물에 풀리지 않고 강을 건널 수 있지
라우⋯⋯. '벽'은 진흙 소가 초벌구이를 하지 않아 푸슬푸슬한 상
태일 때에 물(세상)을 만나지 않도록 해놓는 어떤 장치일 터입니
다이. 그 장치인 '벽'은 진흙 소가 그것을 이용하여 견고한 몸(청자
나 백자나 옹기)을 만든 다음에는 벗어던져버려야 하는 것이지라우.
마치 우리들이 강을 건넌 다음에는 타고 갔던 뗏목을 과감하게 내
던져버려야 하듯이 말이오."

추사가 따지고 들었다.

"초의당, 내가 말하려 하는 것이 바로 그것입니다. 수도하는 자
(진흙 소)가 자기 몸을 만드는 과정은 일차적으로 경전을 읽는 일입
니다. 그리고 불가마(면벽참선)를 통해 몸이 만들어진(깨달음을 얻
은) 다음에는 버려야 할 불가마를 평생토록 짊어지고 다니라는 것
이 아닙니다. 그것은 물론 강을 건넌 사람이 타고 건너간 뗏목을

아까워 버리지 못하고 지고 다니는 것처럼 미련스러운 일입니다. 그렇지만 풀리지 않는 것이 있으면 다시 경전 공부를 더 깊이 하여 알아내려 하지 않고, 악喝 소리만 질러 해결하려 하는 것은 크나큰 잘못입니다. 그것이 조선 불교를 망치는 큰 패악인데 백파 노인은 그것을 알지 못하고 있습니다."

초의는 추사와 밤새도록 다투어도 끝이 나지 않을 것임을 알아차렸고, 문득 "그렇습니다" 하고 말했다. 추사가 초의의 뜻을 알아차리고 맞은편 바람벽을 보면서 눈을 감았다.

초의가 말했다.

"추사 김정희 대감과 초의 의순이 오늘 밤 내내 어떤 무슨 말을 더 한다 할지라도 결론은 나지 않을 것잉만이라우. 점수냐 돈오냐 하는 것은 천년 동안 내려온 해묵은 논쟁입니다이. 그 논쟁이 팽팽하게 이어져오는 것은 그 두 가지가 다 필요한 까닭 아니것소? 석가모니 부처님이 말씀하시기를, 우리 도는 하나라고 말하지 않고, '둘이 아니다不二'라고 말씀하셨습니다이."

추사가 말했다.

"불이선不二禪! 아, 그렇습니다. 초의당이 이 추사에게 '그렇소, 그렇소, 추사 당신 말이 옳소' 하고 고개 끄덕거려버리는 두루춘풍이라면, 초의당이 이 추사의 시종일 뿐 마음을 허락한 벗일 수는 없을 터이고, 또한 백파 노인처럼 선풍을 일으킨답시고 경전 공부는 등한시하고 시도 글씨도 그림도 모르고 그저 주장자로 탁자나 내리치고 악喝 소리나 지르는 중이었다면, 추사에게 진즉에 금강 몽둥이찜질을 당하고 온몸에 시퍼런 멍이 들어 죽었을 터이므로, 해동 천하에서 명실공히 실사구시의 선승으로서 저 진공묘유 무쌍한 해붕 스님과 함께 호남의 칠고붕七高鵬이란 말을 들을 수도 없을 터이지요."

"이때껏 염불을 했어도 불이선이란 것이 무엇인지 몰랐는데, 대감의 말을 듣고 보니, 이 원악도 대정현의 가시울타리 속에 들어 있는 한 한양 양반놈의 몸뚱이와 대둔산 일지암 중놈의 몸뚱이가 바로 그 불이선이구만이라우. 허허허허……."

추사가 고개를 쳐들고 "허허허허……" 하고 웃어댔다. 둘이는 눈물을 질금질금 흘리면서 웃고 또 웃어댔다.

초의가 문득 윗목 구석에 놓아둔 그의 바랑을 끄집어 당겼다.

"이 바랑 속에 선재소년이 풀숲을 헤치고 다니면서 캐다가 문수사리에게 바친 그 약초가 있구만이라우. 문수사리가 대중들에게 들어 보이면서 '이 풀은 사람을 죽이기도 하고 살리기도 하는 풀'이라고 한 약초 말이오."

초의는 바랑에서 약봉지 넷을 꺼냈다. 하나는 비둘기 털 색깔의 죽순 껍질로 싼 작설차 봉지이고, 다른 하나는 당귀 뿌리이고, 또 다른 하나는 석청이고, 맨 마지막 봉지는 결명자였다.

"우리 대둔산 골짜기에 귀신같은 편작이 있는데, 내가 제주도 추사에게 간다고 하니까, 반드시 이것을 캐가지고 가라고, 원악도 풍토병에 아주 그만이라고······ 또 이 석청은 기운 없는 사람에게 좋고, 결명자는 침침한 눈에 좋다고."

그것들을 받아드는 추사는 가슴이 뜨거워졌다.

하인에게 주면서 당장에 당귀를 달여 올리라고 명했다. 그것을 먹기만 하면 혀와 목에 난 종기가 신통하게 씻은 듯 나을 듯싶었다.

초의는 작설차를 추사 앞에 내밀면서 말했다.

"이 약은 진실로 수도하는 선승들이 석가모니 부처님께 올리는 자기 묘의妙意와 비의秘義랍니다. 이것은 특히 불이선이 잘되지 않는 고집스럽고 자존심 강철 같은 양반 선비들의 머리를 깨끗하게 진실로 텅 비워주고, 한 송이 피어남으로써 극락 세상을 열리게 하는 우담발라꽃 같은 묘유의 신약입니다. 이 신약을 간간이 지혜롭게 복용하면 우주 시원으로 회귀하게 하기도 할 것입니다."

초의의 무당굿

이튿날 아침 초의는 바랑 안에서 목탁과 염주와 바라 두 짝을 꺼내놓고 추사에게 말했다.

"제주도에는 삼별초 난 때부터 한스럽고 원통하게 죽어간 귀신들이 아주 많아서, 외지에서 들어온 귀한 사람들 몸에 붙어 자꾸 몸과 마음에 병이 들게 한다고 들었구만이라우. 그래서 빈도가 악귀들을 몰아낼 당골네 살풀이굿을 해줄라고 준비를 해갖고 왔어라우. 대감, 이 중놈이 하는 당골굿을 우습게 보지 마십시오이. 당귀 푹 곤 물하고 결명자 물하고 석청을 잡수신 다음, 이 중놈의 당골굿을 보시고 나면, 신통하게 혀와 목에 난 종기가 없어지고 흐린 눈이 맑아지고, 기운이 펄펄 나실 것잉만이라우."

초의는 알 수 없는 데가 있는 중이다. 선을 통해 깨달음을 일으키려 하는 선승들은, 미망과 미혹을 이용하는 역술인들과 무당들을 우습게 알지만, 초의는 그 선승들과 다른 구석이 있다. 초의는 그들이 금기시하는 미망과 미혹을 이용하여 중생들을 제도해야 한다고 말한다.

한양에서 만났을 때 초의는 이렇게 말했었다.

"한소식했습네 하고 고고해져서, 중생들을 천시하고 외면하면 절대로 안 되지라우. 세상의 모든 사람은 병이 들어 쇠약해지면 마음이 약해지고 불안해지기 마련이어라우. 실사구시 이용후생에 밝은 북학과 양반이라 할지라도 악귀에 씔 수 있습니다이. 빈도는 석가모니 부처님 말씀도 전하지만, 귀신들의 말씀도 전하고, 단방약 처방도 해주고, 당골같이 축귀굿도 하고 천도굿도 잘합니다이. 어린 시절에 빈도 이름이 판수였거든이라우. 당골한테 팔려서 당골의 착하고 순한 아들 노릇을 했습니다이. 명절에는 명다리 놓은 신어머니에게 가서 밤을 지새우면서 '판' 자 돌림 형제들하고 불 넘기도 하고 제기도 차고 그랬지라우. 그때 신어머니가 하신 굿을 많이 보았기 때문에, 무당들 노래巫歌도 잘 부르고 당골춤도 잘 춥니다이. 중이 된 뒤로는 살풀이춤 대신에 바라춤을 추어서 축귀도 하고 천도도 합니다이. 잡귀신들은 쇳소리가 무서워 달아나고, 부처님은 바라춤을 좋아한께, 빈도의 춤은 누이 좋고 매부 좋고 두루두루 좋습니다이."

"곡차가 없이도 당골굿하고 바라춤을 출 수 있겠소?"

"물론 곡차가 있어야 하것지라우."

추사가 방이에게 술을 구해 오라고 명했다. 초의가 바랑에서 엽전 한 닢을 하인에게 내주었다. 하인이 흰 만월 같은 백자 호로병을 들고 나갔다.

초의는 마른 싸릿대를 자그마한 방망이만 하게 다발을 만들어 새끼줄로 친친 감아놓고, 장삼 위에 저녁노을 색깔의 가사를 걸쳤다. 방이가 술을 사오자, 두 개의 사발을 툇마루에 놓고 가득 따랐다.

"빈도의 당골굿은 아주 특별항만이라우. 가시울타리 둘러친 대감댁의 주인장하고 중놈 당골네가 먼저 굿을 축수한다는 의미로다가, 탁배기 한 잔씩을 죽 들이켜고 얼근해져야 시작합니다이."

초의는 한 사발을 추사에게 권하고 자기가 한 사발을 들었다.

"자, 빈도의 당골굿을 축수합시다!"

"초의당의 무당굿이 효험이 있기는 있는가요? 혹시 사람 잡는 선무당굿 아닌가요?"

추사가 술잔을 들며 반신반의했다.

"초의 당골굿은 워낙 신통스러워서, 하늘나라의 옥황상제님이나 칠성님 일월성신님들은 말할 것도 없고, 이곳의 한라산 산신

님 제주 바다 용왕님들이 이미 다 소문을 들어 알고 있을 것잉만이
라우."

추사와 초의가 술 두 잔씩을 단숨에 들이켰다. 추사는 혀와 목의
종기가 술로 말미암아 덧날지도 모르지만 두려워하지 않고 마셨
다. 초의가 굿을 해준다면 그것들이 거짓말처럼 나을 듯싶었다. 혀
와 목구멍의 종기는 가시울타리 속에 갇혀 산다는 마음의 고통으
로 인해 생겨난 것인지도 모른다.

"어, 그 원악도 곡차 맛 무지무지하게 좋다이!"

초의가 북돋워주는 흥이 술맛을 좋게 했다. 그들은 다시 한 잔씩
을 들이켰다. 추사는 입술과 수염에 묻은 술을 소매로 훔쳤다. 나
머지 술을 초의의 잔과 그의 잔에 따랐다. 두 사람은 술잔을 든 채
서로의 눈을 바라보았다. 망건만 쓴 추사의 초췌한 얼굴 속의 형
형한 눈을 응시하던 초의가 두 눈을 크게 벌려 뜨면서 "하아! 이제
자세히 본께!" 하고 탄성을 지르고 나서 말했다.

"추사 대감의 한쪽 눈에는 소동파 이태백 두보 굴원 백낙천 왕
희지 왕헌지 구양수 저수량이 다 들어 있고, 또 한쪽 눈에는 완원
옹방강을 비롯한 중국 벗들하고 초의라는 중놈이 들어 있구만이라
우, 아하하하……."

추사가 불콰해진 초의의 얼굴에서 반짝거리는 순한 두 눈을 보
며 말했다.

"하아! 이제 보니 초의 선무당의 왼쪽 눈에는 부처가 들어 있고

오른쪽의 눈에는 중생이 들어 있소이다. 그런데 추사는 그 어느 쪽 눈에도 들어 있지 않소이다? 어찌된 일이오?"

초의가 정색을 한 채 도리질을 했다.

"그 무슨 정 부족한 말씀을 하십니껴? 이 초의 무당의 한쪽 눈에는 일월성신이 들어 있고, 다른 한쪽 눈에는 중생들을 얼싸안은 부처님이 들어 있을 것이오. 그런데 주의 깊게 잘 들여다보시면, 부처님을 보듬고 있는 중생 하나가 있을 것이오. 바로 그 중생이 추사 대감이오."

추사가 술잔을 든 채 허공을 쳐다보며 너털거렸다. 초의도 술잔을 두 손바닥으로 감싼 채 하늘을 쳐다보며 따라 웃었다.

술을 들이켜고 난 초의가 하인에게 싸릿대 다발 끝에 불을 붙이라고 명했다. 불을 붙이자 횃불이 되었다. 초의는 그 횃불을 들고 이 방 저 방을 들락거리며 불로 천장과 바람벽을 지지고, 측간과 부엌의 구석구석을 지졌다. 횃불을 휘휘 저으면서 집안의 잡귀신들을 사립문 밖으로 내몰았다. 횃불을 길바닥에 내던져버리고 툇마루로 와서 바라를 집어 들었다.

마당 한복판으로 나가 무릎을 꿇고 절한 다음 조심스럽게 일어나 범패를 하면서, 바라 두 짝을 가슴 앞에서 힘껏 맞부딪쳐 쿠왕 하는 소리를 냈다. 쿠왕 쿠왕 하고 거듭 맞부딪쳤다. 그것은 우주 만물을 미망으로부터 깨어나게 하려는 큰 울림이었다.

바라 소리와 범패 소리를 들은 주인집 사람들이 달려 나와 굿을 보았고, 이웃집 사람들 마을 사람들이 모두 모여들어 굿을 보았다.

초의는 신명이 났다. 머리 뒤에서 한 차례씩 휘돌린 바라를 정수리 위에 올려 쓰르륵쓰르륵 소리를 내고 머리 위로 올리며 허리와 무릎을 굽힌 채 중심을 잡았다……. 왼쪽에 기울어 있는 바라를 철그렁 치면서 머리 위로 올려 돌리는 춤사위를 하다가, 번개요잡을 했다. 오른쪽 바라는 빙글 돌려 뒤로 넘길 자세를 취하고, 왼쪽 바라는 안으로 해서 밖으로 젖혀 배꼽 있는 곳으로 내려오게 하는 것. 다음에는 바라를 비비며 오른쪽 왼쪽으로 몸을 약간씩 돌리는 인명착因明捉을 거듭하고, 바라 두 짝을 하늘로 향하게 하며 몸을 굼실거리는 환희상배歡喜想拜를 하고, 바라를 힘껏 치면서 머리 위로 치켜올려 뿌리는 찬미와 환호를 거듭했다…….

초의의 바라춤을 보는 추사의 가슴속에서는 뜨거운 감회가 피어올랐다. 저 바라춤을 추어 위리안치되어 있는 외로운 벗을 괴롭히는 악몽과 악령들을 없애주려고 바랑 속에 무거운 바라를 넣어짊어지고 온 초의. 아, 저 고매한 선승! 정신 올바로 박힌 세상의 고관대작들이 시 한 수나 글씨 한 점을 얻고 싶어 하고, 더불어 술잔을 나누며 풍월을 하고 싶어 하고, 그윽한 암자로 찾아가 향기로운 차 한잔을 얻어 마시고 싶어 하는 저 지순 지고한 선승. 시골의 수더분한 당숙 같고 몇십 년의 해묵은 형 같은 초의가, 시방 이 원악도에서 병고에 시달리는 벗을 위하여 생무당 노릇을 하고 있다.

추사의 가슴속에서 뜨거운 멍울이 목으로 솟구쳐 올랐고 눈시울이 뜨거워졌다. 추사는 자기도 모른 새에 초의 앞으로 나아가, 바라춤의 가락에 맞추어 두 팔을 벌리고 보릿대춤을 추었다. 그러면서 침을 우려 꼴깍꼴깍 거듭 삼켜보았다. 그새 혀와 목구멍의 종기들이 다 나은 듯 아프지 않았다.

홍이 난 초의는 목청을 높여 범패를 하면서, 쓰르륵쓰르륵 번개요잡 구왕구왕 인명착 환희상배를 거듭했다.

추사는 바라춤을 추는 초의와 마주 선 채 신들린 설미친 사람처럼 보릿대춤을 추었다.

十

八

상우와 이상적

하인이 댓돌 앞으로 달려와서, 상우가 왔다고 아뢰었다.

"들어오라고 해라."

추사가 말했지만, 상우는 들어오지 않고 댓돌 앞에 엎드려 방 안을 향해 절을 했다.

"대감마님, 그동안 기체 안강하셨사옵니까."

상우의 인사말에는 추사의 가슴을 아리고 저리게 하는 불만과 반항이 담겨 있었다. 적자가 아니고 서얼이므로 아버지를 아버지라고 부를 수 없다는 것, 종처럼 윗몸을 숙이고 얼굴을 함부로 들어서는 안 된다는 것을 늘 무겁게 시위하곤 했다.

상우에게는 알 수 없는 구석이 있었다. 추사가 가까이하여 다독여주려고 하지만 상우 쪽에서 멀찍이 거리를 두곤 했다.

아버지인 추사를 믿을 수는 있지만, 양반인 추사를 믿을 수 없다고 생각하는 것이었다. 아버지와 아들 사이의 친함이라는 마약에 취하여 처신을 분명하게 하지 않았다가는 언제 누구에게, 나라의 법도를 어겼다고 뒤통수를 맞을지 알 수 없는 것이었다.

추사는 앉은걸음을 쳐서 문턱 옆으로 다가가 문을 열치고 상우를 내다보았다. 상우가 짊어지고 온 배 불룩한 바랑이 댓돌 위에 놓여 있었다. 댓돌 앞에 엎드려 절을 하고 있는 상우의 얼굴은, 육로 천 리와 바닷길 천 리의 노독과 뱃멀미에 찌들려 검누렇게 떠 있었다.

그 모습을 보는 순간 추사는 절망했다. 아버지와 아들 사이이건, 남편과 아내 사이이건, 주인과 종 사이이건, 벗과 벗 사이이건…… 사람과 사람 사이의 정이라는 것은 한 오라기의 아지랑이와 같은 것이다. 모든 사람 사이에는 각자가 지니고 있는 구실과 노릇, 예절과 이념으로 인한 거리 두기의 외로운 틀이 짜여 있다. 각자가 가지고 있는 권력으로 말미암아 차례가 정해져 있다. 그것들을 제거하고 맨살 맨몸으로 만나 비비면서 체온을 느껴보려고 해도 실패하고, 쓰라린 고독 속으로 빠져들 수밖에 없다. 고독은 조개껍데기 같은 각질이 되어 개체들을 감싼다. 상대와 좀 더 가까워지려고 하면 상대의 딱딱하고 차가운 각질이 멀리 밀어냄으로써 절망하게 한다.

"먼 길 오느라고 고생이 많았다. 어서 손발 씻고 들어오너라."

추사가 말했다. 그 말을 기다리고 있기라도 한 듯 하인 방이가 소쇄할 물통을 들고 달려 나왔다. 그것을 가시울타리 옆에 바싹 대붙여 놓아주자 상우는 그것을 들고 추사의 눈길이 미치지 않은 사립 쪽으로 가려고 했다. 그러는 상우를 향해 추사가

"그냥 거기 놓고 씻어라" 하고 말했다. 상우의 모습이 시야에서 사라지는 것이 싫었다. 추사는 사람이 그리웠다.

추사의 심사를 알아차리지 못한 상우가 주춤했다. 추사에게 등을 보인 채 가시울타리 옆에 물통을 놓고 먼저 어푸어푸 얼굴을 씻은 다음, 도도록한 화산석에 엉덩이를 붙이고 주저앉아 신과 발싸개를 벗고 두 발을 씻었다. 그 물에 발싸개를 빨아 가시울타리에 걸쳐놓고 물을 버렸다.

추사는 상우의 뒤통수와 옆얼굴을 내내 보고 있었다. 그의 머리에 한 여인의 모습이 그려졌다. 초생이었다. 두두룩한 괴나리봇짐으로 눈길이 갔다. 저 속에 혹시 초생의 곡진한 냄새가 담겨 오지 않았을까.

"그냥 이리로 들어오너라……. 그쪽 이야기를 좀 들어보자."

상우가 바랑을 들고 그의 방으로 들어왔다. 윗목에서 무릎을 꿇고 앉아 봇짐을 풀었다. 흰 보자기를 꺼내 추사 앞에 놓았다. 옷이

라고 직감했다. 그것을 초생이 만들어 보낸 것이리라. 지난번에 사철 옷을 보내주어 잘 입고 있는데, 또 지어 보냈단 말인가.

패랭이 차림을 하고 있던 초생의 모습이 떠올랐다. 숭정금실에 기거하며 먹을 갈아주기도 하고 잔심부름을 하기도 한 초생. 도포를 입혀주기도 하고, 정자관을 찾아 머리에 씌워주기도 한 그녀의 몸에서 날아오던 상큼한 체취. 술에 취해 들어와 끌어안자 흐느껴 울어버리던 초생.

홀연히 안방마님에게 햇볕을 쬐게 하려고 집을 나간 다음 의녀 노릇을 하고 바느질품을 들며 살았다는 그 초생이 옷을 만들어 보낸 것이다. 상우를 월성위궁으로 보내고 나서 소식을 끊어버린 초생이 왜 이제 와서 새삼스럽게 상우를 찾았을까. 초생이 마지막으로 보낸 편지가 떠올랐다.

"…… 일가 가운데서 양자로 끌어들인 아들보다는 못할지 모르지만 가축보다는 나을 것이옵니다."

그 말속에는 세상에 대한 슬픈 저항이 담겨 있었다.

흰 보자기를 풀어보았다. 가는베로 안을 받친 명주옷과 버선이 들어 있었다. 명주의 고소한 향이 콧속으로 스며들었다. 그것을 손으로 만져보는 추사의 코가 시큰하고 눈시울이 뜨거워졌다.

"마름질이나 바느질을 아주 정성스럽게 했구나" 하고 중얼거리는데 상우가 말했다.

"누가 밤에 대문간에 놓은 옷 보퉁이에 들어 있던 것인지라, 이

것을 가지고 와서 대감께 올려야 할까 말아야 할까 망설이는데, 도
련님이 대감마님께 올려드려야 한다고 하셔서…….”

도련님이란 양아들 상무를 말하는 것이었다.

추사는 당장 그 옷을 입어보고 싶은 것을 억누르고 옆으로 밀어
놓았다.

상우는 ‘완당산인’ ‘해악도인’이란 전각과 종이 한 축과 먹과 두
자루의 붓과 아름드리 책 묶음 셋을 내놓았다. 전각은 오규일이 보
낸 것이고, 다른 것들은 역관 노릇을 하는 이상적이 보낸 것이었다.
종이는 난을 치기에 알맞은 화선지였고, 붓과 먹은 중국산이고, 백
여 권쯤 되는 책들은 중국에서 간행된 것이었다. 하우경이 펴낸
『황조경세문편』, 총 120권 79책이었다. 짐 속에 이상적의 편지가
들어 있었다. 열쳐보니 문안과 더불어 그 책을 구하여 보내게 된
연유가 쓰여 있었다.

…… 그 원악도에서 이 ‘문편’이나 읽으시면서 소일하시고 옥
체 보존하시기를 앙망하나이다…….

추사는 뜨겁게 벅차오르는 가슴을 주체할 수 없었다. 대개의 역관
이란 자들은 인정에는 매몰차고 장삿속으로만 밝아 관운이 다한 자
들에게는 빌붙으려 하지 않는 것이 보통인데, 이상적 이 사람은 다
르다.

작년에도 중국에서 들여온 『대운大雲山房文庫』과 『만학晚學集』 두 책을 보내왔고 중국 친구들의 소식을 소상하게 적어 보냈었다. 이상적은 백설이 만건곤滿乾坤해도 독야청청하는 절개를 가지고 있다. 그 은혜를 무엇으로 갚을까.

상우가 마지막으로 내놓은 것은, 추사에게 보이기 위하여 가져온, 내내 공들여 쓰고 친 글씨와 난이었다. 절망하고 또 절망하면서 많은 공력을 쌓은 흔적들이 역력했다. 그러나 고졸古拙을 흉내 내고 있고, 억지로 기이하고 괴이하게 꾸미려 하고 있었다.

추사는 안타까웠다. 세상의 모든 아들은 아버지를 뛰어넘어야 살아남을 수 있다. 자기의 아버지가 혁혁한 존재일수록 그를 뛰어넘기 어렵다. 혁혁한 아버지의 빛이 눈부실수록 그의 그늘은 더욱 짙으므로 그 그늘에 묻혀, 있는 듯 없는 듯 미미하게 살아가기 마련이다.

상우 이놈의 절망은 남다를 수밖에 없을 터이다. 대개의 보통 아버지들이 쓰는 글씨나 치는 난은 세상의 평균치일 터인데, 나 추사의 글씨나 난은 그 평균치를 이미 상회한 것이다. 평균치인 아버지를 뛰어넘기도 힘들 것이거늘, 그 평균치를 상회한 아버지 뛰어넘기가 어디 쉬운 일이겠는가.

상우가 추사라는 아버지 속에서 나온 것은 제 놈의 어찌할 수 없는 운명이다. 세상의 모든 사람은 태어나자마자 자기의 운명과 싸운다. 나도 그랬다. 나를 죽이려 하는 천연두와 만난 것도 운명이었다. 그 운명과 싸워 이겼기 때문에 살아났다. 월성위궁의 종손으로 들어오자마자 어른들이 모두 돌아가셨으므로, 철부지인 내가 홀로 주인 노릇을 하며 하인들을 부리고 살아온 것도 운명이고, 세상을 주름잡고 있는 이광사의 동국진체라는 글씨를 디디고 올라서기 위해 벼루에 구멍이 뚫리도록 글씨를 써댄 것도 내 운명이다.

무학대사의 비라고 알려진 북한산의 비석을 찾아가 보고 그것을 신라 진흥왕의 순수비라고 밝힌 것, 한 시대의 불교계를 풍미하는 해붕과 백파 스님의 선에 대한 주의 주장을 깨부수지 않을 수 없었던 것도 내 운명이다. 사람은 모름지기 자기의 운명을 깨부수고 헤쳐나가야 하지만, 그러한 운명과 고달픈 아픔을 부여해준 신神과도 싸우는 것이다. 그 싸움을 피해 달아나거나 그 싸움에 이기지 못하면 아무것도 성취할 수 없다.

원악도에 나를 위리안치시킨 사람들은 안동 김씨 일파이다. 그들은 나를 두려워하고 있는 것이다. 왜 두려워하는 것인가. 내가 홍대용 박지원 박제가 유득공의 뒤를 이은 북학파이기 때문이다. 내 벗인 정인영은 나에게 효명세자의 보도를 맡기려고 한 적이 있다.

안동 김씨 일파가 세도로써 장기 집권을 하려면, 왕권 복원을 하려 하는 쪽에 서 있는 나를 없애야 하므로 탄핵이라는 수단을 쓴 것이다. 지금 나는 안동 김씨 일파의 도전을 받고 있는 것이고, 그들의 저주를 받게 한 신과도 싸우고 있는 것이다. 살아간다는 것은, 화해 없는 영원한 싸움을 치르는 것이다. 싸움을 걸고 있는 모든 적의 얼굴은 비가시적이다. 세상의 모든 것은 싸우지 않을 수 없는 운명을 가지고 태어난 것이다.

추사가 말했다.

"이 세상에 천재라는 것은 없다. 명필이나 신필은 하늘에서 점지해주지 않는다. 명필로서의 완성이 백 칸이라 한다면, 아흔아홉 칸까지는 그 사람의 부단한 분투와 도전 같은 정진과 공력으로 이룰 수 있지만, 단 한 칸은 신성이 작용해야 한다. 그 신성은 하늘에 있다. 그렇지만 어느 날 문득 그 신성을 하늘이 내려주는 것이 아니다. 그 신성은 사실상 그 사람의 가슴에 원래부터 있던 것인데, 그 사람에 의해서 저 상공의 짙푸른 하늘과 감응하여 발견하게 되고 얻게 되는 것이다. 사람은 모든 깨달은 선인의 오천 권 이상의 책을 읽어야 하고, 그 선인들이 고통스러운 현실 속에서 자기의 비참한 운명과 싸우면서 명상하고 사유함으로써 얻은, 스님들의 사리 같은 참 지혜를 얻어야 하는 것이다. 그 수천만의 지혜가 한데 어우러졌을 때 상공의 하늘은 그 사람 속의 하늘과 감응하게 되는 것이다."

상우는 고개를 떨어뜨렸다. 아버지 추사의 말에 절망하고 주눅 들어 있었다. 상우의 절망하는 모습이 추사의 마음을 아프게 했다. 그렇지만 모든 절망은 희망을 가지게 하는 약이다. 추사는 말을 이었다.

"예서를 쓰는 법은 차라리 너무 깨끗한 맛 세련된 맛이 사라져야 하고抽 기이함이 없어야 하고, 예스러울지라도 괴이하지怪 않아야 한다. 억지로 꾸미는 기와 괴는 참다운 기와 괴가 아니다. 기괴함은 억지로 꾸미지 않고 물 흐르는 듯하고 꽃 피는 듯한 순리여야 한다. 그러한 맛은 상우 네 속에 들어 있는데, 그것을 찾아내는 것은 상우 너 자신이다. 상우라는 몸뚱이는 아버지 김정희의 피와 초생이라는 한 여인의 피로 인해 만들어졌으므로, 너의 그 몸뚱이 속에는 추사가 들어 있다. 그렇지만 그 몸뚱이는 결코 추사일 수 없고, 이 천하에 하나밖에 없는 독특한 상우가 되어야 한다."

상우의 얼굴은 굳어져 있었다. 입을 굳게 다물고 있었다. 참담함을 어금니에 놓고 씹고 있었다.

'절망으로부터 일어나지 못하면 죽는데, 어떤 빛인가가 저 절망하는 가슴속으로 흘러들어야 하는데' 하고 추사는 생각했다. 한동안 상우의 얼굴을 건너다보던 추사가 말을 이었다.

"너뿐만이 아니고, 요즘 사람들, 너보다 글씨 쓴 연륜이 훨씬 오래된 대개의 사람들이 써낸 글씨를 보면, 허화虛和하지 못하고, 악착한 뜻만 가득해서 글씨다운 글씨를 써내지 못한다. 글씨에서 가장 귀하게 여기는 것이 허화인데, '허화'라는 것은 말하자면 '텅 빈 마음과 제 갈 길로 물 흐르듯 꽃 피듯 나아가려고 하는 글씨의 의지 사이에 이루어지는 화해'를 말하는 것이다."

이 말을 상우가 이해할 수 있을까. 좀 더 쉬운 말로 이야기해야 한다고 추사는 생각했다.

"우리는 남이 지어놓은 집(글씨)을 보고 나도 저렇게 좋은 집(글씨)을 지어 살아야겠다고 생각한다. 그래서 집을 지을 때 늘 그 집이 눈앞에 삼삼하게 그려진다. 내가 내 집 지으려고 하는 터 안에 누군가의 집 기둥 주춧돌 서까래 지붕 방 대문 측간 따위가 엄존해 있는데 거기다가 어떻게 나의 집을 지을 수 있느냐. 내 집 지을 터를 텅 비우지 않으면 안 된다. 확실한 빈터를 만든 다음에 거기에다가 내 글씨가 나아가려 하는 대로 붓끝을 나아가게 하면 좋은 글씨가 된다. 그것이 허화의 글씨인 것이다."

추사는 앞에 놓여 있는 벼루를 내려다보았다. 벼루의 먹 가는 부분은 닳고 닳아 움푹 파여 있었다.

"붓끝은 어디론가 나아가려고 하는 의지가 있다. 붓끝은 어디로 나아가려고 하느냐."

추사는 잠시 뜸을 들이고 나서 말했다.

"옛 성인들의 향기로운 의지가 들어 있는 책들을 수없이 많이 읽음으로써 생긴 나의 향기로운 마음은 '시'를 향해 날아가고, 시는 좋은 '음악'을 향해 날아간다. 하늘의 관광한 뜻이 땅의 뜻과 어우러진 신묘한 소리로 된 좋은 그 음악은 '춤'을 향해 날아가고, 좋은 춤은 '성인의 말씀'을 향해 날아가고, 성인의 말씀은 '우주의 율동(순리)'을 향해 날아가고, 우주의 율동은 '태극에서의 무극'을 향

해 날아간다. 글씨에서 말하곤 하는 고졸이란 것은 바로 그 무극
(시원)에 있다."

추사는 닳고 닳아 움푹 팬 벼루 바닥을 손가락질해 보이며 말
했다.

"네 아비 추사를 명필이라 말하고, 추사의 글씨를 천재의 글씨
라고 하는 사람이 있다고 들었다. 그것은 실없고 허랑한 소리다.
세상에 천재는 없다. 이렇게 닳고 또 닳아진 벼루가 몇 번째인 줄
아느냐. 추사라는 한 남자가 평생 글씨를 써오면서, 닳아져 못 쓰
게 되어버린 몽당붓이 몇백 자루나 되는 줄 아느냐? …… 천재는
없고 신을 향한 도전이 있을 뿐이다. 사람은 남자이건 여자이건 내
손으로 세상을 바꾸어놓겠다는 의지와 열정을 가져야 한다. 세상
을 바꾼다는 것은 물의 흐름, 바람의 흐름을 바꾼다는 것이 아니
다. 세상을 비추는 햇살의 색깔을 바꾼다는 것이다. 검게 보이던
세상을 밝고 희게 보이게 한다는 것이고, 무지갯살을 일어나게 하
여 더욱 아름답게 보이게 한다는 것이다. 그 짓을 나는 경전 읽기
와 글씨 쓰기로써 해온 것이다."

상우는 방바닥의 한 지점을 응시하고 있었다. 추사는 상우에게
말하고 있었지만 사실은 자기 스스로에게 말하고 있었다.

"사람은 모름지기 성인의 말씀에 근거하지 않은 그 어떤 것도
믿지 않아야 하고, 오직 성인의 말씀에 근거를 둔 것만을 바탕으
로 해서 내가 옳다고 믿는 새 국면을 열어 나아가야 한다. 그게 온

고지신이고 실사구시이다. 하느님과 부처님을 위시한 모든 성인의 말씀을 바탕으로 세상을 보곤 하는 추사 앞에는 우러러볼 영웅도 없었고 우상도 없었다. 그들은 모두가 허상이었다. 추사는 그들을 깨뜨려 부수는 일을 해왔다. 북한산의 '무학대사비'를 깨부수고 '진홍왕순수비'로 바꾸어놓았고, 해붕이라는 노승이 하늘太盧로 포장한 공空 사상을 깨부수고 그것은 당신만의 공 사상일 뿐이라고 확언했고, 해동 조선의 불교계에서 내로라하는 대율사 백파라는 허상을 그렇게 깨부쉈다……. 이제 추사가 깨부수려고 하는 것은 신을 둘러싸고 있는 울타리이다. 내가 말한 신은 귀신을 말하는 것이 아니고 '자기의 모든 일을 완성한 존재'를 말하는 것이다. 그 신은 사람으로서 할 수 있는 구백구십구 개의 노력과 분투를 다하고 나머지 한 개를 성취함으로써 얻어지는 것, 말하자면 '완성'이다. 추사가 가장 귀하게 여기는 것은 '허화'이다. '텅 빈 마음과 제 갈 길로 나아가려고 하는 글씨의 의지 사이에 어우러지는 화해의 경지'는 인력으로 이룰 수 있는 것이 아니다. 천품을 갖추어야 할 수 있는 것이다. 천품이란 것은, 구백구십구 분이라는 몸뚱이의 한 꼭짓점에서 피어나는 꽃인 것이다" 하고 나서 추사는 붓을 들어 화선지에 간찰 글씨로 시 한 수를 써 주었다.

옛것 삼키고 이제를 머금었고
끝도 가도 없으니

넘실넘실 넓고 넓어

그 무엇에도 견줄 수 없어라

흥이 넘쳐 춤출 때는

호쾌한 가락과 글자

종이 위에 기괴하게

찡글 쩽글 곱게 빛남에

온 천하가 깜짝 놀라네

그렇지만 정밀하고 교묘해서

알맞은 글귀 편한 문장

정치하고 능한 지극함

신들려 하늘에 들었으니

아하! 무극!

뒷사람 더 손대려야 손댈 것 없구나.

茹古涵今 無有斷崖

渾渾灝灝 不可窺校

及其酣放 豪曲快字

凌紙怪發 鯨鏗春麗

驚耀天下 然而栗密竊妙

章安句適 精能之至

入神出天 塢呼極矣

後人無以加之矣

추사는 붓을 놓으면서 말했다.

"이 시는 중국 황보지정이란 사람이 당대의 명문장가인 한유의 시를 찬탄한 것인데, 이것은 글씨 쓰기에도 똑같이 적용되므로 평생 잠언으로 삼으라고 너에게 준다."

마지막으로 결론지어 말했다.

"구백구십구에 한 개를 더해 완성시키는 천품, 그것은 하늘神이 주는 것이지만, 결코 하늘이 주는 것이 아니다. 자기의 노력과 궁구로 터득한 하늘의 이치인 것이다."

서얼 아들 상우의 눈물

한양으로 돌아가겠다고 하직 인사를 하는 상우의 얼굴빛이 수상했다. 차갑고 어두운 그늘에 젖어 있었다. 서얼인 한 처녀를 지어미로 맞이하고 사는 상우의 그늘 어린 얼굴빛은 어떤 결연한 생각인가를 담고 있었다. 추사가 모른 체하고 절을 받는데, 소매 속에서 편지 한 통을 꺼내 바쳤다.

아마 입으로 차마 할 수 없는 말을 써 올리고 있는 것인 듯싶었다. 추사는 봉투 속에서 편지지를 꺼내 펼쳐들었다. 상우는 엎드린 채 머리를 조아리고 있었다. 상우에게서 차가운 바람이 날아왔다.

동시에 편지의 사연이 추사의 정수리를 아프게 내리쳤다. 추사는 울화가 치밀었고 손이 떨렸다.

　…… 한 마리 벌레보다 더 하잘것없는 소인은, 하늘 같으신 대감 곁에 머무르는 동안, 가시울타리 속에 갇힌 채 참담한 삶을 사시는 대감마님께 이 말씀을 드려야 할까 말아야 할까 망설이고 또 망설였사옵니다. 소인이 감히 아뢰려 하는 이 일이 사실인지 아닌지도 모르는데, 확인하지도 않은 채 아뢰려 하고 있지 않은가, 설사 사실이라 할지라도, 가시울타리 속에서 옥체도 제대로 가누지 못하시는 대감께 시방 이 말씀을 드려야 할 만큼 화급한 것인가, 이 일을 아뢰는 일이 큰 죄를 짓는 것 아닌가 하는 생각이 소인 놈 상우를 내내 괴롭혔사옵니다. 그렇지만 어차피 아뢰기로 작정한 이상 아뢰겠사오니, 소인을 엄혹하게 꾸짖어주시기 바라옵니다.
　소인은 오래전에 대감의 예서를 대국 상인들이 무값으로 사 간다는 말을 들은 바 있는데, 어느 한 사람으로부터 억장이 무너지는 소리를 들었사옵니다.
　대감께서 대감의 양자인 상무 도련님의 살림살이를 도와주기 위해서 은밀하게 글씨와 난을 쳐 보내주었는데, 상무 도련님이 부자들에게 팔아 몇천 냥을 모았다는 이야기이옵니다. 그것도 병풍이 몇 폭, 가리개로 쓸 주련이 십여 쌍, 난이 열 점이나 된다고 했사옵니다.

소인은 그 말을 듣고, 많은 생각을 했사옵니다. 대감께서 진정으로 그리하셨을까. 정말이라면 살림을 이루게 하는 데 있어, 대감께서는 적자인 상무 도련님과 서얼인 소인 놈을 너무 많이 차별하고 계시는구나.

소인은 그 말을 듣자마자 또 한 번의 절망을 했고, 하늘과 땅을 저주하고, 이 조선 땅에 시행되고 있는 적자와 서얼의 법도를 원망하고, 서얼로 태어난 운명을 슬퍼했사옵니다. 그러다가 그게 다 소용없는 일이라 생각하고, 다 포기하고 원망과 저주와 슬픔을 어금니에 놓고 씹고 또 씹었사옵니다.

대감마님, 만일 그 일이 사실이 아니라면, 대죄를 지은 이 옹졸한 소인 놈을 죽여주시옵소서. 절망이 너무 크고 억울하고 분하여 세상을 살아가기 싫어졌사옵니다. 만일 그게 사실이라면 뭍으로 건너가다가 바닷물에 빠져 죽어버릴 작정이옵니다.

옹졸하고 불효 막급한 소인 상우 통곡을 이 악물어 참으며 올립니다.

추사는 눈앞이 아득해졌고 얼굴이 화끈거렸고, 가슴이 심하게 우둔거렸다. 이 무슨 날벼락 같은 소리인가. 내가 제주도에 갇혀 있는 동안 한양과 예산에서 무슨 일이 일어나고 있는 것인가. 벽력같은 소리를 질러 상우를 꾸짖고 싶었지만, 추사는 참으면서 심호흡을 거듭했다.

그를 슬프게 하는 생각이 있었다. 서얼 아들인 상우와 양반 아버지인 그와의 사이를 가로막고 있는 강줄기나 드높은 산 같은, 현실적인 법도라는 거리감이 어찌할 수 없이 엄존하고 있다는 사실.

혀끝을 아프게 깨물었다.

내가 왜 저 서얼 자식을 낳았던가. 이제 후회한들 무얼 하랴. 저놈의 오해로 인한 쓰라린 절망을 어떻게 풀어줄까. 어디서부터 이야기를 할까. 대관절 어느 누가 어떤 심사로 저놈에게 그러한 거짓말을 하였을까. 서얼인 상우와 양자인 상무의 사이를 갈라놓으려는 것이다. 아니 그것은 서얼인 상우로 하여금 제주도에 건너가서 아비인 나에게 글씨와 난을 구해 오게 하려는 그 어느 놈의 술책인지도 모른다. 심호흡을 하고 나서 가시울타리 사이로 보이는 하늘을 쳐다보았다. 내 마음, 저 태허의 높고 깨끗한 진실을 말해주어야 한다. 추사는 엎드려 있는 상우에게 고개를 들라고 말했다.

상우는 엎드린 채 눈물을 훔치기만 했다. 추사는 다가가서 상우의 한 손을 잡았다. 다른 한 손을 끌어다가 한데 모아 잡았다. 두 손의 등을 다독거려주면서 말했다.

"무슨 말부터 할거나. 나는 먼저 네가 알고 있는 그것들이 전혀 사실이 아니라는 것부터 말해야겠다. 상무는 내가 낳은 자식이 아니지만, 나라 법도에 따라 양자로 들인 아들이고, 상우 너는 내 속으로 낳은 자식이다. 저 하늘에 맹세코 나는 상무와 상우 너를 차별하지 않는다. 내가 상무의 살림살이를 위해 글씨와 난을 은밀하게 주었다는 그 말을 해준 사람은 어떤 누구인데, 어떠한 저의로 그 말을 너에게 했을 것인가. 이 아비의 진실을 어떻게 말해야 할까. 나는 진정으로 상우 너를 사랑한다. 타고나기는 잘 타고났지만, 서얼이라는 너울을 쓰고 살게 된 너를 진정으로 아깝게 생각한다. 내가 가지고 있는 모든 기예를 너에게 다 물려주고 싶고, 그리하여 장차 기회가 닿으면 너로 하여금 규장각의 검서관 노릇을 하고 살 수 있도록 해주고 싶고, 너로 하여금 희대의 명필이 되어 붓만 휘두르면서도 살 수 있게 해주고 싶었다. 그리고 이 아비가 만일 아비의 글씨나 난을 팔아 자식들의 살림살이를 일으켜주기로 작정을 했다면, 상우 상무 두 자식에게 똑같이 나누어주어야지 왜 상우 너를 젖혀놓고 상무에게만 주겠느냐?"

상우는 두 손을 추사의 손아귀 속에 맡긴 채 얼굴을 방바닥에 처박고 "으헉, 으헉……" 하고 울었다. 추사는 상우의 머리와 얼굴을 쓰다듬었다. 상우의 눈물이 추사의 손등에 묻었다. 추사의 가슴에서 솟구쳐 오른 뜨거운 기운이 눈시울을 뜨겁게 했다. 추사는 허공을 향해 심호흡을 하고 나서 말했다.

"상우야, 오해하지 마라. 내가 상무의 살림살이를 일으켜주기 위해 글씨를 써주고 난을 쳐주었다고 말하는데, 나는 상무에게는 그래야 할 필요가 없다. 상무는 월성위궁의 종손이므로 예산의 궁토에서 해마다 나오는 세수만으로도 최소한의 삶을 영위할 수 있다……. 상우야, 장부는 누구의 어떠한 말에도 휘둘리지 말아야 한다. 세상은 너를 차별하더라도, 이 아비는 상우를 절대로 차별하지 않는다는 것을 명심하고 부지런히 너를 연마하여라. 벼루 열 개가 구멍 뚫리고 붓 천 자루가 몽당붓이 되도록 쓰고, 쓰고 또 써라. 서책을 읽고, 읽고 또 읽어라. 너에게서 서얼의 너울을 벗겨주는 것은 오직 너 자신을 연마하려는 피나는 노력뿐이다. 이 아비를 가르치시던 박제가 선생도 서얼 신분이셨느니라. 너의 외할아버지들도 서얼 신분이셨지만, 시와 경학에 능했으므로, 정조 임금의 총애를 받으셨고, 역관으로서 중국을 빈번히 드나드셨고, 넉넉한 삶을 누리다가 돌아가셨느니라."

상우는 슬픔과 부끄러움을 주체하지 못하고

"대감마님의 높으신 뜻을 알지 못한, 옹졸하고 귀 얇고 데퉁맞은 소인을 죽여주시옵소서" 하고 나서 "으헉, 으헉……" 하고 울부짖었다.

세한도歲寒圖

　상우가 돌아간 다음 아주 오랫동안 추사는 쓰라린 가슴이 가라
앉지 않았다. 자리에 누웠다가 일어났다가, 명상하다가 글씨를 쓰
다가, 밖으로 나가 가시울타리 안의 마당을 바장이었다.

　방으로 들어와서 상우가 가져온 비단옷을 펼쳐보았다. 입고 있
는 바지저고리를 벗어버리고 그것들을 꿰어 입어보았다. 옷에서
새물내가 났다. 안감으로 쓴 가는베가 살갗을 포근하고 편안하게
감싸주었다. 그 옷을 한 땀 한 땀 바느질했을 초생의 손길을 생각
했다. 초생의 체취가 코끝에 느껴졌다.

이상적이 보낸 책들을 뒤적거리기도 하고 붓의 털들을 쓸어보기도 하고 먹의 향기를 맡아보기도 했다. 그래 나 이 겨울 한파 속에서 그대들의 온정이 있어 이렇게 살아가고 있다. 뜨거운 감회를 주체할 수 없어 하늘을 향해 얼굴을 쳐들고 심호흡을 했다. 이상적에게 무엇으로 보은을 할까.

　시방 나의 형편으로는 난을 쳐주거나 그림을 그려 보은하는 수밖에 없다. 설 전후의 추위를 견디고 있는 난이나 소나무를 통해 내 마음 내 처지를 형상화시켜주자.

　줄기가 없지만, 칼 같은 잎사귀와, 봉이나 흰 코끼리의 눈 같은 꽃으로 기품을 드러내는 난이 도학자 풍이라면, 줄기가 튼실하고 헌걸찬 소나무는 유학자 풍이다.

　소나무가 지맥 속에 뿌리를 깊이 뻗고 짙푸른 하늘을 푸른 가지로 떠받치고 있는 것을 보면 공자의 모습이지만, 그것이 드리우고 있는 거무스레한 그림자를 먼저 보고 태허 속에 우듬지를 묻고 사유하고 있는 자세를 보면 깨달은 석가모니의 모습이다. 하늘과 달과 별과 구름과 안개와 바람과 새들과 소통하는 소나무의 몸은 신화로 가득 차 있다.

　추사는 문득 겨울 한파와 적막과 침잠 속에서 다사로운 몸피를 둥그렇게 키우고 있는 우주의 시원을 형상화시켜보고 싶은 충동이 일었다. 그림 한 폭이 머리에 그려졌다.

설 전후의 고추 맛보다 더 매운 찬바람이 몰아치자, 모든 짐승과 새는 모습을 감추고, 푸나무들은 죽은 듯 말라져 적막하건만, 건장한 소나무만 푸른 가지를 뻗은 채 우뚝 서서 제 몸을 지탱하기 힘들어하는 늙은 소나무 한 그루를 부축하고 있다. 그 부축으로 말미암아 늙은 소나무는 간신히 푸른 잎사귀 몇 개를 내밀고 있다. 그 두 나무 옆에 집 한 채가 있는데, 그 집은 마음을 하얗게 비운 유마거사처럼 사는 한 외로운 사람의 집이다.

'세상의 모든 중생이 앓고 있는데 어찌 깨달은 자가 앓지 않을 수 있겠느냐' 하며 칭병하고 누운 채 문병하러 오는 불보살들에게 불가사의 해탈의 진리를 설하는 유마거사. 그는 일체의 탐욕으로부터 벗어난 손님들에게 깨달음의 세계를 보여줄 심산으로 그의 집 거실을 텅 비워놓았다.

세한 속에서 얻은 불가사의 해탈의 무한 광대하고 둥근 깨달음 圓覺은 텅 빈 하늘을 흡수지처럼 빨아들인 신묘한 힘이다. 수미산을 겨자씨 속에 넣고, 세상의 모든 바닷물과 강물을 한 개의 털구멍 속에 다 쑤셔 넣을지라도, 수미산과 겨자씨와 사해의 물과 털구멍들이 모두 끄떡도 안 하는 그 신묘한 힘은 공자와 맹자의 어짊과 안빈낙도와 노장의 무위와 다르지 않다. 그 힘은 그 집의 주인으로 하여금 장차 병에서 일어나 중생들과 더불어 살게 할 터이다.

그림을 그리는 동안 내내 추사의 머리에는, 예산의 용산에서 살

던 어린 시절, 측간에 갔다가 들어오면서 보았던 한겨울의 들판 한
복판에 서 있던 소나무 네 그루가 떠올라 있었다. 그림은 일사천리
로 그려졌다.

어린 시절, 예산의 집에서 바라다보이는 그 겨울 들판 한복판에
는 누가 왜 소나무 네 그루를 남겨놓았었을까.

나무
천축국의 왕자는
푸른 우듬지를 하늘로 쳐든 나무를 보며
'나무南無(그곳에 이르게 해주십시오)'라고 말했지만
나는 그곳에 이르려면 '나무我无(나 없음)'가
선행되어야 한다고 말한다
어디에 이르게 해달라는 나무인가
그곳은 내가 나를 텅 비운 채 돌아갈
태허, 그 푸른 하늘의 시공이다.

'세한도'라는 세 글자를 오른쪽 위에 가로로 쓰고, 그 옆에 세로
로 '우선 이상적에게 준다'고 쓰고, 그림 왼쪽에 내리글씨로 가슴
에 쌓여 있는 말을 늘어놓았다.

그대, 지난해에는 『대운』『만학』 두 문집을 보내왔고 금년에

는 우경의 『문편』을 부쳐왔는데, 이는 세상에 흔히 있는 일이 아니다. 그 문집들은 그대가 천만리 밖에서 여러 해 동안 애써 구득한 것이며, 쉽사리 손에 넣을 수 있는 것이 아님에도 불구하고 나에게 아낌없이 주었다. 세상의 풍조는 오직 권세와 이익만을 붙좇는데, 신산의 노력으로 얻은 결과를 권세 이익 얻을 수 있는 사람에게 바치지 아니하고, 바다 밖의 한 야위고 파리해진 사람에게 돌리기를, 마치 세상이 권세 이익에 붙좇는 것과 같이 하고 있으니 이게 어인 일인가. 태사공이 말씀하시기를 '권세 이익을 얻기 위하여 어울리는 자는 상대에게 권세나 이익이 없어지면 그 상대와의 사귐이 성글어진다'고 하였는데, 그대는 그러한 풍조 속에 살면서도 왜 (초연히 스스로 권세 이익 얻기 경쟁의 테두리 밖으로 벗어나서) 권세 이익을 따지고 가리면서 나를 대하지 않는 것인지, 그렇다면 태사공의 말씀이 잘못된 것인가. 공자님이 말하기를 '가장 추운 때에 보면 소나무 잣나무가 가장 나중에 시들어진다는 것을 알게 된다'고 하셨는데, 과연 보니 소나무 잣나무는 바로 사계절을 일관해서 시들지 않고, 세한 이전에도 하나의 소나무 잣나무이고 세한 후에도 하나의 소나무 잣나무이다. 지금 그대는 나를 대하기를, 권력 가지고 있던 이전이라서 더함도 없고, 제주도에 유배된 이후라서 덜함도 없다. 이전의 그대는 칭찬할 게 없었을지라도 이후의 그대는 성인의 칭찬을 받을 만하다……

이 〈세한도〉에는 중국의 스승 완원과 한 약속을 생각하며 '완당
阮堂'이라는 호를 썼다.

十
九

가짜 추사 글씨

이듬해 봄, 서풍이 어지럽게 부는 날 저녁녘에 양자인 상무가 왔다. 전날 포구에 내렸지만, 노독으로 지친 데다 멀미를 심하게 한까닭으로 성안의 한 어부의 집에서 하룻밤 묵고 온 것이었다.

반갑기야 하지만, 그의 피를 받은 상우가 왔을 때와 달리 껄끄럽고 부담스러웠다. 상무는 월성위궁을 이어가야 할 종손으로 조신하고 또 조신해야 하는 존재였다. 위험을 무릅쓰고 천 리 길을 달려오고 또 천 리 바닷길을 건너오다니.

상무가 제주도에 오는 것은 그가 바라는 바가 아니었으므로, 그는 하인들이나 상우에게 '상무는 절대로 오지 말라고 해라' 하고 누누이 당부를 하곤 했었다. 그런데 상무는 그 당부를 어기고 이천 리 길을 달려서 온 것이다.

"진즉 달려와서 수발을 해드려야 하는 것을, 이 소자 불효막급이옵니다."

상무가 사죄를 했다. 추사는 오느라고 고생 많았다고 위로의 말을 한 다음 엄히 말했다.

"이삼일 동안 쉬면서 노독이 풀리면 곧 돌아가도록 하여라. 너는 이 아비를 이어 월성위궁 주인이 될 사람이다. 아비의 유배가 곧 풀리면 과거를 보아야 할 것이니 미리 부지런히 공부를 해야 한다. 네가 조상님들께 바쳐야 할 효도는 이 아비가 유배에서 풀리자마자 과거에 합격하는 것이다."

상무는 고개를 떨어뜨린 채 말했다.

"소자도 아버님의 뜻을 어렴풋이나마 짐작하고, 진즉부터 과거 시험을 준비하고 있었사옵니다. 자나 깨나 이 원악도의 아버님을 생각하면서 부지런히 글을 읽었사옵니다. 그러다가……."

추사는 상무의 얼굴빛을 보고 상무가 처해 있는 상황을 점쳤다.

"과거시험, 그래 잘한다. 한데, 이것을 명심해야 한다. 사람들은 누구든지 다 훌륭한 재질을 타고난다. 그런데 그들을 가르치는 스승이나 아비들이 그들을 망쳐놓곤 한다. 그들에게 오천 권 이상의 책을 읽힌다는 생각으로 가르쳐야 하는데, 그 스승이나 아비라는 자들은 그렇지가 않다. 이때껏 과거시험에 잘 나오는 대목들을 발췌하고 거기에 주석을 단 책들을 읽히곤 한다. 어떤 훈장들은 이번 시험관은 어떠어떠한 관리가 맡을 터이므로 그들이 이러이러한 문제를 출제할 것이라고 하며 요점들만을 읽으라고 권한다. 그렇게 읽으면 약삭빠르게 토막 지식을 습득할 수 있을 뿐, 역사와 사상의 큰 흐름을 파악할 수가 없다. 그러나 상무 너는 월성위궁의 종손답게 그들처럼 조급한 공부를 하지 말고, 광대무변한 책의 세계 속으로 들어가야 한다. 가령 『논어』나 『춘추』나 『사기』를 손에 들면, 주석은 물론 처음의 서문부터 뒤에 발문까지를 속속들이 다 읽어버려야 한다. 노루 뼈 삼 년 고아 먹는다는 말이 있다. 그것은 중요한 책을 그렇게 오랫동안 읽어서 줄줄 외어버리고 완전히 소화시켜버리라는 말이다."

상무가 돌아가기 전날 밤에 추사에게 말했다.

"항간에 아버님께서 쓰셨다는 가짜 글씨들이 돌아다닌다고 들었사옵니다. 누군가 아주 귀신같이 아버님의 글씨 흉내를 내는 사람이 있다 하옵니다. 낙관까지도 똑같은 것을 위조해서 쓰고 있다는 것이옵니다. 무슨 묘책을 써서 그 사람을 잡아 다시 그 짓을 하지 못하게 혼내주어야 하는데, 마땅하게 좋은 방도가 없사옵니다."

추사는 태연스럽게 말했다.

"어찌하겠느냐. 그 사람도 먹고살려고 그러는 모양이다. 남을 속이면서 팔아먹는 그것이 과연 몇 점이나 되겠느냐. 그냥 모른 척하고 글공부나 하여라. 그 짓 하는 사람이 만일 이 아비하고 인연이 닿는다면 머지않아 그 못된 짓이 들통날 것이고, 내 글씨 흉내를 제대로 낼 수 있는 사람이라면 제법 예재가 있는 사람일 터이므로, 내 앞에 와서 새로이 연마를 하면 이제 정말로 좋은 글씨를 쓰게 될지도 모른다."

상무는 난처한 얼굴을 한 채 조심스럽게 말을 뺐다.

"누군가가 그랬습니다. 아버님 주변의 아주 가까운 누군가가 그 짓을 일삼는데, 그것이 다른 사람 아닌……."

추사는 머리에 번쩍 떠오른 것이 있었다. 혹시 상우가 연관된 것 아닐까.

"주변 사람이라니?" 하고 추사가 다그치자 상무가 머리를 조아리며 말했다.

"그것이 아마 상우일 거라고……."

"누가 그러더냐? 상우가 그 짓을 한다고?"

온몸의 피가 머리로 몰려들었다. 상무가 말했다.

"전에 강경도고 김창락의 부탁을 받고 아버님의 글씨를 받아간 바 있는 차채호란 사람이 그랬사옵니다."

추사는 우둔거리는 가슴을 억누른 채 다그쳤다.

"차채호가 정말로 그랬단 말이냐?"

"그것이 아니옵고, 전주 사는 누군가한테 그 말을 들었다고……."

"전주 사는 누군가한테서?"

추사는 어이가 없었다. 상무를 향해 호통을 쳤다.

"너 이놈! 글씨 거간이나 하고 다니는 차채호라는 건달이 전주 누군가한테서 들었다고 하는 그 애매모호한 말을 곧이곧대로 믿고 시방 그 불쌍한 상우를 이 아비 앞에서 매도하고 있는 것이냐!"

상무가 안절부절못하고 두 손을 짚고 머리를 조아렸다.

"아버님 용서해주십시오. 죽을죄를 지었사옵니다."

추사는 한심하여 목소리를 낮추어 말했다.

"네놈이 시방 무슨 죄를 지은 줄이나 알고, 죽을죄라고 말을 하는 것이냐?"

한동안 침묵이 흘렀다. 바람이 가시울타리를 흔들며 지나가고 있었다. 상무가 한동안 방바닥 한 점을 들여다보고 있다가 말했다.

"확실하지도 않은 말을 듣고 사람을 의심하고 고자질한 죄입니다."

추사는 생각했다. 상무는 경솔한 데가 있다. 하나를 보면 열을 알 수 있다. 이놈이 월성위궁의 종손 노릇을 제대로 할 수 있을까. 앞뒤 가림이 분명하지 않은 이놈이 과연 앞으로 과거에 입격하고 벼슬살이를 제대로 할 수 있을까. 나는 양자를 제대로 들였을까. 이놈이 앞으로 내 얼굴에 먹칠이나 할 재목이라면 어찌할까. 허공을 쳐다보면서 심호흡을 하며 생각했다. 아니다. 시방 이렇게 단정

136

해버리는 것은 너무 성급하다. 추사는 목소리를 낮추어 달래고 타이르듯이 말했다.

"알 수 없는 것이 사람의 마음이므로, 차채호가 너에게 해준 말대로 상우가 정말 그 일을 저질렀을지도 모른다 치자 그렇다면 네가 상우에게 확인을 했어야 옳다. 너하고 상우하고는 적자와 서자라는 차이는 있을지라도 엄연한 형제지간이므로…… 그런데 상우에게 확인을 해보지도 않고 아비에게 조르르 달려와서 고하는 것은, 월성위궁의 종손인 이 김정희의 아들로서 나와 상우 사이를 이간질한 것이고, 너와 상우 사이의 우애를 끊으려 한 일이다."

"아버님, 이 불효자 정말, 정말 죽을죄를 지었사옵니다."

상무가 눈물을 흘렸다.

추사는 한동안 쓰라린 비애와 고통을 어금니로 씹어 누르고 있다가 낮은 목소리로 천천히 말했다.

"이 아비가 이때껏 상우란 놈을 지켜보아온 바로, 그놈은 흰 모래밭에 혀를 처박고 죽을지언정, 이 아비와 적자인 너를 속이고, 아비의 글씨체를 흉내 내어 쓰고 낙관까지 위조해서 찍어, 추사 김정희의 글씨라 속이며 팔아먹는 파렴치한 짓을 할 아이가 아니다. 그놈은 서얼이란 너울을 뒤집어쓰고 사는 불쌍한 놈이기는 하지만 절대로, 아버지와 자존심과 양심을 팔 천둥벌거숭이는 아니다."

상무의 콧등을 타고 흘러내린 눈물이 방바닥으로 떨어졌다.

"아비의 가짜 글씨가 나돌고 있다는 말에 대하여 너무 신경 곤두세우지 마라. 실체가 있으면 반드시 그림자가 따르는 법이다. 그림자에는 가시적인 그림자도 있지만 비가시적인 그림자도 있다. 앞으로 사람다운 사람이 되려면, 누군가의 그림자가 되지 말고 너 스스로의 확실한 실체로서 떳떳하게 살아가거라."

상무는 울음 섞인 목소리로 말했다.

"명심 또 명심하여, 아버님을 실망시켜드리지 않겠사옵니다."

풍토병과의 싸움

장마철의 음습하고 후텁지근한 땅에서 일어나는 독瘴毒으로 말미암아 생긴 병을 두 달 가까이 앓았다. 문득 무력증이 일어나곤 하는 데다, 하인이 부축해서 눕히고 일으키고 해야 할 만큼 팔과 다리가 아프고 열이 나면서 숨이 가쁘고 기침이 나오곤 했다. 거기다가 눈앞에 불똥 같은 것이 어른어른 보이고, 혀와 잇몸과 목구멍은 붓고 헐어서 밥을 씹어 먹는 일이 또 하나의 아픔이고 고역이었다.

그렇지만 제주도의 풍토가 한양에서 온 죄인에게 쏟아붓는 공격(풍토병)에 굴복할 수는 없는 일이었다. 혀와 이빨을 사용하여 음식물을 씹고 목구멍으로 넘기는 일이 고통일지라도 '먹지 않으면 살아 돌아갈 수 없다'고 생각하며 사력을 다해 먹었다. 구역질이 나려 하면, 밥을 물에 말아 눈 딱 감은 채 꿀꺽꿀꺽 삼키곤 했다. 밥이 나를 만든다. 밥이 세상을 만들고 역사와 사상을 만든다. 성인도 그리하여 밥이 하늘이라고 말했다.

그런 고통스러운 삶 속에서, 충청도 예산 오석산의 화암사 상량문을 썼다.

영조 임금의 부마인 증조부 김한신이 젊은 나이에 후사를 두지 못한 채 돌아가자, 새파란 나이의 공주이신 증조모는 슬픔을 이기지 못하고 스스로 굶어 돌아가셨으므로, 영조 임금은 사랑하는 공주의 죽음을 애석해하고 그들의 극락왕생을 위하여 절을 세우게 했다. 그 절의 전각이 퇴락하여 증축을 하는 것이었으므로, 월성위 궁의 종손인 추사는 병든 몸임에도 불구하고 상량문을 정성을 다하여 쓰지 않을 수 없었다.

그 상량문에서 추사는 먼저 신심 돈독한 천축국의 아소카 왕의 기원정사 설립의 예를 말하고, 좋은 터에 지은 유마거사의 방장실 같은 전각을 찬양하고, 들보 들어 올리는 것을 돕는 노래를 지어 바쳤다.

들보 동쪽에 떡을 던져라
부처 빛살이 비치어 사방에 가득 차니, 먼 산 감돌아서 푸른

소라고둥 모양의 상투를 만들었고, 저 가운데 향기로운 냇물 고요
히 흐른다
　들보 남쪽에 떡을 던져라
　봉우리 위 푸른 안개 흰 이슬이 떨어진다, 강물 앞의 길손들
포구로 불러라, 극락으로 건너려면 부처의 힘 있어야 하느니
　들보 서쪽에 떡을 던져라
　……

상량문을 쓰고 난 추사는 '무량수无量壽'를 가로글씨로 쓰고,
'시경詩境' '천축선생고택天竺先生古宅'을 세로글씨로 썼다.

　…… '무량수'는 현판으로 새겨 걸고, '시경' '천축선생고택'
은 전각 뒤편 병풍바위에 석공으로 하여금 새기게 하시게…….

아우 상희에게 주는 짧은 편지를 첨부해놓고 자리에 누우면서
부터 몸살로 인하여 이틀 동안이나 오한에 시달렸다. 그렇지만 그
는 밥숟가락을 놓지 않았다. 나를 살아서 바다 밖으로 나가게 해
줄 수 있는 것은 이 밥뿐이다. 그래 밥뿐이다. 밥이 하늘이고 신이
다……. 구역질을 해가면서도, 하늘인 밥을 섬기고 또 섬기듯이
삼켰다. 밥님이시여, 나를 버리지 말아주십시오, 밥님이시여, 나를
버리지 말아주십시오.

가시나무 울타리 속에서 풀려난 새

허유가 일지암의 초의에게 들렀다가 오면서 작설차와 당귀를 가지고 왔고, 말린 개고기와 붓과 먹과 종이와 쌀을 짊어지고 왔다.

허유는 전과 달라져 있었다. 헌종 임금에게 그림 솜씨를 인정받은 궁중 화가답게 의젓하고 당당했다. 가슴을 펴고 고개를 쳐들고 눈을 똑바로 뜬 채 "소인 소치이옵니다이" 하며 안으로 들어와 절을 하고 나서 "대감마님, 그동안 고초가 얼마나 극심하셨사옵니까요?" 하며 추사의 얼굴을 살폈다.

추사는 고개를 끄덕거리며 원로에 고생이 많았다고 말했다.

허유는 서둘러 자기가 헌종 앞에서 그림 그려 올린 이야기를 했다.

"헌종 임금님 이제 약관일 뿐인디, 아주 의젓하시고 얼굴이 훤하시고…… 성군 중에 성군이 될 것잉만이라우. 내시가 화선지를 펼쳐놓고 그림을 그려 올리라고 해서, 떨리는 손으로 안개 속의 산과 강과 거룻배와 어부와 바야흐로 날개를 치고 비상하는 학을 그려 올렸는디, 헌종 임금이 감탄을 하고 누구에게서 그림을 배웠는가를 묻길래, 지가 시방 불행히도 제주도에 유배되어 계시는 추사 김정희 대감에게서 배웠다고 하자, 헌종 임금이 '그래 추사 김정희…… 짐이 고조부의 외손을 너무 홀대하고 있다!' 하고 혼잣말을 하셨구만이라우……. 대감마님, 아마 머지않아서 틀림없이 좋은 소식이 있을 것잉만이라우. 소인의 예감이 빗나가지는 않을 것이옵니다요. 이제 고생 다하셨고, 앞으로 관운이 훤히 크게 열릴 것입니다요. 헌종 임금이 얼마 전부터 안동 김씨 일파들을 하나씩 밀어내고 있습니다요."

추사는 궁궐 안의 소식들도 진즉 신관호를 통해 듣고 있었다. 헌종 임금이 신관호를 좋아하여, 수시로 궁궐 출입을 하게 하고, 독대하여 이것저것 세상 돌아가는 일에 대하여 묻곤 한다고 했었다.

허유가 말을 이었다.

"임금께서는 아직 약관에 이르지 않으셨는데도 불구하고 아주

근엄하고 단호하십니다요. 지난해부터 정국을 <u>스스로 주도해나가</u>려는 의지를 보이기 시작하셨구만이라우. 어린 시절 보도를 맡았던 조인영 대감이 조명구 같은 사람들과 함께 세력을 점차로 부풀리기 시작했는데, 들리는 말로는 김좌근 일당과 거의 양립하고 있는 셈이라고 합니다요. 지난해 구월부터는 경연 교재를 선왕들의 업적을 엮은 『갱장록』으로 채택하게 하고, 그다음에는 『국조보감』을 읽었다고 합니다요. 그러면서 국정에 소극적이라는 이유로, 안동 김씨 최측근인 영의정 정원용을 파직하고 김흥근을 삭탈관직시키고, 그 판에 김흥근을 옹호한 유의정을 처벌하고…… 안동 김씨 일파를 억누르려 하고 있습니다요. 멀리 내다보는 사람들은, 다가오는 대왕대비(순원왕후)의 회갑연을 기해서, 삭탈관직시켰던 김흥근과 더불어서 당신의 왼팔과 오른팔로 삼을 수 있는 추사 대감과 조병현과 이기연 이학수를 풀어주라고 명하지 않겠느냐고들 말을 합니다요. 이제 대감의 관운이 부챗살같이 열릴 것이옵니다요."

추사는 허공을 향해 눈을 감으면서 생각했다.

'나 이미 마음을 비웠느니라. 소동파가 그리하였듯이, 이 원악도를 벗어나면서 나를 여기에 가둔 모든 사람을 용서하고 남은 삶을 고요하게 살면서 시 짓고 글씨 쓰고 그림이나 그릴 것이니라.'

二
十

세상을 덮는 검은 구름

자기의 유배가 풀렸다는 소식을 접하고 나서 추사는 혼란에 빠져들었다. 일순간 나에게도 이러한 날이 오다니 그게 사실일까 하는 반신반의가 앞섰고, 이제 푸른 하늘로 날아오를 수 있다는 해방감이 뒤따랐고, 동시에 허탈감이 몸과 마음을 감싸버렸고, 몸의 균형을 잡을 수 없을 정도로 기우뚱거렸고, 이제부터 가야 할 곳이 이쪽인지 저쪽인지 방향감각을 잃고 말았다. 오랫동안 새장 안에 갇혀 있다가 놓여난 까닭으로 날개 치는 기능과, 창공을 주름잡을 때의 두려움 이겨내는 담력을 모두 잃어버린 새처럼.

두렵고 또 두려웠다.

문밖으로 나서자 길을 잃었다는 말이 사실인 듯싶었다. 길이란 무엇인가. 도道이다. 군자로서 밟아가야 할 올바른 길이다. 정도를 가야 하는 일이 왜 이렇게 두려운가. 수없이 많은 화살들이 몸통과 머리를 스쳐 지나가는 것을 보고 난 창공의 새는 이제 새로이 날아올 또 다른 화살들을 예감하고 있어야 하는 것이었다.

추사는 그 두려움을 무릅쓰고, 지치고 병든 몸을 이끌고, 구 년 동안 아득하고 머나먼 곳에 전설처럼 버려둔 오탁악세의 한복판인 한양을 향해 돌아가지 않을 수 없었다.

이제 그는 마음을 비우기로 작정했다. 안동 김씨 일파들이 구축하고 있는 세도의 성을 한갓 개미의 성으로 치부하고, 관직을 멀리한 채 시 짓고 글씨 쓰고 난 치고 그림 그리고 책 읽으며 남은 삶을 조용히 누릴 참이었다. 모든 탐욕 벗어놓고, 전설 속의 새처럼 세상을 초탈하여 하늘의 이치를 따라 구름 위에 노닐고 싶었다. 그를 제주도에 가둔 정적들을 용서하고, 젊은 시절부터 내내 무너뜨리기 위해 움켜쥐고 흔들었던 이광사의 글씨와, 모래 위에 지은 성 같은 것이라고 비방했던 백파의 선과, 해붕의 공을 허허벌판과 강물 위 바다 위에 놓아주고 싶었다. 수선화 한 꽃들만으로 세상이 가득 차 있어서는 안 된다. 이 세상은 벚꽃도 배꽃도 진달래꽃도 철쭉꽃도 호박꽃도 민들레꽃도 매화꽃도 살구꽃 복숭아꽃도 더불어 어우러지는 원융 세상이어야 한다.

빛이 있으면 그림자도 있게 마련이다.

초의를 찾아가서 하룻밤 머물러 가려고, 해남 관두포를 향해 나서려는데 수사 신관호 휘하의 한 장수가 편지를 전하고 갔다.

한양의 하늘이 심상치 않사옵니다. 한사코 조신해야 하옵니다. 김좌근을 필두로 한 안동 김씨 일파들은 남자를 여자로 만들고 여자를 남자로 만드는 일 말고는 하고자 하는 모든 일을 다 해버릴 수 있는 권세를 가지고 있는 족속들입니다. 대감께서 풀려 나오자 그들은 불안하여 무슨 일인가를 새로이 꾸미고 있을 터입니다. 시방으로서는 한사코 초연한 모습을 보여주어야 하옵니다.

준동하는 검은 구름장

  추사에 대한 해배 명령이 떨어진 날 밤 대사간 김우명은 계동 김
좌근의 집을 찾아가서 말했다. 김조순이 죽은 다음, 김좌근은 순
원왕후를 등에 업은 채, 공조판서 병조판서 이조판서를 두루 거치
면서, 안동 김씨 일파의 수장 노릇을 하고 있었다. 김우명은 환갑
을 훨씬 지났음에도 불구하고, 쉰두 살인 김좌근의 문턱을 들락거
렸다.
  "풀려난 김정희가 조인영 권돈인의 무리 속에 끼어들게 놔두어
서는 안 됩니다."

김좌근은 유관을 쓴 채 장죽을 빨면서

"염려할 것 없소이다. 모든 물은 출렁거리면서 오른쪽으로도 흘러가고 왼쪽으로도 흘러가는 법이니까" 하고 말했다.

김우명이 말뜻을 알아듣지 못하고 "네?" 하고 반문하며 건너다보자 김좌근은

"내 마침 속이 허전하여 혼자 약주를 한잔하려던 참입니다" 하고 밖을 향해 술상을 내오라고 명하고 나서 말을 이었다.

"추사를 풀어준 것은 그 사람으로 하여금 제 발로 한양까지 걸어 올라오게 한 다음, 권돈인이나 조인영이 가운데 어느 한쪽하고 함께 묶어서 더 멀리 내쳐버리기 위해서요."

"아아, 그런 꾀꼬리 소리 같은 기막힌 수가 있었습니까? 아하하하……."

김우명이 가느다란 목소리로 너털거리는데 문밖에서 하인이

"계동 김 참판께서 급히 뵙기를 청하옵니다" 하고 고했다. 김좌근이 들이라고 일렀다.

예조참판 김형근이 들어왔다. 김형근은 몇 해 전에 죽은 영흥부원군 김조근(헌종의 장인)의 동생이었다. 두 살 위인 김좌근에게 엎드려 절하고 나서 김우명의 소매를 잡아 흔들었다. 김우명도 반가이 답례를 했다.

술상이 들어왔고, 술상의 뒤를 따라 김좌근의 첩 나합이 들어왔다. 그녀는 나이가 제법 들었음에도 불구하고 변함없이, 갸름하고

하얀 얼굴에 눈빛이 반짝거리고 입술이 도톰하고, 허리가 버들가지처럼 가느다랬다.

얼마 전부터 나합과 김좌근에 관한 재미있는 소문 하나가 흘러다니고 있었다.

김좌근이 한 술자리에 갔더니, 어느 대감이

"하옥 대감의 우렁이각시 같은 미녀 첩은 무탈하십니까?" 하고 농담을 하자, 권돈인이 "하옥 대감의 작은방 여자를 '나합'이라고 부른다던데 그게 사실입니까?" 하고 물었고, 조인영이 "나합이라니요. 그게 무슨 소리입니까?" 하고 묻자, 권돈인이 "치마 입은 나주 최씨 대감 합하閣下란 말을 줄여서 그렇게 부른다나요" 하고 말했다.

김좌근의 미녀 첩이 대왕대비 무릎 밑을 무시로 들락거리면서 인사 청탁을 많이 해결해주곤 하므로 '나합'이란 별호가 붙은 것이었다.

김좌근은 속이 찔끔했지만 "어허허허……" 하고 웃어넘기고 돌아와서 나합에게 말했다.

"네가 어떻게 했길래 '나합'이라는 별호가 붙어 있는 것이냐? …… 앞으로 근신하도록 하여라."

그러자 나합이 애교를 떨며 말했다.

"아이고 대감, 그게 아니옵니다요. '대감 합하'라는 뜻이 아니옵고, 조개 합蛤자의 합하를 말하는 것이옵니다요. 바람둥이들은 여자를 조개라고 부른답니다요."

나합은 두 손님에게 가벼운 예를 차리고 김좌근의 옆에 앉았다. 나합은 세 사람의 잔에 술을 따랐다. 김우명과 김형근은 정중하게 두 손으로 잔을 들어 마셨다. 김좌근의 집을 들락거리는 모든 사람은 김좌근보다는 그의 첩 나합을 더 조심하고들 있었다. 김좌근의 머리에서 나온 모든 사안은 나합의 혀에서 만들어진 것이라고 소문이 나 있었다. 김좌근에게 인사 청탁을 하기 위해서는 나합에게 뇌물을 바치고 잘 보여야 했다.

"급한 일이라니요?"

김좌근이 김형근에게 물었다. 김형근이 목소리를 낮추어 말했다.

"임금이 오래 사시지 못할 것 같다는 전갈이옵니다."

나합은 모르는 체 눈을 내리깔고 있었고, 김좌근은 고개를 끄덕거렸다.

"이미 알고 있습니다."

그는 진즉 그의 사람인 내시를 통해 그 사실을 알고 있었고, 새 임금의 자리에 누구를 앉힐 것인가를 이미 나합과 더불어 깊이 의논을 해놓고 있었다.

김좌근의 생각에 다음 임금으로 중종의 후손인 이하전이 적당

할 듯싶었다. 종통도 확실하고, 인품이나 능력이 넉넉했다. 이하전은 안동 김씨 일파하고도 소원한 관계가 아니었다. 그런데 나합이 고개를 가로저으며 말했다.

"대감, 이하전은 안 되옵니다. 이하전은 권돈인과 친숙하여 시회를 하곤 하는 사람이고, 풍양 조씨들과 인척관계를 맺고 있사옵니다. 이하전이 일단 옥좌에 앉고 나면 안동 김씨를 밀어낼 것임에 틀림없습니다."

"그럼 누가 적당하겠느냐?"

김좌근의 물음에 나합이 말했다.

"역적으로 몰려 강화도로 귀양 가서 죽은 은언군의 손자 원범을 데려오십시오."

김좌근이 고개를 갸웃거렸다.

"아직 사면이 안 된 상태인 은언군의 손자 원범은 왕손으로 자라지 않았고, 배움이 없고 시골에서 굶주리며 농사짓고 땔나무를 하며 자랐다는 많은 허점이 있지 않느냐? 왕재는 왕재로서의 존귀함이 서려 있어야 하는 것인데……."

나합이 말했다.

"왕의 자리에 앉을 수 있는 자질이 갖추어지지 않았다는 점이 가장 좋은 점입니다. 안 되는 것일지라도 되도록 여러 가지 장치를 마련하여 만들면 되는 것입니다. 천덕꾸러기인 원범을 임금으로 만들어놓으면, 어차피 거치게 될 대왕대비의 수렴청정 시기부터 겹겹이

울타리를 쳐놓고 그 임금을 가축처럼 가두어 기르며 길들일 수 있을 것입니다."

"그런데 원범이는 헌종 임금과 형제뻘일 터인데?"

김좌근이 고개를 갸웃거리자, 나합이 말했다.

"그것은 간단합니다요. 원범이를 순조 임금의 양자로 삼으십시오. 그럼 대감께서는 그 새 임금의 외삼촌이 되고, 임금은 대감의 생질이 됩니다."

김좌근은 나합의 엉덩이를 두들겨주면서 말했다. "그래 그렇다. 너 같은 보배가 어떻게 해서 내 품엘 들어와 있느냐! 어허허허허……."

김우명과 김형근은 김좌근의 얼굴을 건너다보았다. 김좌근이 그들에게 목소리를 낮추어 말했다.

"강화도에 아주 좋은 왕재 하나가 있는데, 이미 사람을 보내서 그 왕재를 단단히 보호하라고 일렀습니다."

나합은 눈을 내리깐 채 말없이 그들의 잔에 술을 따르기만 했다.

오래지 않아 김우명과 김형근은 돌아가겠다고 몸을 일으켰다. 김우명이 앞장서서 나가고 김형근은 뒤처져 나갔다. 김우명이 신을 신는 동안, 김형근은 재빠르게 돌아서서 나합에게 다가가, 자그마한 비단 주머니 하나를 내밀고 속삭였다.

"우리 안사람이 잘 아는 역관에게 부탁해서 이번에 구해온 사향이랍니다. 며칠 전부터 우리 안사람은 고뿔 때문에 운신을 못 한지라……."

미친바람 속의 고요

돛이 둘인 중선은 세찬 바람과 성난 소 떼 같은 파도에 시달리며 해남 관두포를 향해 달렸다. 바람이 거칠게 몰아치면 돛대 끝에서 '휘익! 휘익!' 하는 소리가 났다. 선원들은 그것을 귀신의 휘파람 소리라고 말했다.

추사는 검은 구름 들썽거리는 하늘에 금을 그으며 나아가는 돛대 꼭대기와 수천 만억 이랑의 거친 파도에서 신의 모습을 보았다. 바람이 신이었다. 바람은 파도를 광란하게 하고, 돛폭을 팽팽하게 부풀어나게 했다.

어질어질한 멀미에 취한 눈으로 볼 때, 바다는 거대한 청남색의 화강암을 울퉁불퉁하게 조탁하여 깔아놓은 듯싶었다. 그것은 또 하나의 알 수 없는 두려움의 세계였다. 그 세계가 추사에게 죽음이 결코 먼 데 있는 것이 아님을 가르쳐주었다. 만일 난파된다면 하릴 없이 한순간에 수장되고 말 터이다. 거친 광막한 겨울 바다를 건너 면서 그는 내내 눈을 감은 채, 나 지금 죽음의 세상을 건너가고 있다 하고 생각했다.

죽어 지옥의 사자에게 이끌려 가지 않고, 살아 있는 목숨으로 지 옥의 거대한 검푸른 물너울을 건너는 경험을 하고 있다. 이 검푸른 지옥의 바다를 건넌 자는 한양으로 돌아가 남은 삶을 원융의 평화 로 살아갈 뿐만 아니라, 다른 사람들에게 그것을 가르쳐야 한다.

풍선은 뒤에서 오는 바람을 받으며 달리기도 하지만, 옆바람을 받으며 달리기도 하고, 바람이 달려오는 구멍을 향해 나아가기도 했다. 바람구멍을 향해 달려갈 때는 갈지자를 거듭 그어가면서 나 아감으로써 거기에 이르곤 했다.

추사를 실은 배가 북풍을 뚫고 해남 관두포에 당도하자 모래밭 에 젊은 스님들 넷이 서성이고 있었고 그 옆에 남여 하나가 놓여 있었다. 구 년 전 죄인으로서 해남 땅에 들어서자, 그를 납치하듯이 싣고 달리던 그 남여. 누가 저것을 저기에 준비해놓았을까. 신관호 일까 초의일까.

배에서 내리며 그는 비틀거렸다. 배와 바다가 기우뚱거리던 것처럼 땅과 하늘이 기우뚱거리며 빙글빙글 돌았다. 멀미가 남아 있었다. 비틀거리는 그를 상우가 부축했다.

추사는 젊은 스님들의 강권에 못 이겨 남여에 올랐고, 젊은 스님들은 남여를 메고 비탈진 산길로 들어섰다. 남여에 실린 채 비로봉에 오르던 일을 떠올리며 그는 눈을 감았다. 눈을 감으면 언제나 그렇듯이 푸른 어둠의 세상으로 빠져들었다. 나 지금 극락 세상으로 가고 있다. 가슴이 뜨거워졌다. 남사당패들이 두고 쓰는 말처럼, 죽을 판 옆에는 반드시 살판이 있다.

초의는 일주문 앞에서 추사를 맞이했고, 그를 일지암으로 안내했다. 소치가 알 수 없는 음식을 짊어지고 암자로 왔다. 그 음식을 상에 차려 추사 앞에 내놓으며 말했다.

"대감마님, 이 음식을 드셔야 제주도에서 생기신 장독이 풀리실 것이옵니다."

차려 내놓은 것은 개고기 곰국이었다. 부처님의 성스러운 도량에서 이것을 먹어도 되는 것인가. 하긴 중국의 한 선승이 병든 자를 구완하기 위해 절에서 돼지고기를 구웠다는 시가 있기는 하다. 나의 벗 초의가 나를 양생하려고 부처님의 말씀을 배반하고 있다. 추사의 속마음을 읽은 초의가 말했다.

"빈도가 모시는 부처님께서는, 빈도가 빈도의 쇠약해진 벗의 양생을 위해서 이 약을 마련한 것을 바로 보려 하지 않으시고 돌아앉아 눈을 반쯤 감으실 것잉만이라우. 염려 놓으시고 드십시오이."

추사는 초의와 소치의 배려에 가슴이 뜨거웠다.

불 지피는 소리가 들리더니 방바닥이 뜨거웠다. 그는 두꺼운 이불을 덮은 채 천장의 대들보와 서까래들을 향해 누웠다. 까무룩 잠이 들었다가 일어나니 온몸이 땀에 흥건하게 젖어 있었다.

초의가 아랫목에서 반가부좌를 한 채 선정에 들어 있었다. 초의는 수미산처럼 커져 있었다.

"휘우루룽 휘우루룽……."

몸을 싣고 있는 우주 전체가 기우뚱기우뚱 회돌이를 치면서 허공으로 항행하고 있었다. 해와 달이 땅덩어리를 돌듯이 그를 태운 우주도 돌고 있었다. 어떤 길을 따라 어디로 항행하고 있을까. 태극무늬와 결을 따라 떠간다. 우주가 향하고 있는 끄트머리, 그것이 시작된 시원의 자궁이다.

소피를 하기 위해 밖으로 나왔다.

"휘우루룽 휘우루룽……."

그것은 바람 소리였다. 가슴이 서늘해졌다. 장엄, 무진장의 소리였다.

암자는 '모진 그릇 방匚'이란 글자처럼 커다란 입을 서남쪽을 향해 벌리고 있는 두륜산 자락의 안쪽 기슭에 자리 잡고 있었다. 바람이 서남쪽으로부터 달려오면서 거대한 청색의 소라고둥처럼 회오리치며 하늘을 향해 급상승하고 있었다. 이 장엄과 이 무진장 속

159

에서 사람이 산다는 것은 무엇인가. 초의가 오래전에 써 보내준 선시 한 대목이 떠올랐다.

눈앞을 가리는 꽃나무 가지를 쳐내니
노을빛에 젖은 먼 데 산이 보이네.

아, 나의 보석 같은 벗이여. 그대가 나에게 꽃나무의 꽃에 홀려 사는 근시안적인 삶을 그치게 하고, 거대한 청색 소라고둥의 나선처럼 휘돌아 태허를 향해 상승하는 큰 삶을 살아가게 했구나.

적들이 나를 제주도에 가두지 않았다면, 나는 죽음 같은 바다를 경험하지 못했을 터이고, 두륜산 안쪽 자락을 청색 소라고둥처럼 휘돌아 태허로 상승하는 바람을 경험하지 못했을 터이다.

이튿날 그는 불보살처럼 마음이 넉넉해진 채 암자 밖으로 나섰다. 앞장서서 자드락길을 내려가던 초의가 뒤돌아서서 추사의 얼굴을 보면서 말했다.

"어제 저녁에 잡수신 구씨보살(개고기)님의 기름기 때문인지, 밤새 부처님 꿈을 꾸시고 한소식을 야무지게 한 까닭인지, 안색이 칭병한 채 누워 문병 온 모든 보살님에게 불가사의 해탈과 불이선을 설해주고 이튿날 어디론가 총총히 떠나시는 유마거사처럼 훤하십니다."

추사가 초의의 형형한 눈을 향해 말했다.

"아따, 간밤에 뼛골에 앙금 진 사리 하나를 감추어 가지고 가려 했는데, 초의 스님에게 들켰소이다."

초의가 동문서답을 했다.

"이 암자 주변의 가시덤불 속에 그런 사리 초草가 지천으로 널려 있으니 얼마든지 훔쳐 가십시오."

대웅전의 용머리를 내려다보면서 추사가 말했다.

"지난번에 내가 떼어내 버리라고 한 대웅전 현판(이광사 글씨) 어디다가 버렸소이까?"

초의가 코를 찡긋하면서 말했다.

"글씨를 알 만큼 안다는 초의 같은 중이 이광사의 천한 글씨를 대웅전에 걸어놓기 창피하지 않느냐고, 당장에 떼어버리고 대감이 쓴 것으로 바꾸어 달라고 하시더니…… 이제 그것을 가지고 가셔서 어느 절에다가 팔아 지필묵을 마련하실라고 그러신가라우?"

추사는 입을 다문 채 말을 아꼈다. 초의가 빈정거렸다.

"혹시, 얼마 전에 증축한 충청도 예산 화암사의 대웅전에다가 그것을 거실 참이십니껴?"

추사가 말했다.

"한 절의 경내에 추사가 쓴 '무량수각' 현판하고 원교 이광사가 쓴 '대웅전' 현판이 나란히 있어야, 후세 사람들이 즐겁게 비교해 가며 품평할 것 아니겠소? 세속적으로 곱게 화장하고 있는 여인의 얼굴이 풍기는 향기와 소박 고졸한 여인의 음전한 맨 얼굴이 풍기는 향기로 말미암아 대둔사는 흥미로운 절이 될 것입니다. 이광사 글씨를 다시 찾아내서 걸도록 하시오."

허무와의 화해

정읍에 들러 이삼만을 찾았는데 몇 년 전에 이미 세상을 떠나고 없었다. 추사는 덧없음을 생각했다. 사람들은 사라지고 그 이름 창암 이삼만만 글씨와 더불어 남았구나. 아, 그 누에의 머리 같고 말 발굽 같던 이삼만의 글씨의 획과 파임.

후손을 불러 자청하여 비석 글씨를 써주고, 선운사로 향했다.

백파 스님을 만나 "백파 스님, 시방도 사방팔방에서 대중들이 스님의 그 냄새나는 조사떡 의리떡 여래떡을 사려고 구름같이 몰려듭니까?" 하고 농을 하고 화해하고 싶었다. 한데, 백파는 입적했다. 추사는 선운사로 가서 백파의 부도 앞에 합장을 했다.

추사가 찾아왔다는 말을 들은 백파의 문도인 설두 수좌와 백암 수좌가 달려와서 융숭하게 영접하고 남여로써 금강나루까지 모셔 다드렸다.

남여를 타고 가면서 그는 훗날 문도들이 백파의 비문 써주기를 청하면 기꺼이 써주리라 했다. 금강나루까지 가면서 내내 비에 새길 문안을 생각했다. 선으로서 크게 깨달아 대승에 이르고, 큰 깨달음을 활용함으로써 대중들에게 돌려준 업적을 기리는 내용이어야 한다.

'화엄종주 백파 대율사 대기대용의 비華嚴宗主 白坡大律師 大機大用之碑'

그리고 그가 비문을 그렇게 쓴 까닭을 설명해줌으로써, 백파와 그의 사이에 벌어졌던 논전에 대한 주위 사람들의 오해를 풀고 싶었다.

…… 예전에 내가 백파와 더불어 편지로써 '크게 깨달아 대승에 이르고 그 큰 깨달음의 활용 회향'에 대하여 논하고 가리고 따진 적이 있는데 이는 세상 사람들이 함부로 이러쿵저러쿵 떠벌리는 것과 크게 다르다. 그것은 오직 백파와 나만이 아는 것이니 아무리 여러 가지로 입이 닳게 말한다 할지라도 사람들이 다 확실하게 알아차리지 못하는 것이다. 어찌하면 넋이 흩어진 그

스님을 다시 일으켜 와서 서로 마주앉아 한번 화해의 웃음을 웃을 수 있을 것인가.

옛날 중국의 백장은 큰 깨달음만 얻고 그것의 활용과 회향은 얻지 못했고, 비슷한 시기의 황벽은 깨달음은 얻지 못했지만 그것의 활용 회향만 얻었다는데 그게 사실일까. 활용 회향 없는 깨달음도 없고, 큰 깨달음 없는 그것의 활용 회향도 없을 것 같은데, 백파가 깨달음과 그것의 활용 회향을 모두 얻었다는 것은 백장 황벽을 뛰어넘었다는 것 아닌가……. 지금 일컫는 큰 깨달음과 그것의 활용 회향에 대해서는 진실로 그 그르침을 포개고 잘못된 것을 이어받아서는 아니 되겠기에 백장과 황벽을 위하여 스스로 해석하고 조소를 면하려 하는 것이며, 역시 백파에게도 들어서 보여주는 바이다…….

금강의 나룻배에 오른 다음, 배웅하는 백파의 문도들을 향해 손사래를 쳐주고 돌아서면서, 짙푸른 하늘 자락에다가 '대기대용의 비'라는 백파의 비문을 큼지막하게 썼다.

또 하나의 추사

천안 삼거리의 한 주막 봉놋방에서 국밥 한 그릇을 먹고 자리
에 누워 있는데, 바람벽의 홈에 밝혀놓은 소태 기름불 아래 앉은
두 나그네가 주고받는 말들이 수상스러웠다. 한양으로 가고 있는
그들은 어디에서인가 받아온 글씨를 펴놓고 감탄을 늘어놓고 있
었다.

큰 체구에 팔자수염이 부스스하고 얼굴이 기름한 흰 두루마기
의 나그네가 고개를 갸웃거리며

"이 글씨, 추사 김정희가 쓴 것이 틀림없어? 그런데 어째 이렇게

글씨가 살찌고 괴이한 거여? 글씨들이 약간 술이 취해 있는 것 같기도 하고……" 하고 말했다. 키가 작달막하고 얼굴이 세모꼴인데다 수염이 성긴 감색 두루마기 차림의 나그네가 흥분한 어조로 말했다.

"자네가 진짜 추사 글씨가 어떤 것인지 잘 몰라서 그래. 한석봉 글씨가 콧잔등이고, 이광사 글씨가 이마빡이라면은, 추사 글씨는 황금 상투라고. 요즘 중국 상인들은 추사 글씨를 사 가려고 눈에 불을 켜고 댕긴다네. 이번 한양 행보는 이 글씨 한 장만으로도, 그야말로 땡을 잡아뿌렀네."

근처 어딘가에 자칭 추사 김정희라는 사람이 머물고 있으면서, 사람들에게 글씨를 써 팔고 있는 모양이었다.

추사는 두 나그네에게 물었다.

"보아하니 명필 추사 글씨를 구해 오신 모양인데, 어디 그 글씨 구경 좀 합시다."

감색 두루마기의 성긴 수염이 추사를 흘긋 보면서 물었다.

"노인장도 글씨를 아시오?"

"어린 시절에 서당에서 『천자문』을 읽으면서 괴발개발 그려본 적이 있소이다."

흰 두루마기의 팔자수염이 글씨를 내주었다. 추사는 그 글씨를 보는 순간 깜짝 놀랐다. '고기는 연못에서 놀고 새는 정원에서 지저귄다魚麟池藻 鳥嘩庭花'는 여덟 글자를 예서로 쓴 것이었다. 그것은 그가 쓴 글씨들의 기괴와 고졸함을 빼다 박은 듯 흉내 내고 있었다. 얼핏 자기가 쓴 것인 듯한 착각이 들 지경이었다. 다만, 억지로 고졸하고 기굴하려고 애를 쓰다보니 약간 괴상해지고 데퉁맞은 것이 흠이었다.

'이 사람, 기괴함이나 고졸함은 물 흐르듯 꽃 피듯 해야 하는데…… 서투르게 흉내를 냈구나.' 추사가 나그네들에게 말했다.

"과연 신필이십니다. 그런데 나그네들, 나도 그대들처럼 추사의 글씨를 한 폭 받고 싶은데 그분이 지금 계신 곳을 좀 가르쳐주실 수 없겠소?"

감색 두루마기의 성긴 수염이 추사의 행색을 살펴보고

"주모나 중노미한테 물으면 안내해주기는 할 것이오마는, 겨우 『천자문』이나 읽었다는 사람이 이런 비싼 글씨를 받아다가 어디다 쓰게요?" 하고 무뚝뚝하게 말했다.

추사가 몸을 일으키면서

"가훈으로 걸어놓을 글씨를 좀 받을까 합니다" 하자 흰 두루마기의 팔자수염이

"글씨 값이 말도 못 하게 비싼디 받아올 수 있것소?" 하고 빈정거렸다.

추사는 대꾸하지 않고 댓돌 아래로 내려가 주인장에게 양해를 구하고, 중노미를 앞세웠다. 상우가 그의 뒤를 따랐다.

"들 건너 마을의 윤 부잣집 사랑에 묵고 계시는데…… 여기서

한참 가야 혀요."

중노미는 들판을 건너갔다. 가지색 하늘에 별들이 수런거렸다. 들판을 에워싼 산들은 검게 물들어 있었다. 들판 북편에서 날아온 칼날 같은 바람이 얼굴을 할퀴었다. 추사는 쿨룩하고 기침을 했다. 뒤따르던 상우가 걱정이 되어

"대감마님, 소인이 가서 불러올 테니 주막에 그냥 앉아 계십시오" 하고 말했다. 추사가 손가락 하나를 들어 입술에 대 보였다.

백여 호는 넉넉히 될 듯한 큰 마을 안 골목에 윤 부잣집은 있었다. 중노미는 윤 부잣집의 솟을대문을 가리켜주고 주막으로 되돌아갔다. 으리으리한 기와집이었다. 하늘을 찌를 듯한 솟을대문 양옆으로 문간방 둘이 있었다. 솟을대문 옆에 쪽문이 있었지만, 추사는 일부러 대문의 문고리를 세차게 흔들면서

"아무도 없느냐!" 하고 말했다. 문간방에서 하인이 달려 나와 무슨 일로 오셨느냐고 물었다. 추사가 말했다.

"지나가는 나그네인데, 여기 명필이신 추사 김정희 대감께서 계신다 해서 왔느니라."

하인은 읍을 한 채 추사의 위아래를 훔쳐보고 나서 중얼거렸다.

"많이들 기다리고 있어서 한밤중이나 되어야 차례가 될 터인데…… 차라리 가셨다가 내일 아침 일찍이 오지 그러셔유?"

"추사 김정희 대감하고는 어린 시절부터 잘 아는 벗이니라, 어서 안내하여라."

하인이 대문을 열고 추사를 안내했다.

대문 안으로 들어서자 널따란 마당이 있고, 마당 왼쪽에 죽담이 서 있고, 그 죽담에 안채로 들어가는 쪽문이 있었다. 오른편에 거대한 사랑채가 의젓하게 앉아 있었다. 사간인 방에 모두 불이 켜져 있었다. 하인은 한가운데 방문의 댓돌 앞으로 가서 아뢰었다.

"추사 김정희 대감의 어린 시절 벗이라는 분이 찾아오셨사옵니다."

주인인 남자의 컬컬한 목소리가 "추사 김정희 대감의 어린 시절 벗이라니?" 하더니, 잠시 누군가와 몇 마디 말을 주고받고 난 다음 "어서 안으로 드시라고 해라. 아하, 참! 오늘 아주 유쾌한 일들이 많구나" 하고 말했다.

추사는 방 안으로 들어갔다. 상우가 뒤를 따라 들어갔다.

아랫목에는 남색 마고자에 유관을 쓴 비대한 주인장이 앉아 있고, 그의 맞은편 윗목에는 체구 작달막한 풋늙은이가 별로 크지 않은 잿빛 나는 삿갓을 깊이 눌러쓴 채 붓을 오른손에 들고 앉아 있었다. 〈소동파입극도〉에서 금방 걸어 나온 듯한 그 풋늙은이의 얼굴을 보는 순간 추사는 '아, 저 얼굴!' 하고 눈살을 찌푸렸다. 눈썹이 새까만 데다 고리눈이고 입술이 얄따랗고 턱이 뾰족하고 수염이 복스럽게 털털한 저 얼굴…… 얼핏 그의 문하를 들락거린 바 있는 조희룡의 얼굴이 떠올랐다. 조희룡과 함께 인사를 하러 온 적이 있는 그 누구 아닐까.

입극도 속의 소동파처럼 삿갓을 눌러쓴 '추사 김정희라고 자처하는 자'는 바야흐로 글씨를 쓰다가 자기의 어린 시절의 벗이 찾아왔다고 하니 운필을 멈추고 들어서는 추사의 얼굴을 흘긋 쳐다보았다.

아랫목과 윗목에 둘러앉아 있는 두루마기 차림을 한 네 사람의 남자들도 추사를 쳐다보았다. 모두가 추사 김정희의 글씨를 구하러 와서 차례를 기다리고 있는 사람들이었다.

추사는 먼저 촛불 빛을 받은 이마가 번들거리는 비대한 주인에게 무례를 범해서 미안하다고 양해를 구했다. 주인이 너그럽게 별말씀을 다 하신다고 하면서, 자기의 옆에 앉을자리 하나를 만들어 주었다.

추사가 '삿갓 쓴 추사 김정희'를 향해 정중하게 머리를 숙여주고 나서 주인 옆에 앉으니, 붓을 잡은 삿갓 쓴 추사 김정희가 근엄한 표정으로 추사의 얼굴을 건너다보았다. 그들 둘의 눈이 허공에서 부딪쳤다. 순간 근엄하던 삿갓 쓴 추사 김정희의 내색이 달라졌다. 당황하고 있었다. 그러나 당황을 감추며 고개를 갸웃거리며

"나, 나는 누군지 잘 모르겠는데요?" 하고 떠듬거렸다.

추사는 빙긋 웃고, 재빨리 고개를 끄덕거려주면서 말했다.

"대단히 송구하오이다. 글씨는 몸과 마음의 기를 한데 모아서 쓴다는데, 내가 불쑥 찾아와서 그 기를 헝클어놓았으니 큰 죄를 지었소이다. 내가 누구인지 설명을 하려면 이야기가 길어질 터이니,

시방 쓰고 있는 것을 마저 쓰고 나서 차분히 사연을 말하도록 하겠소이다. 나와 주인장하고의 수인사도 그때 가서 천천히 하기로 하고…… 어서 쓰기나 하십시오."

주인이 그 말씀이 옳다면서 삿갓 쓴 추사 김정희에게 어서 마저 쓰라고 말했다.

삿갓 쓴 추사 김정희가 방바닥에 펼쳐진 화선지로 눈길을 떨어 뜨렸다. 거기에는 '구풍우모口諷牛毛'라고 쓰여 있었다. 예서로 쓰고 있는데, '諷'자를 기이하게 써놓았다. 風 자 왼쪽 머리 부근에 言자가 매미처럼 조그마하게 붙어 있었다. 이제 그 옆에 '심통린각心通麟角' 아니면 '심린통각心麟通角'이라 써야 할 차례였다.

어떤 이는 '입으로 많은 글을 외우면 마음으로 지순 지고한 뜻과 소통하게 된다'고 풀이하고, 또 어떤 사람은 '입으로 외우는 사람은 소털처럼 많지만 마음을 통하는 사람은 기린 뿔같이 귀하다'고 풀이하기도 한다.

그런데 웬일인지 삿갓을 쓴 추사 김정희는 붓을 벼루 위에 놓아둔 채 눈을 감고 있기만 했다. 추사가 들어옴으로 인해 흐트러진 마음을 다잡으려는 것이었다. 사실은 삿갓 쓴 추사 김정희의 머리에 큰 혼란이 일어나 있었다. 앞에 나타난 사람이 혹시 추사가 아닐까. 그럴 리 없다. 제주도에 유배되어 있는 추사가 어떻게 이곳에 나타났단 말인가. 혹시 그 원악도에서 풍토병으로 죽었는데, 가짜 추사 행세를 하고 다니는 나를 징치하기 위해 혼령이 되어 나타난 것일까. 아니다, 절대로 그럴 리 없다.

삿갓 쓴 추사 김정희의 하얗게 굳어졌던 얼굴에 핏기가 돌았다. 방 안에는 두렵고 무거운 침묵이 감돌았다. 벼루 옆에 앉아 먹을 갈던 젊은 선비도 손을 놓고 숨을 죽였다. 좌중의 눈길이 삿갓 쓴 추사 김정희의 얼굴과 주인 옆에 앉아 있는 추사의 얼굴을 번갈아 살폈다. 그들은 추사의 당돌한 출현으로 인해 삿갓 쓴 명필 추사 김정희의 마음에 동요가 일고 있음을 알아채고 있었다.

좌중은 불쑥 나타나서 명필의 글씨를 방해한 추사에게 원망의 눈길을 보내면서, 삿갓 쓴 명필 추사 김정희의 동요를 안타까워했다.

'제주도에서 방송된 다음 당파 싸움에 염증이 나서 구름처럼 바람처럼 떠돌고 있다는 삿갓 쓴 추사 김정희는 감성이 참으로 여리나보다.'

추사는 시치미를 떼고, 눈을 감은 채 마음을 다잡으려 하고 있는 삿갓 쓴 추사 김정희의 창백해진 얼굴을 빤히 건너다보기만 했다.

이윽고 삿갓 쓴 추사 김정희는 눈을 뜨고 붓대롱을 잡았다. 그런데 그 순간 의심이 갔다. '나와 어린 시절의 벗이라니, 대관절 누구일까. 혹시, 글씨를 공짜로 얻어 가려고 홍길동이 같은 술책을 부리는 것인지도 모른다.'

삿갓 쓴 추사 김정희는 붓끝을 벼루의 먹물에 담갔다가 가장자리에 비비기도 하고 훑기도 했다. 그때 문득 삿갓 쓴 추사의 머리에 '김정희의 콧잔등과 볼에 약간의 곰보 자국이 있다'는 말이 떠올랐다. 그때부터 그의 붓끝은 미세하게 떨리기 시작했다.

'붓끝이 떨리다니, 저러면 안 되는데…….' 추사는 자기의 일인 양 가슴에 전율이 일었다. '아니 저 사람이 저래가지고 마음에 둔 글씨를 금시조가 용을 잡고, 바다를 발로 차서 파도를 일으켜 산봉우리를 무너뜨리는 기세로 거침없이 쓸 수 있을까.'

삿갓 쓴 추사 김정희는 손에 힘이 풀린 듯 종이 위로 가지고 가려던 붓을 멈추었다. 붓을 다시 벼루로 가지고 가서 붓의 이쪽 볼 저쪽 볼에 먹물을 바르기만 했다. 그러면서 마른 입술에 침을 발랐다. 밭은 침을 모아 꿀꺽 삼켰다.

추사는 안절부절못하는 삿갓 쓴 추사 김정희의 모습이 안타까웠다. 저 사람이 나에게서 위압을 느끼고 있다. 나를 진짜 추사 김정희라고 알아챈 것 아닐까. 아니 그럴 리는 없다. 예로부터 소리하는 사람이나 글씨 쓰는 사람이나 그림 그리는 사람이나 칼 쓰고 활 쏘는 사람들은 자기보다 월등한 고수 앞에서는 주눅이 들어버린다고 했다.

이때 추사의 머리에 두 가지 생각이 일어났다. 하나는 당장 "너이놈, 할 짓이 없어서 이런 몹쓸 사술을 부리고 다니느냐? 어서 썩 그 거짓 가면을 벗고 본모습을 드러내 보이지 못할까!" 하고 호통을 침으로써 무릎을 꿇게 하는 것이고, 다른 하나는 삿갓 쓴 추사 김정희로 하여금 당면한 곤욕스러움을 일단 벗어나도록 도와주고 나서 자리를 옮겨 조용히 타일러 깨닫게 하는 것이다.

추사는 삿갓 쓴 추사 김정희를 향해 부드럽게 말했다.

"추사 대감, 아마 어린 시절의 벗인 내가 나타남으로 인해 심사가 불편해져서 운필이 잘 안되시는 듯싶은데, 이 사람을 괘념하지 마시고 편한 마음으로 쓰십시오. 사실은 이 사람이 아까 선생과 어린 시절의 벗이라고 한 것은 거짓이옵니다. 명필이신 대감이 여기와 계신다기에, 집안에 대대로 물려줄 가훈이나 한 장 얻을 욕심으로…… 무엄하게도 거짓말을 했습니다. 용서하십시오."

그 말이 떨어지는 순간, 삿갓 쓴 김정희가 갑자기 몸을 일으키더니 추사 앞에 엎드리며 머리를 방바닥에 대고 말했다.

"대감, 소인을 용서해주십시오."

좌중의 눈길이 추사의 얼굴과 엎드린 삿갓 쓴 추사 김정희의 얼굴을 번갈아 보았다.

"노모 봉양하면서 늦게 둔 철없는 자식들하고 어떻게 연명을 해보려고, 감히 대감마님의 이름과 글씨를 욕보이고 다니는 용서받지 못할 큰 죄를 지었사옵니다."

주인과 둘러앉은 사람들이 입을 벌렸다. "아하!" "이런!" "이런 우라질!"

추사가 조용히 타이르듯이

"노모 봉양을 위하고 자식들의 밥을 위해서 함부로 쓰이고 있는 그대 재주가 아깝네. 이제라도 늦지 않았으니, 손을 털고 한양으

로 나를 찾아오면 바른길을 가르쳐드리겠네" 하고 나서 몸을 일으
켰다.

그 순간, 좌중의 키 장대한 사람이 받아 간직하고 있던 글씨를
소매 속에서 꺼내 찢어 구겨 구석으로 내던져버리고 나서 방바닥
에 엎드린 삿갓 쓴 추사 김정희에게 덤벼들었다.

"이런 불상놈이 사람을 이렇게 우롱할 수 있어?"

주먹으로 가짜 추사 김정희의 뒤통수를 가격했다. 옆의 작달막
한 사람도 엎드려 얼굴을 들지 못하는 그의 등허리를 철썩 쳤다.
벗겨진 삿갓이 방바닥에 뒹굴었고 희끗희끗한 상투머리가 드러
났다.

방문을 열고 나가려던 추사는 가슴이 쓰라렸다. 이날 밤 삿갓 쓴
추사 김정희라는 사람이 이곳 사람들에게 맞아 죽을지도 모른다는
생각이 들었다. 돌아서서 사람들에게 말했다.

"이 사람을 욕하지 말고 가난을 욕하시오. 그리고 이 사람 글씨
는 비록 내 글씨를 흉내 내고 있기는 하지만 아주 잘 쓴 명필임에
틀림없소이다."

주인장이 몸을 일으키더니 추사 앞을 가로막고 엎드려 머리를
조아리며 말했다.

"대감을 몰라뵙고 저런 못된 자에게 우롱당한 소인의 죄가 크옵
니다. 소인 같은 하잘것없는 미물이 어찌 감히 천하의 명필이신 대
감을, 몇 천만금을 들여 이 누추한 곳에 모실 수 있겠사옵니까. 기

왕 천한 소인의 집에 발걸음을 하셨으므로, 소인의 집에 가훈이 될 만한 문자 한 장을 베풀어주신다면 백골난망이겠사옵니다. 대감의 글씨는 무값이라고 들은 바 있사오므로 소인이 성심을 다해 보답하겠사옵니다. 듣자오니 바야흐로 제주도에서 올라오시는 길이라 하온 바, 소인이 가마를 내어 가시는 곳까지 모시도록 하겠사옵니다."

하고 나서 벼루 옆에 앉아 있는 젊은이를 향해 말했다.

"이놈, 뭘 하고 있느냐, 어서 문자 받을 준비를 하지 않고!"

젊은이가 새 종이 한 장을 방바닥 한가운데에 펼쳐놓았다.

추사는 하릴없이 젊은이가 방 한가운데에 마련해준 자리에 앉았다. 젊은이가 먹을 갈기 시작했다. 좌중은 숨을 죽이고 추사의 얼굴을 바라보았다.

추사는 잠시 망설였다. 대관절 어떤 말을 어떤 모양새의 글씨로 써줄까. 재물을 주체하지 못하는 이 윤 부자를 위하여.

가짜 추사 김정희는 아직도 얼굴을 들지 못하고 엎드려 있기만 했다.

추사는 잠시 맞은편 바람벽을 건너다보며 심호흡을 하고 나서 붓을 들었다. 그의 괴나리봇짐 속에서 붓 한 자루를 꺼냈다. 이상적이 보내준 중국산 붓이었다. 대롱을 벗겨내고 붓끝을 먹물에 적셨다. 벼루 가장자리에 몇 차례 빗긴 다음 흰 종이 위에 쓰기 시작했다. 예서체로 크게 다섯 자를 썼다.

施慧無盡藏

베풂과 지혜는 한없이 많아야 좋다.

그 옆에다가 작은 행서로 '넉넉함의 향기는 안양安養을 만든다. 승설노인'이라고 썼다. 주인장은 황송하여 머리를 조아리고 말했다.

"대감의 신필을 소인의 누옥에 모시게 되다니, 소인의 가문의 광영이옵니다. 대감께 소인이 감히 하찮은 선물이나마 준비하겠사오니 퇴치지 마시옵고, 가시는 곳까지 가마로 모셔드리겠사오니 허락해주시옵소서."

가마의 문틈으로 푸른 별 누른 별 붉은 별들이 어른거렸다. 그 별들을 보며 추사는 생각했다. 그래 추사 글씨의 괴이함과 기굴함과 고졸함을 대하면 '아, 저것 나도 할 수 있어' 하고 아무나 덤벼들어 흉내 내려고 할 터이다. 내 글씨가 오천 권의 책 읽기로 말미암은 문기와 헤아릴 수 없는 비첩碑帖의 거듭된 임모와 열 개의 구멍 뚫어진 벼루와 천 개의 몽당붓과 하늘과 땅의 교통 교감과 물 흐르듯 꽃 피듯 하는 순리에 의해 만들어진 것임을 알지 못하고, 그냥 글씨의 법도에 없는 글씨라고 여기고, 나도 저런 식으로 기괴하게 쓰면 된다고 생각하고 비슷하게 먹칠하려 들 것이다.

후세 대대로 가짜 추사 글씨들이 많이 나타날 것이다. 그렇지만 내 글씨에는 그 어느 누구도 흉내 낼 수 없는 향기와 무늬와 결과 혼이 담겨 있다. 짙푸른 심연에서 조개가 키워내는 무지개 빛살 무늬의 진주처럼, 식은 화산의 용암 동굴 속에서 떨어지는 물방울들이 만드는 형상들처럼 나의 괴이함과 기굴함과 고졸함은 태어나고 자라는 것이다. 내 글씨는 신화 속의 붕새가 태허의 병풍바위에 찍어놓은 발자국들인 것이다.

진짜 옆에는 가짜들이 지천으로 널려 있기 마련이다. 사람다운 사람 옆에는 반드시 가짜 사람들이 널려 있다. 진짜 돈 옆에는 사전私錢이 있고, 천도복숭아 옆에는 개복숭아가 있고, 살구 옆에는 개살구가 있고, 패랭이꽃 옆에는 사촌 패랭이꽃이 있고, 낙지 옆에는 주꾸미가 있고, 주꾸미 옆에는 꼴뚜기가 있고, 왕새우 옆에는 사촌 새우 육촌의 새우들이 있다. 달 옆에는 호수에 빠진 달이 있고, 찬란한 별들 옆에는 먼지 알 같은 별들이 수런거리고, 추사 옆에는 당연히 가짜 추사가 기승을 부릴 것이다.

멀고 먼 훗날 사람들은 진짜 추사 글씨와 가짜 추사 글씨를 앞에 놓고 '이것이 진짜고 저것은 가짜야!' '아니다, 이것이 가짜고 저것이 진짜다!' 하고 삿대질하고 싸울 것이다.

그는 남청색의 밤하늘을 쳐다보면서 "어허허허……" 하고 너털거렸다. 내 글씨 옆에 나의 가짜 글씨들이 난무한다는 것은 슬프면서도 유쾌한 일이다.

추사의 뿌리

　예산 향저에서 상무가 추사를 맞이했다. 산소에서 선영에 배
례하고 두 부인의 묘를 찾아 술 한 잔씩을 따르고 화암사로 향했
다. 까마득한 어린 시절, 할머니가 그의 손을 잡고 절엘 가면서 말
했다.

　"우리 원춘이가 어머니 배 속에 들어서는 날부터, 충청도 땅 일
대 저 팔봉산 용산 오석산 화암사 일대에 있는 모든 푸나무들이 가
뭄도 안 들었는데도 모두 다 시들시들해 있었는데, 우리 원춘이가
'응아' 하고 소리치며 어머니 몸 밖으로 나온 이튿날부터서야 제대

로 푸른색을 띠었느니라. 왜 그랬는지 아냐? 그 푸나무들의 기운을 우리 원춘이가 어머니 배 속에 들어앉은 채 다 빨아 마신 때문이지……. 이 할미가 어째서 너를 데리고 절엘 오는지 아냐? 세상의 그 많은 기운을 다 빨아 마시고 자란 우리 원춘이 앞날이 평탄하고, 높은 벼슬 하고, 하늘에 뜬 해같이 달같이 찬란한 별같이 이름 떨치게 해달라고 부처님께 공을 드리려는 것이야."

증축한 대웅전이 아담했다. 그가 쓴 현판 글씨가 승천을 준비하는 용처럼 굼실거렸다. 안으로 들어가 금빛 부처님께 절을 했다. 선조들과 아버지 어머니 그리고 먼저 별세한 두 부인의 극락왕생을 빌고, 동생들과 자식들의 안락과 강령과 벼슬길을 보살펴달라고 빌었다.

대웅전을 나와서 뒤뜰로 갔다. 경사가 급하지 않은 언덕 위의 병풍바위에 새겨진 '詩境(시경)'을 더듬어 만졌다. 그가 향유해온 향기로운 삶의 밑뿌리는 그가 태어난 향저와 화암사의 경계에 있었다. 할머니의 치맛자락을 잡고 산길을 따라 화암사엘 오갈 때 본 꽃과 새들과 살랑거리는 바람과 숲 사이로 보이는 하늘과 구름과 들판과 야산의 나무들이 그의 부드러우면서도 견고하고 향기로운 정서를 만들었다. 그의 삶 밑뿌리에 절이라는 늪이 자리해 있었다.

'시경' 새겨진 바위에서 여남은 걸음 떨어진 바위에 '天竺古先生宅(천축고선생댁)'이란 글씨가 새겨져 있었다. 그것은 '부처님의 집'이란 말이었다.

절에 대한 생각은 예나 이제나, 음음한 보라색의 그늘로부터 시작되었다. 소나무숲은 검푸르고, 하늘은 쪽빛이고, 거기에서 쏟아지는 햇살은 하얗고, 부처님은 황금색이고, 스님이 입은 옷은 회색이고, 가새질러 걸친 가사는 빨간 노을색인데, 법당 안을 맴도는 분위기는 묽은 보라색의 안개 같은 그늘이었다. 그 그늘은 스님이 피운 향불 냄새와 처마 끝에서 뎅그렁거리는 풍경 소리와 똑같은 색깔이었다.

그가 쓰는 시 그리는 그림 쓰는 글씨 치는 난, 그가 말하곤 하는 실사구시는 그 보라색 안개 같은 그늘과 향기에 젖어 있었다. 그가 유마거사와 소동파를 마음으로 사숙하는 것은, 그들에게서 보라색의 안개 같은 그늘과 향기가 풍기기 때문이었다.

요사채의 문 위에 걸린 현판 '无量壽閣(무량수각)'을 바라보며 그는 '영원이라는 시간'은 무엇인가, 하고 자문했다. 높은 벼슬이나 새까만 참숯 더미들 같은 경학이 아니고, 보라색 안개 같은 그늘 신기 어린 하늘의 소리와 주술과 그윽한 향기가 어려 있는 저 글씨일 터이다, 하고 중얼거렸다.

절 마당을 나서려 하는데 배행하던 상우가 말했다.

"진즉에 아뢰려다가 감히 아뢸 용기가 나지 않았사온데, 시방 한양의 강상에서 소인의 어머니가 대감마님을 기다리고 있사옵니다."

'아, 초생이……!'

추사는 한동안 하늘을 쳐다보았다. 상무가 조심스럽게 말했다.

"오늘 밤엔 이곳에서 유하시고, 내일 강상의 상우 어머니에게로 가시는 것이 좋을 듯하옵니다. 소자의 옅은 생각으로는, 철부지 소자 내외가 아버님을 모시는 것보다는 상우 어머니가 모시는 것이 옳은 일일 듯싶사옵니다."

"강상이라니, 거기가 어디이냐?"

"용산 강변 마을에 있는 외가입니다. 고대광실은 아니지만, 사간 겹집으로 꽃을 볼 수 있는 정원이 있고, 한눈에 강의 물너울과 해 저물 녘의 낙조가 화려하면서도 고즈넉하게 내려다보입니다."

이튿날 한양을 향해 길을 뜨면서 추사는 상무에게 말했다.

"천륜이 너와 나 사이에 크게 깊이 뻗어서 너에게 사당을 맡겼으니, 네 어깨가 매우 무거울 것이다. 사당을 온전히 지키려면 너 자신이 떳떳하게 과거에 합격해야 한다. 사당을 이어받은 자손이 과거에 나가지 못한 것은 크나큰 불효이다. 삼대에 걸쳐 과거에 입격하지 못하면 상사람으로 전락하는 법이다. 촌각을 아끼면서 부지런히 공부하여 초과종장부터 차례차례 입격하도록 하여라……. 시골 생활이 답답할 터이지만 그 답답함을 참고 이겨내야 광영을 얻게 된다. 장부는 모름지기 다섯 수레의 책을 읽어야 하느니라."

몸이 부실해져서 걸을 수도 없고, 말을 타면 현기증이 일어났으므로 남여를 이용해 갔다. 상무는 들판 건너 강변까지 따라와서 엎드려 배웅의 절을 올렸다.

추사는 흔들리는 남여에 몸을 맡긴 채 초생을 생각했다.

초생과의 재회

　초생은 버선발로 뛰어나와서 추사를 맞이했다. 반백의 머리에
잔주름이 그어진 하얀 얼굴. 호리호리한 몸매이지만 강단진 중년
의 초생은 연한 반물색 치마에 흰 저고리를 입고 있었다. 한데, 그
녀는 한쪽 다리를 절름거렸다. 그동안 어떤 일이 있었는데, 다리를
절름거릴까.

　초생은 눈물을 줄줄 흘리면서 땅에 엎드려 절을 했다. 추사는 쪼
그려 앉아 초생의 손을 잡아 일으켰다. 찬바람이 달려와서 초생의
흘러내린 머리칼들을 흔들어댔다.

그때 초생의 뒤에서 황토색 치마저고리 차림인 젊은 여인이 엎드려 절을 했다. 앳되고 곱상한 얼굴이었다. 상우의 아내였다. 초생은 추사를 안방 아랫목에 좌정하게 하고 다시 윗목에서 삼배를 올렸다.

"대감마님, 이렇게 소첩을 찾아주시다니, 꿈만 같사옵니다" 하고 말하며 초생은 흐르는 눈물을 주체하지 못했다.

추사는 가슴이 뭉클했다. 패랭이를 쓰고 있던 때의 사향이 감지되었다. 그는 말없이 고개를 끄덕거리기만 했다. 초생은 서둘러 밥상을 차려 들였다. 추사는 밥상 한가운데에 놓여 있는 장종지기를 중심으로 해서 차려진 밥그릇 국그릇 찬그릇들을 둘러보았다. 하얀 쌀밥에 닭고깃국과 자반에 김치 깍두기 나물들이 갖추갖추 놓여 있었다. 추사를 기다리며 내내 준비해온 밥상인 것이었다.

초생은 밥상머리에 무릎을 꿇고 앉아 공손하고 간절하게 말했다.

"이때껏 소첩이 감히 꿈꾸어온 것은, 대감마님께 끼마다 진지를 차려 올리는 것이었사옵니다. 바야흐로 그 소원을 풀기는 풀었사옵니다만, 소첩이 차린 음식들이 대감마님 구미에 맞을지 염려스럽사옵니다. 시장하실 터이니 어서 드시옵소서."

추사는 숟가락을 들려다가 초생을 건너다보며 말했다.

"아까 보니 다리가 불편하던 것 같은데, 너 그렇게 무릎 꿇고 있는 것이 마음 아프구나. 바르게 편히 앉도록 하여라."

"아니 괜찮사옵니다. 소첩 괘념치 마시고 어서 드시옵소서."

추사는 숟가락을 들었다. 머리에 실타래처럼 엉키어 있는 초생에 대한 궁금증이 있었다. 월성위궁을 나간 이후 어디에서 무엇을 하며 살았는지, 다리는 왜 절름거리는지…….

"식기 전에 어서 드시옵소서."

그녀가 재촉해서야 숟가락을 들고 국부터 마셨다. 고소하고 달콤했다. 알맞게 무르고 차진 이밥, 고소하게 구운 자반, 김치, 나물들이 다 맛깔스러웠다. 음식은 그것을 요리하는 여성에게 있어서 하나의 글씨나 난이나 그림들이다. 감각이 없으면 같은 재료로도 맛을 내지 못하는 법이다. 패랭이 차림으로 왔을 때, 초생이 치던 난과 쓰던 글씨를 떠올렸다. 초생의 감수성은 청초한 치자꽃 송이 같았다.

초생이 자반을 찢어 뼈와 살을 발라 숟가락에 얹어주었다.

"영광 법성포에서 들어온 것인데 갯바람에 신선하게 잘 말린 것이라 하옵니다."

고소한 자반을 씹으면서 상우를 떠올렸다.

"상우는 어디 갔느냐? 이리로 오라 해라. 함께 먹게."

"언감생심, 그 아이가 감히 어떻게 대감마님 옆에서 밥을 먹습니까? 그 아이 사는 집은 옆에 따로 마련해주었사옵니다."

"너는 왜 먹지 않느냐?"

"소첩은 진즉에 먹었사옵니다."

가슴이 뻐근했다. 참으로 오랜만에 맛보는 음식다운 음식들이었다. 이 사람은 사려가 깊다. 나는 참으로 복이 많은 사람이다. 은반지(한산 이씨)를 금반지(예안 이씨)로 바꾸었고, 금반지를 다시 비취옥반지(초생)로 바꾸었다.

밥상을 물리고 났을 때 초생이 숭늉을 가지고 왔다. 숭늉을 마시고 나자 초생이

"이 방은 진지 드시고 주무시기만 할 방이옵니다. 독서를 하시거나 시, 서, 화의 일을 하실 방은 따로 옆에 마련했사옵니다" 하고 나서 미닫이를 열었다.

옆방은 비어 있었다. 책상 하나가 한가운데 놓여 있고, 한쪽 바람벽 아래에 지필묵들이 놓여 있었다. 그 한쪽에 찻상이 있고, 그위에 찻주전자와 찻잔과 차 봉지들이 놓여 있었다. 초생의 뜻이 갸륵했다. 고맙다. 네가 있어 말년을 편안하게 보낼 수 있을 듯싶구나. 너의 봉양을 받으면서 한강의 물너울과 들고 나는 돛배들과 훨훨 나는 흰 물새들과 붉게 물들곤 하는 낙조와 더불어 시 짓고 글씨 쓰고 그림 그리고. 그동안 그리워해온 벗들 만나고.

초생은 한쪽 다리를 거짓말처럼 절름거리면서 밥상을 치우고 나서 잠자리를 보아주었다. 그를 위해 마련한 새 비단 요와 이불과 베개들이었다. 꽃수와 봉황수가 놓인 비단 금침.

추사는 초생이 그동안 살아온 역정이 궁금해 견딜 수 없었다. 대

관절 이때껏 무얼 하고 살았고, 언제 무슨 일로 다리를 다쳐 절름 거리게 되었으며, 지금은 무엇으로 연명하고 있을까.

초생은 자리끼를 가져다가 놓고 무릎을 꿇은 채

"혹 불편하신 일이 있으시면 불러주시옵소서. 소첩이 옆방에서 있다가 달려와서 시중을 들어드리곤 하겠사옵니다" 하고 말했다.

추사가 고개를 젓고 "아니다. 네 자리도 여기에 펴도록 하여라" 하고 말했다.

윗목 구석에는 방망이 굵기의 촛불이 조용히 타고 있었다. 초생이 고개를 떨어뜨리고 난처해하며 말했다.

"소첩의 몸은 이미 많이 늙었으므로 향기롭지 못하옵니다."

"무슨 소리를 하고 있는 거냐? 함께 자면서 그동안 너 살아온 이야기를 듣고 싶구나."

"대감마님의 새 금침을 소첩의 천해진 늙은 몸으로 더럽힐 수 없사옵니다."

추사는 고개를 세차게 저었다.

"아니다. 나는 상우가 이곳에서 네가 기다리고 있다는 말을 했을 때, 먹을 갈아주던 청초한 너를 떠올렸더니라. 이제 내 나이 예순네 살이고, 네 나이 쉰 살이지만, 그러나 너와 나 사이에는 세월이 멈추어 있었느니라. 애틋하게 그리워하며 보낸 세월은 흐르지 않으므로 늙지 않는 법이다."

초생이 머리를 조아리며 소리 없이 울었다. 추사가 그녀의 손을 잡아 이끌었다.

"이제 너는 운명적으로 이 풋늙은이를 양생해야 할 짐을 짊어졌느니라."

초생은 마치 많이 자라버린 얼뚱아기를 그렇게 하듯이, 추사의 버선과 솜 둔 저고리와 바지를 벗기고, 잠자리용 흰 홑저고리와 바지를 입혀드린 다음 이불 속에 눕혔다.

촛불을 죽이고 돌아앉아 저고리와 치마를 벗고 속치마 저고리 차림이 된 다음 추사 옆에 누웠다. 추사가 한 팔을 들이밀었고, 초생은 그 팔이 아플세라 그 팔 위쪽에 베개를 끌어다 괴어놓고 팔을 베었다. 추사의 품에 얼굴을 묻었다. 초생의 눈에서는 뜨거운 눈물이 흘렀다. 추사는 초생의 체취에 취한 채 천장에서 수런거리는 어둠을 쳐다보았다. 고달프게 지나간 날들이 모두 꿈속의 일인 듯싶었다. 밖에서는 바람이 달려가고 있었다. 문풍지가 부우 하고 울었다.

"그동안 어디서 무얼 하고 살았느냐. 다리가 불편한 것 같던데, 어디에서 어쩌다가 그렇게 되었느냐?"

추사가 물었다.

초생의 눈물이 추사의 옆구리 옷을 적셨다. 그동안의 삶이 말로 풀어낼 수 없도록 신산하고 험난했던 모양이다. 한 손으로 초생의 머리와 얼굴을 쓰다듬었다. 초생이 코맹맹이 소리로 말했다.

"소첩이 어리석고 또 어리석었사옵니다. 대감마님 보고 싶은 마음만으로…… 대궐 안으로 들어가면 대감마님을 자주 뵈올 수 있을 거라는 생각만으로 내의원 의녀가 되었사온데……."

초생은 말을 잇지 못하고 가쁜 숨만 거듭 쉬다가 말을 이었다.

"세자 저하가 앓으실 때 약을 잘못 달였다고 곤장을 맞고 내쳐졌사옵니다."

"효명세자가 앓으셨을 때 말이냐?"

초생이 고개를 끄덕거렸다. 추사는 어둠 수런거리는 허공을 쳐다보았다. 아, 인연은 가로세로 엮이기 마련이다. 정조 임금을 숭앙하고 본받으려 하고, 정조 임금이 못다한 일을 해내시려 한 효명세자가 돌아가시지 않고 강건하게 정사를 이끌었다면, 나는 제주도에 유배되지 않았을 터이고, 초생도 그러한 곤욕을 당하지 않았을 터이다.

한낮의 땅거미

사흘째 되는 날부터 두 아우 명희 상희가 불편한 몸을 이끌고 다녀갔다. 재재종제인 덕희도 다녀가고, 신위 조인영 권돈인 허유 조희룡 오규일도 다녀갔다.

그들은 헌종 임금의 건강을 걱정했다. 내시들과 내의원 어의들이 쉬쉬 덮으려 하지만, 헌종 임금의 병이 깊어지고 있다는 소문이 흉한 냄새처럼 궁궐 안을 맴돌고 있다는 것이었다.

"임금이 숨을 제대로 쉬지 못할 뿐만 아니라, 가끔 피를 토하기도 하고 자주 혼절하시곤 한답니다."

그럼 다음 임금은 누가 될 것인가. 궁궐 안팎의 모든 눈은 안동 김씨 일파와 풍양 조씨 일파들에게로 집중되었다. 풍양 조씨 일파는 이하전을 다음 임금으로 추대하려 하고, 안동 김씨 일파는 강화도에 있는 은언군의 손자 원범을 점찍고 밀었다. 만일 이하전으로 결정된다면 풍양 조씨 일파 쪽으로 판세가 기울게 되고, 강화도에 있는 은언군의 손자 원범으로 결정된다면 판세는 안동 김씨 일파 쪽으로 기울 터이다.

"또 한바탕의 회오리바람이 불어닥칠 모양입니다."

"숨 가쁜 밀어내기 싸움에서 김좌근이 이길 것이라는 관측이 우세합니다. 순원왕후가 김좌근의 누님이지 않습니까?"

추사는 허공을 쳐다보았다. 오탁악세의 추한 회오리바람에 휘말리고 싶지 않았다.

추사를 존경하고 사숙하는 신관호가 찾아왔다. 신관호는 그동안 자기가 한 일을 털어놓았다.

헌종은 시와 글씨를 잘 쓸 뿐 아니라 무예에도 능한 신관호를 좋아했다. 신관호는 소치 허유를 헌종에게 데리고 가 그림을 그리게 하기도 했다. 헌종은 수더분하면서도 영리한 품성인 신관호를 금위영대장으로 임명했다.

신관호는 헌종의 병이 위중해지자, 안동 김씨 일파와 밀접한 내의원의 도제와 어의들이 성심을 다하지 않는다고 의심하고, 그들 모르게 절친한 의원을 데리고 들어가 진찰하게 하였고 약을 처방하여 잡숫게 했다. 그렇지만 임금의 병은 호전되지 않았다.

추사는 깜짝 놀라 꾸짖었다.

"이 사람, 자네 겁이 없군. 그 일이 얼마나 무서운 일인 줄 아는가?"

"죽음이 두려우면 감히 그런 일을 했겠사옵니까?"

신관호는 태연했다.

"안동 김씨들 때문에 이 나라는 망할 것입니다. 옛날 월성위궁을 빼앗은 김좌근의 나합이란 첩이 국정을 농단하고 있습니다. 공조판서 병조판서 이조판서를 두루 역임한 김좌근과 대왕대비 사이를 오가면서 높고 낮은 모든 벼슬을 팔고 다음 임금 될 사람을 고르고 지방관들은 밑천을 뽑으라고 백성들의 기름을 짜고…… 그렇게 기울어지는 나라를 구하려면 북학파이신 대감, 권돈인 신위 조인영 같은 큰 인물들이 맨 꼭대기에서 정사를 이끌어가야 한다는 것을 제가 임금께 은밀하게 속삭여 말씀해드리곤 했는데……"

추사는 황급히 손사래를 치며 단호하게 말했다.

"아닐세. 나는 제발, 멀리멀리 벗어나고 싶네. 그 어디에서도 나를 거론하지 말게나."

신관호가 말했다.

"대감께서 멀리 벗어나고 싶다고 하여 벗어날 수 있는 운명이

196

아니옵니다. 안동 김씨 일파들은 대감께 딴죽을 걸려고 들면 얼마든지 걸 수 있습니다. 한 사람이 대감께서 젊은 시절에 찬술하신 책에 대한 이야기를 했사옵니다. 전국 방방곡곡으로 비석들을 탐사하러 다닌 다음 찬술하신 책 말이옵니다."

추사는 정수리가 찡 아파오는 것을 느끼며

"그게 어떻다는 것이야?" 하고 물었다.

"그렇게 전국을 쓸고 다닌 것은 이 나라 땅덩어리를 도모하려는 저의가 있어서라는 것이옵니다."

"하아, 그야말로 미친 도깨비들의 악담이다."

"조인영 일파와 엮이어 있는 권돈인은 대감의 절친한 벗이고, 저승 문턱에 이르러 있는 대감을 살려낸 사람이옵니다. 대감께서 확실하게 안전하려면, 확실하게 실세가 되어 정계로 복귀해가지고 영의정에 앉으셔야 하고, 임금을 끌어안아야 하고, 안동 김씨 일파를 밀어내야 합니다."

땅거미 같은 절망이 추사의 눈앞을 가렸다. 이 땅에서 뜻있는 선비로서 살아가기 정말로 힘들다. 추사는 한양으로 올라온 것을 후회했다. 그는 문득 임금은 물론 영의정 좌의정 우의정을 비롯한 만조백관들과 세상의 모든 뜻있는 선비에게, 자기는 이미 모든 정사에서 초연한 채 시 짓고 글씨 쓰고 그림이나 그리며 살겠다는 뜻을 글로써 설파하고 싶었다.

다시 서책들 불사르기

추사는 상우에게 제주도에서 있을 때 그에게 온 초의 권돈인 정
인영의 모든 편지와 역관인 이상적을 거쳐서 그에게로 온 경전을
모두 가지고 오라고 명했다. 상우가 제주도에서 짐꾼 다섯 사람을
사서 힘들게 옮겨온 소중한 것들이었다.

"저쪽 마당귀에 쌓도록 하여라."

상우는 어리둥절하여 추사를 건너다보았다. 책들을 왜 방으로
들이지 않고 마당귀에 쌓으라고 한단 말인가.

"어서 내 말대로 하여라."

상우는 가져온 것들을 모두 마당에 쌓았다. 추사가 상우를 향해 말했다.

"그것들을 하나도 빠짐없이 모두 태우도록 하여라."

"네?"

상우는 깜짝 놀랐다. 자기의 귀를 의심하며 추사의 얼굴을 건너다보았다. 추사가 무뚝뚝하게 말했다.

"다 태워버리라는 말 들리지 않느냐?"

상우는 추사 앞에 무릎을 꿇고 앉으면서

"대감마님, 어인 일이시옵니까? 이 일은 소인이 할 수 없사옵니다. 이 서책들이 어떤 책들이옵니까? 이 『해동비고』는 지난 구 년 전에 대감마님께서 태우라고 하실 때 소인이 빼내서 감추어놓은 것이었사옵니다. 여기 쌓은 경전들은 대감께서 우러르시는 중국의 옹방강 완원 등의 은사님들과 벗들께서 찬술하여 보내온 황금 같은 경학 저술들이지 않사옵니까? 그런데 어찌하여 이것들을 태우려 하시옵니까? 대감마님, 제발 이 순간의 진노를 삭이시옵소서."

추사가 대노하여 상우를 향해 소리쳐 말했다.

"너 이놈, 어느 안전이라고 감히 대꾸를 하고 있는 것이냐? 명하는 대로 어서 불을 놓아라."

그때 초생이 추사 앞에 엎드리면서

"대감마님, 소첩의 생각으로는, 상우가 하늘 같으신 대감마님에 대한 숭앙으로 감히 청한 것이므로, 한 번 더 고려하심이 어떠신지요?" 하고 아뢰었다. 추사는 도리질을 하고 단호하게 명했다.

"아무 생각 말고 내 말을 따르도록 하여라."

상우는 추사의 발 앞에 머리를 조아리면서 울며 말했다.

"대감마님, 차라리 소인을 죽여주시옵소서. 하늘이 격노하고 땅이 경기를 일으킬 이 분서焚書의 일을 왜 소인에게 시키시옵니까?" 하고 말했다. 상우는 이 순간을 모면하고 나면 추사가 마음을 돌려 태우려 하지 않을지도 모른다고 생각했다.

추사는 상우의 진정을 알아차리고 몸을 일으켰다. 그는 고난에 들어 있는 그를 아끼고 부축하여온 모든 벗과 친지를 보호하고 싶었다.

방에서 불 일으키는 유황 묻힌 개비를 가지고 나왔다. 부엌의 하녀를 향해 화로를 가져다달라고 명했다. 하녀가 초생과 상우의 눈치를 살피면서 화로를 추사에게 가지고 갔다.

"대감마님, 고정하시고 하룻밤만 상량하시고 나서 결행하시든지 어쩌든지 하시옵소서."

초생이 말했다.

"대감마님, 고정하시옵소서."

상우가 간절하게 하소연했다.

추사는 유황 개비로 일으킨 불을 『해동비고』의 책장에 댔다. 그 책이 회갈색 연기를 뿜으면서 탔다. 그것을 밑에 놓고 다른 책들을 올려 태웠다. 상우가 하릴없이 추사 옆으로 가서 책들을 태웠다.

200

두 권이 타고 세 권이 타고 다섯 권 열 권 스무 권 쉰 권 백 권 이백 권 삼백 권 오백 권이 탔다. 화염과 뭉게구름 같은 연기가 하늘로 치솟았다. 참종이와 먹물 타는 냄새가 집 안을 맴돌았다.

주정뱅이 왕손 이하응

서책들을 불살라버린 날 한밤중에 이하응이 술이 거나해서 찾아왔다.

"어디…… 원악도에서 신선이 돼서 오셨다는 승설勝雪 노인의 얼굴 한번 보십시다."

거무스레한 때 묻은 흰 두루마기에, 건달 부랑배들이나 쓰면 마땅할 찢어져서 너덜거리는 헌털뱅이 갓을 비뚜름하게 쓰고, 더부룩한 수염과 구레나룻 속에서 충혈된 눈을 번득거리며, 비틀비틀 댓돌 앞으로 걸어 들어왔다.

추사가 달려나와서 이하응을 맞아들였다. 그에게서 구릿한 술 냄새가 풍겨왔다. 그를 따라온 무예 출중한 젊은이들 넷이 사립 밖에서 그림자처럼 몸을 숨겼다. 신관호에게서 이하응의 이야기를 들은 적이 있었다.

"알 수 없는 사람입니다. 능구렁이인지 이무기인지 알 수 없는 새까만 것들 여남은 마리가 담겨 있는 검은 항아리를 가슴에 품고 사는 사람입니다. 그분의 깊은 속을 알지 못하는 사람들은 그분을 '궁도령'이라고 빈정거린답니다. 술주정뱅이가 다 되어 있거든요. 그런데 효명세자를 따르던 무리들 가운데 몇몇이 이하응 밑으로 들어갔답니다. 그 대표적인 네 사람이 천하장사랍니다. 천가 하가 장가 사가의 성씨를 가진 네 사람의 무예인들이요."

이하응이 추사의 방으로 들어간 뒤 초생이 사립 밖의 네 그림자, 천하장사를 사랑방 툇마루로 불러들이고 술 한 병을 내다주었다.

추사는 이하응을 서재로 안내한 다음 아랫목에 앉으시라고 권했다. 이하응은 거칠게 손사래를 쳐대고 나서 추사를 향해 엎어지기라도 하듯이 넙죽 절을 했다. 추사는 깜짝 놀라 이하응에게 맞절을 했다. 이하응은 왕손인 것이었다.

추사가 제주도에 가 있는 구 년 동안에 이하응은 표변해 있었다. 이해 서른두 살인 이하응은 윗목에 앉은 채 한쪽에 쌓여 있는 종이와 붓통과 벼루를 둘러보고 나서

"이 궁도령, 승설노인에게 난蘭을 증명받으려고 왔소이다" 하

고 말했다.

상우가 촛불 세 자루를 밝히고 방 한가운데에 화선지를 펼쳐놓고 먹을 갈았다. 추사가 말했다.

"이하응 대감의 난이 그동안의 거친 세월을 뜯어먹고 어떻게 얼마나 향기로워졌는지 어디 한번 봅시다."

상우가 먹을 갈고 있는 동안 이하응은 고개를 숙이고 눈을 아래로 내리깔고 있었다. 전에 볼 수 없었던 모습이었다.

소문 듣기로 이하응은 자기의 기상과 재기와 울분을 감추기 위해 어리석은 듯 미친 듯, 바보인 듯 모자란 듯, 겁쟁이인 듯 비굴한 듯, 술주정꾼인 듯 행동한다던 것이다. 특히 그는 안동 김씨 일파들의 초상집이나 초례청을 쫓아다니면서 술과 고기와 엽전을 게걸스럽게 구걸하므로, 초상집 개라고 부르기도 한다고 했다.

이하응은 소름이 끼칠 정도로 영리한 사람이다. 그가 비굴해 보이기도 하고 어리석어 보이기도 하고 정신 나간 것처럼 보이기도 하고…… 만일 그렇지 않았으면, 안동 김씨 일파에게 점을 찍히게 되고, 여차하면 역모의 죄를 뒤집어쓴 채 죽을 수밖에 없었을 터이다. 어리석고 미친 초상집 개로 사는 것은, 안동 김씨 일파들에게 왕이 될 수 있는 인물이 아니라는 것을 드러내 보여주는 방법이고, 살아 배겨내는 지혜일 터이다.

눈을 거슴츠레하게 뜬 채 가슴을 펴고 심호흡을 하고 난 이하응이 붓을 들었다. 그는 먼저 큰 괴석과 자그마한 괴석의 틈을 음음하게 형상화시키고 나서 난초를 쳤다. 괴석 틈바구니에서 기어 나온 난초의 잎사귀 하나가 하늘을 향해 줄기차게 뻗어나가다, 하늘 중간쯤에서 멈칫하며 몸을 슬쩍 외틀고는 다시 죽 뻗어나가다가 또 한 번 몸을 외틀며 비수처럼 허공을 찔렀다.

'하아!'

그 잎사귀를 보는 순간 추사는 속에서 뜨거운 기운이 솟구쳤다. 그것은 의기와 울분을 감추고 기회를 엿보고 있는 이하응의 마음이었다. 그렇다. 절망하고 또 좌절하고 일순간 방황하지만, 그 절망과 좌절과 방황으로 말미암아 세상을 향해 무릎을 꿇거나 엎드리지 않고 흰 하늘을 향해 죽죽 뻗어나가야 한다. 하늘의 흰 빛은 희망이다. 희망은 절망과 좌절을 먹고 산다.

이하응의 난 잎사귀들은 괴석 틈바구니에서 거듭 기어 나와서 하늘을 찌를 듯이 나아가다가 세 번 멈칫거리면서 몸을 외틀고는 허공을 찌르고 있었다.

'이 사람이 희망인데, 이 사람이 임금이 되어야 하는데…… 그래야 나라가 나라다워질 터인데…….'

이하응이 월성위궁으로 그를 찾아온 것은 추사가 형조참판에 임명되던 해, 이하응의 나이 열아홉 살이었을 때였다. 그는 박규수와 함께 왔다. 효명세자가 돌아가신 다음 자취를 감추었던 박규수. 연암 박지원의 손자 박규수.

왕권을 강화시킬 수 있는 왕의 재목으로서는 영조의 5대손인 이하응밖에 없다는 말이 나돌았다. 한데, 그 소문 끝에 이하응이 언제부터인가 서책을 팽개치고, 시정잡배들하고 어울리며 마작하고 노름하고, 계집질이나 하고 다닌다는 또 하나의 소문이 붙어 다녔다. 권돈인이 한심해하며 말했다.

"왕손 가운데 좀 똑똑하다 싶은 것들은 다 그렇게 빗나가버리더라고요…… 그래가지고 이런저런 세도가들 괴춤에 서캐처럼 붙어서 겨우 입에 풀칠이나 하고…… 이씨 왕조도 인제 운이 다했는가봅니다."

바로 그 무렵에 새파랗게 젊은 이하응이 찾아온 것이었다. 이하응은 추사가 내어준 아랫목에 좌정하고 나서 추사를 건너다보며 물었다.

"제가 천하의 명필이신 추사의 문하로 찾아 들어온 뜻을 아시겠습니까?"

추사는 첫눈에 이하응을 보고, 그가 보통 사람이 아님을 알아차렸다. 목소리가 어웅한 동굴을 감돌아 나오는 듯 울렸고, 눈빛은 밤하늘이 죽어 있는 세계가 아님을 증명해주는 초롱초롱한 별 같았다. 그의 눈빛으로 말미암아 추사는 아픔을 느꼈다. 저 눈빛이 임금이 되어야 하고 저 눈빛이 나라를 경영해야 이리저리 비틀린 것들이 광정되고, 백성들이 잘 살 수 있을 터이다. 그러나 현실은 그렇지 않다. 만일 저 눈빛을 안동 김씨 일파 가운데 예리한 눈을 가진 누군가가 깊이 읽어버린다면, 저 눈빛은 온전하게 살아남지 못할 터이다. 저 눈빛을 안개 속에 감추어주어야 한다. 지금은 깊이 숨어 있어야 할 때이다.

"대감, 잘 오셨습니다. 대감께서는 난초를 치셔야 합니다. 먹으로 그린 소나무가 군자의 체취를 훈습한 유학자라면, 먹으로 친 난은 노장의 무위를 체득한 도학자입니다. 소나무에게는 당당한 줄기가 있지만, 난은 스스로 줄기를 퇴화시키고 잎사귀들만 남겨놓은 존재입니다. 소나무는 천만 길 속의 지맥에서 솟구쳐 오른 음기와 관광한 태허의 양을 만나게 해주는 제관(사제) 같은 나무입니다. 죽죽 뻗어 자란 소나무는 너무 근엄한 군자이므로 오탁악세 속에서는 슬프게도 꺾여 화목이 될 수도 있습니다. 그렇지만 난초는 근엄하지 않으면서도 도락을 다 머금은 신선 같은 존재이므로 꺾이지 않습니다. 난초에게서 줄기를 빼앗아가고, 대신 허공에다가 이십여 일 동안 드러내놓은 채 물을 주지 않아도 죽지 않는 끈기 있는 오동통한 뿌리를 준 것은 하늘의 뜻입니다. 왕권을 억누르는 세도가들은 줄기 있는 나무에게서는 위해를 느끼지만, 줄기 없는 풀인 난초를 아랑곳하지 않습니다. 먹물로 소나무를 그리면, 그 소나무의 향기가 그 사람의 헌걸찬 기상을 드러나게 하지만, 먹으로 난초를 치면 그 난초의 향기가 현실 세상을 경영하고자 하는 뜻이 전혀 없는 신선으로 보이게 합니다. 줄기가 없고 잎사귀만 있는 난초가 끈기 있는 오동통한 뿌리와 그윽한 향기로써 대감을 은은한 안개 속에 감추어줄 것입니다. 지금 대감은 뜨거운 햇살 아래 드러나지 않도록 난초처럼 은인자중해야 합니다."

술 취한 이하응의 난은 은둔한 선비의 꼿꼿한 기상을 뿜고 있었다. 묵향 어린 난초의 향기가 방 안을 맴돌았다. 그런데 이하응은 기껏 친 난초를 구겨 던져버리고 스스로를 빈정거렸다.

"이 어리 미친 이하응이란 놈은 흥선군으로 불리기 시작하면서 안동 세도가들 눈치를 보며, 세 치의 혀를 놀려 그 이름을 발음하기도 힘든 '수릉천장도감의 대존관' '종친부 유사당상·도총관'을 지내며 목구멍에 풀칠을 하다가, 그것을 팽개치고 요즘 유랑걸식을 일삼습니다. 안동 김씨들 하수인 노릇을 하는 무뢰배들한테 쥐도 새도 모르게 맞아 죽지 않기 위해서, 가엾게도 뜻있는 서얼 무예인들 몇 놈의 도움을 받지 않을 수 없고, 그러다보니 초상집 개, 궁도령이 되었습니다."

술상이 들어왔다. 술 한 잔을 들이켜고 나서 이하응이 말했다.

"조심하십시오. 저들이 추사 김정희 대감을 음해하고 다닙니다. 장차 조인영과 한패인 권돈인의 벗 김정희가 영의정이 될 날이 머지않았다고요. 안동 김씨들, 그놈들은 어떤 쳐 죽일 사람 하나를 만들어놓고 공격하지 않으면 늘 배가 아픈 자들입니다."

추사는 진저리쳤다. 등줄기에 얼음물을 끼얹는 듯싶었다. 이하응이 말을 이었다.

"그 못된 것들, 보는 눈은 있습니다. 그놈들, 그렇게 말을 띄워놓고는 대감께서 영의정이 되시는 그 길목에다가 함정을 팔 터인데 그것이 큰일입니다."

"아, 이 오탁악세!"

"당분간 충청도 예산의 향저로 가서 계시든지, 선친이신 김노경 대감께서 마련해놓으신 과천의 초당으로 가서 계시든지 하시지요."

이하응의 말에 추사는 도리질을 하고, 빙긋 웃으면서 말했다.

"제주도에서 많은 것을 공부하고 왔습니다. 운명은 구중궁궐의 다락 속에 숨어 있건, 지하 천 길 아래에 숨어 있건, 어김없이 찾아듭니다. 이곳에서 끝까지 머물면서, 이 풋늙은이의 운명과 또 싸우는 데까지 싸워야지요."

한밤에 찾아온 손님

　마른 쑥국화의 향기 서린 모깃불 연기가 댓돌 쪽에서 날아오고 있었다. 추사는 대청에 앉아 차를 마시며 강을 바라보고 있었다. 초생이 차를 올리면서 부채로 가끔 엥 하고 날아드는 모기와 진한 연기를 쫓아주곤 했다. 초생은 자상하고 주도면밀했다. 지난가을에 산야에서 쑥국화의 꽃송이들을 따다가 시래기처럼 엮어 말려 모깃불 속에 넣어 향기로운 연기를 만드는 것이었다.

　만월이 중천에 올라 있었다. 토담 옆에 서 있는 감나무 잎사귀들이 달빛을 되쏘면서 검은 그림자를 그윽하게 마당과 토담 모서리에 홀리고 있었다.

천강에 어린 달빛 말씀(석가모니의 가르침)을 생각했다. 해가 없는 밤에 달이 뜬다는 것은 무엇인가. 강의 질펀한 물너울이 되쏘는 달빛 조각들이 감나무 그늘을 젖히고 추사에게로 날아오고 있었다. 이때는 쌉쌀한 술이 있어야 한다. 술 한잔을 걸치게 되면 시가 나올 것이다.

뒷방에서 촛불을 밝히고 글씨를 쓰던 상우가 문을 열고 나왔다. 저놈에게 주막에 가서 술을 사 오라고 할까. 측간엘 다녀온 상우가 우물에서 푸우, 푸우 소쇄를 했다. 그때 초생이 말했다.

"아참, 대감께서 혹시 드시고 싶어 하실지 몰라 우물 속에다가 호로병을 담가두었사온데……."

추사의 가슴에 알싸한 술기운 같은 뜨거운 정이 퍼지고 있었다. 이 달빛을 내려다보며 술 한잔을 나눌 수 있는 벗이 찾아왔으면 좋겠다. 문득 영의정 이재 권돈인이 생각났지만, 도리질을 했다. 한창 정사로 인해 머릿골 아파 있을 그가 찾아오기를 바라다니.

"그래 저 아이하고 한잔 나누고 싶소."

초생이 부채를 놓고 몸을 일으키는데, 대문 밖에서 말 울음소리가 들렸다. 이 밤에 누가 찾아왔을까. 초생이 댓돌로 내려서는데, 찾아온 사람이 대문을 두들겼다.

"아무도 없느냐!"

귀에 익은 목소리가 들려왔다. 저게 누구인가. 낮고 걸걸하면서도 커다란 독을 울리며 나오는 듯한 목소리. 아, 그렇다. 이재 권돈인이다. 추사는 몸을 일으켜 댓돌로 내려섰고, 상우는 달려가서 대문을 열어 손을 맞이했다.

"이 밤중에 웬일이시오!"

흰 바지저고리에 유관을 쓴 추사가 마당으로 나섰고, 옥색의 도포 차림에 큰 갓을 쓴 권돈인이 달려 들어와서 추사를 얼싸안았다. 달빛이 그들의 머리 위로 쏟아졌다.

"그렇소이다. 좋은 꿈을 꾸면 그 꿈은 반드시 실현됩니다. 내가 조금 전에 저 강물을 내려다보면서 이재 합하고 쌉쌀한 술 한잔을 하면서 천강에 어리는 달빛 말씀을 나누고 싶다는 생각을 했거든요. 어허허허……."

초생이 술상을 보아왔고 이재에게 큰절을 올렸다. 상우는 호롱불을 밝혀다가 놓고 큰절을 올렸다.

"웬 호롱을 밝혔느냐?" 권돈인이 상우에게 말했고, 추사가

"달이 서운해할지라도, 불그레한 빛으로 만인지상의 이재 얼굴 바라보는 재미가 있겠으니 옆에 두도록 합시다" 하고 말했다.

술상을 가운데 놓고 둘이 마주 앉았다. 초생이 옆에 앉아 술을 따랐다.

술 한 잔을 들이켜고 난 권돈인이 말했다.

"북적북적하기만 하는 저 북촌에서 이곳 고요한 강상 마을까지 오는 길에 깔려 있는 대낮 같은 달빛을 밟고 오면서 '아, 이 흰 달

빛, 내 경외하는 벗 추사가 나보고 밟고 오면서 더러운 마음을 하얗게 바래라고 순백의 마음을 깔아놓았구나' 했소이다."

추사가 술을 거듭 들이켜고 나서 말했다.

"무엇이 정말로 좋은 시이고, 무엇이 하늘 잡아 떼기를 치는 좋은 글씨이냐, 무엇이 진짜로 잘 그린 그림이냐……."

권돈인이 말없이 술을 마시면서 추사의 말을 기다렸다. 추사가 술 한 잔을 더 마시고 나서 말을 이었다.

"원악도에서 하얀 달빛 같은 넋이 되어 돌아온 추사가 살고 있는 이 강상의 대청에서, 부처님의 말씀 같은 하얀 추사의 마음을 밟고 온 만인지상인 이재 합하고 추사가 대작을 하고 있는 이것이 가장 잘 쓴 시이고 글씨이고 그림인 것이요."

그들은 세상일을 잊어버리고 술을 권커니 잣거니했다.

헌종 임금이 운명하자, 대왕대비를 업은 김좌근을 중심으로 한 안동 김씨 일파는 강화도의 땔나무꾼 왕손을 임금(철종)으로 추대하였다. 그 왕손의 항렬이 돌아가신 헌종과 같으므로, 안동 김씨들은 그 땔나무꾼 왕손을 임금으로 추대하기 전에 순조와 순원왕후 사이의 아들로 입적을 시켰다. 그리고 그 땔나무꾼 왕손을 왕의 자리에 앉히자마자, 안동 김씨의 중추세력인 김좌근의 누님인 순원왕후로 하여금 수렴청정을 하게 했다.

헌종의 장례가 진행되는 도중에, 앓아누워 있는 헌종 임금에게 사사로이 의원을 데리고 들어가 진찰하고 약시시를 하게 한 신관호는 먼 데 섬에 위리안치되었고, 신관호의 말을 따른 의원은 곤장을 맞고 죽었고, 조병현은 신관호를 뒤에서 부추겼다는 누명을 쓰고 사사되었고, 내의원의 도제들은 모두 문책을 받아 물러났다. 그리고 조인영이 하룻밤 사이에 급사를 했다.

저승 문턱 앞에 이르러 있는 추사를 빼내서 제주도로 유배를 보냄으로써 살려낸 조인영.

"조인영, 그 사람…… 애통하기는 하지만…… 잊읍시다. 세상은 죽은 자의 것이 아니고 산 자의 것입니다."

돌아가기 위해 몸을 일으키려 하다가 권돈인이 말했다.

"시방 복잡한 문제 하나가 떠올라 있습니다."

그것은 '진종의 조천' 문제였다. '진종眞宗'은 영조의 맏아들로 태어나 왕세자에 책봉되었으나 열 살에 죽은 효장세자(사도세자의 이복형)를 말한다. 사도세자는 효장세자를 뒤이어 왕세자가 되었는데, 당쟁의 희생물이 되어 즉위하지 못하고 뒤주 속에 갇히어 죽었다. 아들을 거듭 잃은 영조는 손자인 정조가 뒤주 속에서 죽어간 사도세자의 아들 자격으로서는 왕세자가 될 수 없었으므로, 그를 첫아들 효장세자의 양자로 입적하게 하여 왕세자로 삼았다. 그리하여 효장세자는 양아들 정조가 즉위함에 따라, 정조의 양아버지

214

자격으로 진종으로 추존된 것이었다.

진종의 위패는 종묘의 본전 안에 모셔져 있었다. 종묘의 본전은 조선의 역대 임금의 위패들을 모셔놓은 곳이었다.

헌종 임금이 돌아가시고, 철종이 임금이 되자, 예조에서 종묘 본전에 모셔놓은 진종의 위패를 다른 사당인 영녕전으로 옮겨 모셔야(조천) 한다고 나서고 있었다.

영녕전은 역대의 임금처럼 추앙하기는 하지만, 종묘에 모실 수 없는 분들의 신위를 모시는 곳이었다. 태조 이성계의 1대조 2대조 3대조 4대조 등 실제로 임금 노릇을 하지 않은 분들과 그들의 비(아내)들을 모셨다. 이 영녕전은 종묘와 달리 한 해에 두 번 대관을 보내 간소하게 제사 지내는 곳이었다. 안동 김씨 일파는 '진종의 조천'을 적극 주장하고 있었다.

권돈인이 강의 물너울에서 반사되고 있는 달빛을 바라보고 있다가 말했다.

"사실을 말씀드리겠소이다. 내가 이렇게 급히 밤길을 달려온 것은 '진종의 조천' 문제를 추사 대감에게 냉정히 판단해주기를 청하려는 것이오. 우리 조선 땅 안에서, 추사 대감보다 경학에 밝은 사람, 사리 판단이 냉철한 사람이 어디 있소이까?"

추사는 한동안 감나무의 그림자만 바라보다가 말했다.

"제주도에서 아홉 해를 보내고, 하얀 넋이 되어 돌아온 추사는 저 달빛처럼 살고 있소이다. 묻고 계시니 대답은 하겠지만, 내가 어떤 판단을 하든지, 이재는 듣지 않은 것으로 하고 가시기 바랍니다."

검은 구름의 그림자가 기러기 떼처럼 마당을 지나가고 있었다. 말을 끊고 한동안 강의 물너울을 바라보다가 말을 이었다.

"주자의 『조묘의장祧廟議狀』을 보면 '형제를 각기 1세로 하여 천자는 칠묘로 하는 것이 예의 정법이다'라고 했습니다. 강화도에서 오신 금상을 친속으로 보면 '순조 임금의 양아들'이므로, 선대 임금인 헌종과는 형제지간입니다. 종묘에 모시는 순서로 따지자면 '순조의 손자뻘'이 됩니다. 입에 담기 민망하지만, 어처구니없는 모순이고 상스러운 일입니다……. 진종(정조의 아버지), 정조, 순조, 익종(효명세자이자 헌종의 아버지), 헌종, 지금의 임금(강화도에서 온 철종)…… 이 순서로 본다면, 진종이 금상의 5대가 되므로 조천을 해야 합니다만, 그러나 헌종과 금상은 형제뻘이므로 지금 조천해서는 안 됩니다." 그리고 옛날에 있었던 그와 비슷한 일들을 줄줄이 대주었다.

권돈인은 추사의 두 손을 잡으면서

"그렇습니다. 추사 대감의 생각이 내 생각과 똑같습니다" 하고 나서 돌아갔다.

이튿날, 예조에서 진종의 조천 문제를 들고 나왔을 때 권돈인은 전날 밤 추사가 하던 말을 인용하여 당당하게 반대의 의사를 말했다.

"...... 지금 우리 임금은 헌종의 뒤를 이어서 부자父子의 도가 성립되니, 진종의 묘를 조천하지 않는다면 참으로 오묘의 제도에 어긋남이 있어 안 됩니다. 그러나 고조와 증조는 조천하지 않는다는 것도 역시 바른 예입니다. 진종은 지금의 임금에게 황증조가 되니, 지금 만약 조천한다면 이는 친함이 다하지 않았는데 조천한 것이어서 역시 불가합니다" 하고 나서, 추사가 말해주던 옛날의 그와 비슷한 보기들을 줄줄이 대주었다.

한데, 판부사 박회수 김도희 좌의정 김흔근 우의정 박영원 제주 홍직필 부사직 성근목 등이 권돈인의 주장을 반박하고 조천을 해야 한다고 주장했다. 그들은 모두 안동 김씨를 싸고도는 일파들이었다.

이튿날부터 중구난방으로 권돈인의 주장 속에 가시가 박혀 있다는 말이 나돌았다. 강화도 땔나무꾼 '원범'을 순조의 양아들로 삼아 헌종의 뒤를 잇게 한 것을 헐뜯고 있다는 것이었다. 그 말 뒤에 이런 말들이 따라다녔다.

"옛날의 비슷한 사안들을 줄줄이 대는 것으로 미루어 틀림없이 경학에 능통한 김정희의 입김이 들어간 것이다."

어쨌거나 수렴청정을 하고 있는 순원왕후는 자기 친정 편인 안동 김씨 일파의 주장을 들어주었고, 진종의 조천은 곧 이루어졌다.

그런 지 오래지 않아 궁궐 안에 해괴한 소문이 나돌았다. 강화도 바닷가에서 땔나무꾼으로 산 까닭에 무식할 뿐만 아니라, 임금 노릇에 대한 교육을 받은 바 없는 땔나무꾼 임금 철종의 보도補導를 권돈인과 절친한 벗인 김정희가 맡게 된다는 소문이었다.

그 소문대로 된다면 청나라 통인 북학파 김정희 일당이 정계에 복귀하게 되고, 오래지 않아 땔나무꾼 출신인 철종이 친정을 하게 될 경우 북학파들이 정권을 잡게 될 것이다.

왕십리의 한 무당이 안동 김씨 일파의 세도가, 돌아가신 헌종 임금의 어머니인 익종비(조만영의 딸이자 효명세자빈)를 등에 업은 조씨 문중과 합세한 권돈인 김정희 일당에 의해 무너지고, 김좌근 등이 줄줄이 유배를 가거나 사약을 받을 것이라는 예언을 했다는 소문들이 나돌았다.

김우명이 김좌근을 찾아가서 말했다.

"권돈인은 지금 임금(철종)의 정통성을 부인하는 대역죄를 범하고 있소이다. 그 배후에 김정희 형제들이 도사리고 있습니다."

이튿날부터 조천에 반대한 권돈인을 대역죄인으로 몰고, 그를 처벌하라는 상소가 빗발쳤다. 순원왕후는 권돈인을 파직하고 시골로 방축하라고 명했다. 그러나 그것으로 끝나지 않았다.

김우명의 집안 아우인 교리 김회명이 권돈인과 함께 김정희를 벌해야 한다는 상소를 올렸다.

향리로 쫓아낸 죄인 권돈인에게 해당되는 율을 더 시행하기를 청합니다. 권돈인의 벗인 김정희는 하나의 간사한 소인으로 평생에 하는 바가 모두 사람과 국가를 해치는 일이었는데, 이번에는 더할 수 없이 엄중한 진종 조천의 일에 감히 참섭했으니 그자의 도모함이 어찌 이다지도 흉참합니까? 청컨대 김정희를 먼데 섬으로 귀양을 보내시옵소서.

순원왕후가 비답하기를 다음과 같이 했다.

그대가 징벌하라고 토설하는 일은 이미 전후의 비답에 가르쳐 말한 바 있다. 김정희가 흉참하다는 너의 말은 실정에 너무 지나치다.

그러자 안동 김씨 일파인 대사헌 조형복, 대사간 박내만, 채원묵, 장령 홍인수가 연차 아뢰었다.

"청컨대 권돈인에게 해당되는 율을 따라 시행하고, 김정희는 종전대로 섬에 유배하며, 그 아우인 김명희 김상희는 배소를 따로 하는 법을 시행하소서."

그래도 들어주지 않자, 사헌부 사간원에서 연명하여 계사를 올렸다.

아! 통탄스럽습니다. 나라의 기강이 비록 점차 퇴폐해지고 세상의 변란이 비록 겹쳐 생긴다고는 하지만, 어찌 김정희처럼 흉악하고 또 요사한 자가 있겠습니까? 그는 천성이 간악하고 독하고 마음 씀이 삐뚤어졌는데, 약간의 예술적인 재능이 있었으나 한결같이 올바른 길을 등지고 상도를 어지럽혔으며, 억측하는 데 공교했으며 나라를 흉하게 하고 화를 끼치는 데서 벗어나지 않았습니다. 대대로 악을 행하여 그 아버지에 그 아들이요, 몰래 나쁜 무리들과 뜻을 같이하여 못된 악귀와 같은 짓을 저질렀습니다. 그의 아비 김노경의 죄가 어떠하고, 김정희의 죄가 어떠합니까. 그들이 겨우 섬에 유배되는 정도에 그친 것이 이미 형벌을 제대로 받지 아니한 것입니다. 연전에 죄를 용서받고 돌아온 것은 선대왕의 살리기를 좋아한 성덕에서 나온 것이니, 그가 만약 조금이라도 사람의 마음이 있고 조금의 신하된 분수와 의리가 있다면, 진실로 마땅히 근신하며 조용히 살다가 죽어야 합니다. 그런데도 오히려 다시 방종하여 거리낌이 없고 제멋대로 날뛰었습니다. 김정희 김명희 김상희 삼 형제가 강교에 살면서 성안에 출몰하여 묘당의 사무를 간여하지 않음이 없었고, 조정의 기밀을 염탐하고 세력 있는 자에게 빌붙어 놀아나고 은밀하게 못하는 짓이 없었습니다. 이에 평생 생사를 함께하기로 맹세한 권돈인과 우의를 굳게 맺어 어두운 곳에서 종용하여 그의 아비 김노경의 죄를 벗겨주고 역적 죄인의 이름에서 벗어나게 할 것을 꾀함으로써 국법을 농락하였으며, 심지어 권돈인은 공공연히 김정희를 추켜 말하기를 꺼리지 않았으니 이는 이미 하나의 큰

변괴입니다. 이번 엄중한 조천의 예에 삼 형제가 감히 참섭하여 가는 곳마다 '조천해서는 안 된다' 하고 유세하였습니다. 아! 그 김정희는 패악한 논의를 힘껏 옹호하여 나라의 예를 무너뜨리고 사람의 귀를 현혹시키려고 한 것이니, 그 마음에 간직한 것을 길 가는 사람들도 알 수 있습니다. 이럼에도 불구하고, 그 병통을 명시하여 어지러운 싹을 통렬히 꺾어버리지 않는다면 또 어떤 모양의 놀라운 기틀이 어떤 곳에 숨어 있을지 모릅니다. 생각이 여기에 미치니, 어찌 떨리고 한심하지 않겠습니까? 또 김정희가 체결한 액속은 바로 오규일과 조희룡 부자가 그들입니다. 하나는 권돈인의 수족이 되고 하나는 김정희의 심복이 되어 구중심처들을 출입하면서 사찰한 것은 무슨 일이겠으며, 어두운 밤에 왕래하면서 긴밀하게 준비한 것은 무슨 계획이겠습니까? 빚어낼 근심이 거의 수풀에 숨은 도둑과 같아 장래의 화가 반드시 세상을 다 불태울 것이니 어찌 방지하여 조짐을 막는 일을 소홀히 하겠습니까? 청컨대 김정희에게 빨리 절도 안치를 시행하고, 그의 아우 김명희 김상희에게는 아울러 나누어 정배하는 벌을 시행하며, 오규일과 조희룡 부자 역시 우선 엄히 형문하여 실정을 알아낸 다음 쾌히 해당되는 율을 시행하소서.

순원왕후는 일단 다음과 같이 비답했다.

김정희 형제의 일을 그와 같이 논단하는 것은 너무 과중하므로 윤허하지 않는다. 끝의 세 사람, 오규일과 조희룡 부자 등의 비천한 자들에 대하여 어찌 이렇듯 장황하게 말한단 말이냐? 번거롭게 하지 말라.

그러나 다시 거듭 사헌부 사간원에서 연명하여 '김정희는 섬에 안치하고, 김명희 김상희는 나누어 정배하며, 오규일 조희룡 부자는 엄형하여 실정을 알아내소서' 하고 계사를 올리자 순원왕후는 더 거절하지 못하고 다음과 같이 명했다.

"김정희의 일은 매우 애석하다마는, 그가 근신하지 않고 개전하지 않은 습성을 미루어 알 수 있으니, 함경도 북청으로 멀리 유배 보내고, 김명희 김상희는 향리로 추방하라. 오규일과 조희룡 두 사람은 권돈인 집안과 김정희 집안의 수족과 심복이 되었다는 말을 내가 들은 바 있다. 그들을 아울러 한차례 엄형하고 먼 섬에 정배하라. 조희룡의 아들은 거론할 것이 없다."

二十二

북청으로의 유배

　칠월 하순의 극심한 더위를 피해 추사는 새벽녘에 억분을 참고 마음을 비운 채 함경도 북청을 향해 길을 떴다.

　동녘 하늘에 먼동이 트자 노량진 주변 강줄기의 물너울이 주황색으로 변한 하늘빛을 투영했고, 하늘이 황금색으로 변하자 그 물너울은 황금색에 회색을 섞어 염색한 공단을 깔아놓은 듯했다.

　초생이 이웃을 돌면서 노비를 마련해주고, 무릎을 꿇고 엎드려 절을 하면서 통곡을 했다.

　"이 천한 초생이 복과 덕이 없어 대감마님께 이러한 고초를 겪게 하옵니다."

소복을 한 추사는 쪼그려 앉아 초생을 달래 일으키고 몸을 돌렸다. 제자 강위와 서자 상우와 하인 철서가 서책과 지필묵과 이부자리와 옷가지와 양식을 짊어지고 뒤를 따랐다.

늙은 몸으로, 겨울의 혹한이 무서운 천 리 밖인 북청, 그곳에 갔다가 살아 돌아올 수 있기나 할까. 초생은 물너울을 등진 채, 마치 이번의 유배가 자기로 말미암은 듯 슬퍼하면서 한없이 따라왔다. 추사가 그만 들어가라고 해도 발밤발밤 박석고개까지 배행했다.

고개 위에 선 채 배웅하는 초생을 등지고 가면서 추사는 서책들을 모두 태워버리던 때처럼 '실없다, 실없다' 하고 생각했다. 등에 짊어진 괴나리봇짐 속에는 하허 스님이 준 『화엄경』을 넣었고 손목에는 향나무 염주를 걸고 있었다. 인연 따라 왔다가 인연 따라 돌아가는 것이다. 유배는 전생의 악업으로 말미암았다. 그 업을 갚고 또 갚아야 윤회에 떨어지지 않을 터이다.

늙은 몸을 이끌고 어떻게 드높고 험악한 산들 첩첩하고, 거듭되는 강물 아득한 천 리 길을 갈 것이냐고, 차라리 이 자리에서 죽여달라고 궁궐을 향해 외치고 싶었다. 그렇지만 그것은 대역부도한 항명이고, 상무와 상우와 그 이후의 후손들을 모두 죄인으로 만드는 일이다. 유배지에서 죽을지라도, 넋을 빼어 하늘에 걸어놓고 금오랑에게 이끌려 가야 한다. '나무아미타불 관세음보살'이나 외우며 가야 한다. 물 흐르듯이 꽃 피듯이 살아야 한다.

이제 희망이 있다면 안동 김씨 일파가 무너지고 홍선군 이하응이 정권을 잡는 것이다. 나라가 잘되려면 이하응이 임금이 되어야 한다. 세상사에 대한 판단력이나, 세상을 경영할 수 있는 지혜와 의기가 고사되어버린 풀잎같이 말라 비틀어져버린 것처럼 보이려고 위장한 이하응의 구겨 숨긴 패기와 의분 어린 눈빛이 눈에 아른거렸다.

아서라, 생각지 말자. 지금은 '실없다, 실없다, 덧없다, 덧없다' 하며 마음을 비우고 가야 한다. 안동 김씨 일파가 나를 미워하는 것이 아니고, 하늘이 내 삶과 영혼을 더욱 무르익게 하려고 북녘 땅으로 선재동자처럼 만행을 보낸 것이라 생각하자. 어떠한 일 어떠한 사물 어떠한 생각에도 얽매이지 말자. 나를 가두는 이념과 사상으로부터 자유자재하게 풀어놓자. 시도 글씨도 난도 그림도 자유롭게 풀어놓자. 주인 없는 산골짜기에 흐르는 물처럼 피었다가 시들어지는 꽃처럼 살자. 하늘의 이치를 따라서 흘러가자.

더위를 먹지 않기 위해, 새벽과 아침나절에는 걷고, 한낮에는 그늘에서 쉬고, 저녁녘에 부지런히 걸었지만 몸은 땀에 젖으면서 지쳐 늘어졌다.

구름 속에 머리를 묻은 철령鐵嶺의 가파른 고개 밑에 이르렀다. 여남은 걸음 오르다 쉬고 다시 여남은 걸음 오르다 쉬었다.

"대감, 힘드시지요?"

체구 오동통하고 얼굴 둥글납작한 금오랑이 숨을 헐떡거리며 허위허위 정상에 올라 쉬면서 말했다. 한 주막에서 쉬며 그로부터 글씨 한 점을 받아 지닌 뒤부터 금오랑은 일가 아우나 조카처럼 곰살가워졌다.

추사는 고개 아래로 펼쳐진, 묽은 안개 뒤집어쓴 낮은 산과 들을 바라보며

"우리 함흥차사로 가는 것은 아니겠지?" 하고 농담을 했다. 둘째 형인 이방과(정종)를 밀어내고 새로 임금이 된 다섯째 아들 이방원(태종)이 미워서, 충직한 심복들을 이끌고 함흥으로 들어간 이성계(태조)는 자기를 모시러 온 차사差使들을 거듭 죽였다.

"대감마님, 염려 놓으십시오. 함경도 땅은 예로부터 참으로 이상스러운 곳입니다. 하늘이 알아보는 조정의 중신들이 함흥이나 북청이나 삼수나 갑산 같은 곳으로 유배되어 갈 경우에는, 그 중신을 돌보아줄 만한 절친한 친지가 반드시 관찰사 명을 받아오곤 한답니다요."

"아하, 금시초문일세" 하고 추사는 먼 북쪽 하늘을 바라보며 말했다. 그 하늘에는 검은 구름장들이 겹겹이 쌓여 있었다.

금오랑이 말을 이었다.

"쇠로 만들어놓은 산 같다고 해서 이름 붙인 철령, 이 고개를 예전에는 철관이라 불렀답니다."

그래 이 고개. 새도 쉬어 넘고 구름도 쉬어 넘는다는 이 고개. 태

종 임금께서 보낸 차사들이 죽음을 무릅쓰고 넘어간 고갯길이고, 백두산 기슭과 압록강변 두만강변의 국경을 수비하러 가는 군병들과 함경도 지방의 관찰사 목사 부사 현감들이 넘어간 길이다.

다시 일어서서 걸었다.

하루 육십 리씩을 걸었고, 열엿새 만에야 회양을 거쳐 함흥으로 들어간 다음 함관령을 넘어 북청부에 이르렀다. 북청은 원래 고구려의 땅이었는데, 여진족이 들어와 살았으므로 고려 때 윤관 장군이 그들을 몰아냈다. 조선조 태조 때에 청주로 이름 지었는데, 후에 남쪽 충청도의 청주와 이름이 같다 하여 북청이라 개명했다.

북청부의 북편으로는 연덕산이 솟아 있고, 동북편으로는 펑퍼짐한 만령 고개가 있고, 남쪽으로는 들이 있고 동쪽으로는 바다가 있었다. 세조 13년 길주에서 반란을 일으킨 이시애가 북청을 점령하고 북청부사를 임명했다. 이시애의 북청부사는 연회를 베풀다가 관군에게 패했다. 이시애는 다시 북청을 빼앗으려고 만령 고개를 넘어오다가 관군에게 대패했다.

장마 뒤끝이라 물이 많았다. 북청에 이르기까지 수없이 많은 드높은 산을 넘고, 어깨와 목과 이마까지 잠기는 깊은 냇물을 스물여덟 곳이나 건넜다.

북청읍을 오 리쯤 남겨둔 채 동문 안 배씨의 집에 머물면서, 병영에다 유배되어 왔음을 신고하고 나서 기다렸다. 그곳 관리가 나와서 북청성의 동쪽 게딱지만 한 허름한 굴피집 한 채를 지정해주었다. 그 굴피집은 도배도 되지 않은 흙벽에 자작나무 껍질로 지붕을 덮은 삼간의 홑집이었다. 가시울타리 치고 살라고 명하지 않은 것이 얼마나 다행한 일인가.

저녁밥은 이웃의 움집에서 얻어먹었다. 움집의 주인장은 인심 후한 텁석부리였고, 부인은 농사밖에는 모르는 순박한 여인으로, 흰 치맛말과 저고리 섶으로 애써 감춘 커다란 유방이 금방 튀어나올 듯싶게 육덕이 좋았다. 그녀는 보리밥일지라도 밥그릇 시울 밖으로 두두룩하게 많이 담아주었고, 된장국과 푸성귀 무침을 넉넉하게 주었다.

이튿날 하인만 남고 상우와 강위는 금오랑을 따라 돌아갔다. 겨울을 날 살림살이를 가지고 오기 위해서였다.

추사는 이튿날 집 주위의 들과 산을 돌아다녔다. 농부들이 김매는 것을 구경하고, 두 패의 까치들이 서로 집을 빼앗으려고 싸우는 모습을 지켜보았다. 한쪽이 공격하면 다른 쪽이 달아나는 체하다가 다시 돌아가 싸웠다. 먼저 공격한 쪽이 물러났다가 되돌아가서 깍깍 까르각…… 살아가는 모든 것은 싸우며 산다. 까치집 서편 하늘에서 저녁노을이 핏빛으로 타오르는 것을 바라보다가 들어왔다.

권돈인을 부추겨 조천을 반대하게 했다 하여 나를 이리로 유배

시키다니…… 한밤중에 일어나 서창을 바라보았다. 그를 한가운데 두고 빙 둘러선 채 침을 뱉으며 돌팔매질을 하고 있는 안동 김씨 일파의 면면이 떠올랐다. 김좌근 김우명 김회명…… 그들은 김정희에게 사약을 내리라고, 수렴청정하고 있는 대왕대비를 들볶아댈지도 모른다. 우수수, 수루루 창밖이 소란스러웠다. 말발굽 소리가 들리는 듯싶었다. 사약을 가진 금부도사가 달려오는 듯싶었다. 새까만 어둠이 머리를 점거했다. 가슴에서 뜨거운 기운이 들솟았다.

떨고 있는 스스로를 꾸짖었다. 사약을 가져오면 마시고 죽으면 편히 쉬게 될 터인데, 대장부가 왜 그렇듯 좀스럽게 떨고 있는 것이냐. 반가부좌를 하고 심호흡을 했다. 숨을 깊이 들이쉬면서 마음에 일어나는 파도를 잠재우고, 그 숨을 뱉어내면서 영원의 시간, 아미타 세상을 바라보았다.

마음이 심연처럼 가라앉는 듯싶었는데, 아득한 밑뿌리에서 복수심이 들끓었다. 흥선군 이하응이 빨리 권력을 잡아야 하고 내가 그 권력 한복판에 서서 그들에게 복수를 해야 한다. 아니다. 눈을 감고 다시 심호흡을 했다. 마음을 비워야 한다. 다 실없는 일이다. 모든 것을 잊어야 한다.

한데, 마음이 비워지지 않았다. 내 마음은 안반수의만으로는 다잡아지지 않는다. 이때는 글씨를 써야 한다. 글씨 쓰는 일이 마음의 병을 잠재우는 굿이고 만병통치의 약이다.

먹을 갈았다. 무엇을 쓸까. 소동파를 쓰자. 한 사람의 시를 베끼는 것은 그 사람의 마음을 임모하는 것이다. 그래 소동파의 마음을 베끼기로 하자.

> 하늘 한가운데 우뚝 선 당신의 광휘
> 삼천대천 다 비추니
> 나 당신에게 고개 숙이네
> 팔방의 바람이 불어도 흔들리지 않으려면
> 자금대에 가부좌 틀고 있어야 하네.
> 毫光照大千 稽首天中天
> 八風吹不動 端坐紫金臺

팔방의 바람이란 무엇인가. 이익을 손톱만큼이라도 더 보려고 악다구니 쓰는 것, 쇠퇴해갈 때가 되었음에도 불구하고 물러가지 않으려고 몸부림치는 것, 명예를 얻겠다고 사술을 쓰는 것, 칭송들을 짓을 하려고 표정을 바꾸는 것, 남을 비난하는 것, 고통스러움을 참지 못하고 엄살을 부리는 것, 즐거움에 들떠 시시덕거리는 것들을 말한다. 그 회오리바람 속에서 여여부동하는 것은 부처가 된다는 것이다. 부처가 된다는 것은 마음이 하얀 순수 덩어리가 된다는 것이다. 그것은 영원의 시간, 무량수 그 자체이다.

글씨다운 글씨를 쓰기 위해서는 먼저 마음을 다스려야 한다.

'붓을 잡을 때는 언제나 원융하고 올곧은 마음을 가져야 하고, 정신은 모으고 생각은 고요하게 해야 한다. 허허로운 마음이 지순 지고한 글씨를 쓰게 한다.'

추사는 어린 시절 『천자문』과 더불어 글씨를 배울 때 할아버지 가 하신 말씀을 떠올렸다.

'하나의 점 하나의 획을 쓸 때는 팔꿈치를 방바닥에 대지 않고 운필을 해야만 봉이 열리고 굳세고 건강해진다. 점은 붓끝을 거두 어서 딴딴하고 무겁게 해야 하고, 옆으로 긋는 획은 새기듯이 깔깔 하게 더디 써야 하고, 오른쪽으로 삐치는 획은 획 채가듯이 해야 하며, 세로획은 힘써 싸우듯이 내리 그어야 웅장해진다. 용필은 진 흙에 도장을 찍는 것같이 하고, 송곳으로 모래를 긁는 것같이 역입 逆入하여 붓끝을 감추는 장봉 필법으로 써야 한다.'

'毫(터럭 호)' 자를 쓴다. 흰 종이는 광대무변한 바다인데, 그 바 다에는 황소 떼 같은 파도가 일어난다. 그 파도에서 청룡이 날아오 른다. 그것이 날아가고 나면 바다는 텅 빈 공허가 된다. 청룡이 허공 으로 날아오르기 전에 금시조가 달려가서 그 용을 훔쳐 잡아 꿀꺽 삼켜야 한다.

붓은 종이와 싸운다. 붓끝이 종이를 이겨야 한다. 수탉이 두 발 을 앙바틈하게 벌리고 날갯짓을 한 다음 하늘을 향해 꼬끼오 하듯이 삐친 점, 그 점을 정수리에 얹은 채 세 번 꿈틀거리며 가로로 뻗어간 획은 이하응이 비뚜름하게 쓰고 있던 허름한 갓이 된다. 그 갓 아래 가느다랗고 긴 광망光芒 같은 털들이 놓인다.

글씨를 쓰기 시작하자 어느 사이엔지 마음이 편안해졌다.

다음 '光(빛 광)' 자를 쓰고 '照(비칠 조)' 자를 쓰고 '大(큰 대)' 자를 쓰고 '千(일천 천)' 자를 썼다. 한 개의 글자는 한 획, 한 점, 한 파임, 한 삐침에 의해서 구성된다.

한 점이 찍혀지면, 한 획이 그것을 감싸 도우면서 그어지고, 또 그것을 한 개의 파임이 사랑하는 마음으로 떠받쳐준다. 그것은 목수가 집을 짓는 일하고 같다.

글씨 쓰는 일은 한 사람 한 사람의 개성이 모여 한 개의 행복한 가정을 구성하고, 그것들을 대귀對句처럼 아울러 한 집안 한 집안을 구성해나가기이다. 잘 쓴 글씨는 우애와 평화로운 한 가정과 한 문중과 한 마을과 한 고을과 한 민족과 한 국가와 한 세계를 만들어가는 일하고 같은 것이다.

오한惡寒

문득 불안해지거나 따분해지면 먹을 갈고 종이를 펼쳐놓고 글씨를 썼다. 불자들은 벽을 향해 앉은 채 참선을 함으로써 정심에 들지만 유학자들은 사업을 통해 정심에 이른다. 정심이란 하늘의 마음, 진리에 머문다는 것, 성인이 말한 하느님의 마음이 된다는 것, 성심을 얻는다는 것이다. 스님들이 성취하려고 하는 깨달음, 즉 부처님의 마음이 된다는 것이다.

『주역』에서 말한 사업이란 것은 선비가 책 읽고 시 읊고 글씨 쓰고 그림 그리고 난 치는 일, 농부가 농사짓고 누에 치고 짐승 기르는 일, 어부가 그물 깁고 고기 잡는 일, 제비가 논밭의 해충을 잡아 먹는 일이다.

그렇지만 그 사업으로써 밤에 잠자리의 악몽까지를 다잡을 수 는 없었다. 늘 사약을 받는 꿈, 차꼬를 차고 있다가 국청으로 끌려 나가서 주리를 틀리는 꿈, 망나니의 칼 앞에서 떠는 꿈에 시달리곤 했다.

그 꿈에 시달린 이튿날 한낮부터 몸살이 난 것처럼 맥이 풀리고 나른해지고 몸이 땅속으로 가라앉는 듯싶으면서 으슬으슬 추웠다. 밖에 나가 볕을 쬐었지만 추위가 가시지 않았다. 하루거리(말라리 아)라고 직감했다.

싸가지고 온 홍삼을 씹어 먹고, 하인에게 노린재나무 가지를 꺾 어 오라고 해서 그것을 코에 대고 킁킁 냄새를 맡는 방편을 하고 나서 방으로 들어가 이불을 뒤집어썼다. 오한이 온몸을 부들부들 떨리게 했다. 간과 위장과 갈비뼈들과 목과 허리와 팔다리를 오그 라들게 하고 몸을 천 길 낭떠러지 아래로 가라앉히는 오한이었다.

그때 초생의 목소리가 들렸다.

"소첩 초생이옵니다."

초생이 오다니 꿈일까 생시일까. 깜짝 놀라게 반가웠지만 추사 는 눈을 뜰 수도 몸을 일으킬 수도 없었다. 온몸이 새우처럼 오그 라들면서 부들부들 떨리는 것을 주체할 수 없었다. 떨리는 것을 억 제하려고 이를 악물고 두 주먹을 그러쥐었지만, 턱의 근육이 물러

나버린 듯 아랫니와 윗니가 딱딱 부딪치고, 주먹과 팔뚝과 두 다리
가 요동을 쳤고, 그는 '으으, 으으' 하고 앓아댔다.

초생은 재빨리 상우와 함께 이고 지고 온 두꺼운 솜이불을 펼쳐
추사가 덮고 있는 이불 위에 덮었다. 그래도 추사의 오한은 가라앉
지 않았다. 가만두고 있으면 추사는 목과 가슴과 허리가 새우처럼
오그라진 채 굳어져 죽어버릴 듯싶었다. 초생은 상우를 밖으로 내
쫓고, 옷을 화르르 벗고 알몸이 되어 이불 속으로 들어가서 추사의
몸을 끌어안았다. 추사의 몸은 차갑게 식어 있었다. 그 몸을 초생
의 뜨거운 가슴이 품어주었다. 초생의 뜨거운 체온이 추사의 차가
운 몸으로 건너갔다. 그 온기가 추사의 혈관을 타고 휘돌았다. 부
들부들 떨던 추사의 몸이 점차 온기를 회복하기 시작했다. 광란 같
은 떨림이 점차 진정되었다.

추사는 초생의 따뜻한 턱 밑에 얼음처럼 차가운 얼굴을 묻은 채
속으로 염했다.

'나무아미타불 관세음보살…… 아, 이제 살 것 같다.'

그는 편안해졌고, 혼곤한 잠 속으로 빠져들었다.

초생은 어머니처럼 추사를 돌보아주었다. 잠자리를 보아주고,
잠을 자려고 누우면 파리와 모기를 쫓아주고 부채로 미풍 같은 바
람을 일으켜주었다. 추사가 한밤중에 배앓이를 하면 두 손바닥을
마주 비벼 뜨겁게 만든 다음 아픈 배의 살갗에 대주곤 했다.

낮이면 산나물 들나물 쑥을 캐다가 살짝 삶은 다음 생된장 풀어
낸 물에 주물러주고, 이웃 마을을 돌면서 의원 노릇을 하여 곡식을
얻어다가 밥을 지어주었다. 바닷가에 나가서 자반을 구해다가 구
워주고, 조갯국을 끓여주고 해초를 뜯어다가 무쳐주었다.

끼마다 숟가락이 무겁게 되자 추사는 입맛이 돌았고, 제주도
에서와 달리 풍토병이 생기지 않았고, 근력이 생겨 글씨도 잘 써
졌다.

북청부사 김사경은 그의 호 넣은 현판 글씨 한 점을 얻어간 다음
에는 이방을 보내 안부를 묻곤 했다. 이방이 글씨 한 점을 얻어간
다음에는 호방을 보내고, 호방이 한 점을 얻어간 다음에는 공방을
보내고, 공방이 한 점을 얻어간 다음에는 예방을 보내고, 예방은
또 병방을 보냈다.

노적가리씩이나 쌓아두고 사는 토호들은 글씨를 얻기 위해 곡
식 한 말씩을 하인의 등에 지고 찾아와 큰절을 했다. 추사는 미리
넉넉하게 써두었다가 그들이 찾아오면 인심 좋게 나누어주었다.

그러면서 신지도에서 유배살이를 한 이광사의 이야기를 떠올렸
다. 종이를 쌓아놓고, 술을 한잔 걸치고, 소리꾼 춤꾼 징잡이 장고
잡이 꽹과리잡이들을 불러놓고 한바탕 굿을 놀게 하면서 닥치는
대로 써서 팔았으므로 오일장이 서곤 하여 포구에 배 댈 곳이 없었
다는 게 정말일까.

그 이야기를 처음 들었을 때는 이광사의 그 행실을 저급하고 천

237

덕스럽다고 비웃었었다. 한데, 이제는 이광사의 심사를 이해할 수 있었다. 좋은 시 좋은 글씨 성인의 좋은 말씀은 돈 많은 토호나 높은 벼슬아치나 선비들만 즐길 호사품이 아니다. 누구든지 글씨를 볼 줄 아는 사람이면 다 그것을 즐길 자격이 있다.

그해 시월 초하룻날 해 저물 녘에 사립에서
"여봐라, 게 아무도 없느냐!" 하는 걸걸한 남정네의 목소리가 들려왔다.

소복 차림으로 망건만 쓴 채 바야흐로 초생이 꾸며준 서재에서 글씨를 쓰고 있던 추사는 소스라쳐 놀랐다. 머리끝이 곤두섰다. 드디어 사약이 날아온 것인가. 아니면 그의 방송을 명하러온 사자인가. 천천히 몸을 일으키는데 그 목소리가 다시 들려왔다.

"내 죄인이 참회를 제대로 하고 있는지 살피러 왔느니라."

하아, 걸걸하면서도 쩽 울리는 데가 있는 저 목소리. 어디서인가 들은 듯싶었다. 누구일까. 조심스럽게 문을 열고 나가자, 찾아온 남정네는 벌써 댓돌 앞에까지 와 있었다. 도포 차림의 늙수그레한 선비는 저녁 비낀 햇살을 가슴에 안은 채 서 있었다. 무장한 사람이 사립문 밖에 서 있는 것으로 미루어 그는 예사 사람이 아니었다.

추사가 흐린 눈으로 그의 얼굴을 바라보자, 그가 추사에게로 가까이 다가와 두 손을 덥석 잡았다. 가까이서 얼굴을 살피고 난 추사도 도포 차림의 늙수그레한 남정네 손을 부여잡고 흔들었다.

"아, 침계!"

그는 함경감사로 발령받아 온 침계 윤정현이었다.

"추사!"

그들은 서로의 얼굴을 바라보았다. 추사의 가슴에 뜨거운 물결이 일어났다. 바야흐로 들에 나갔던 초생이 사립에 들어섰다. 그녀는 손에 들고 있던 호로병을 반물색의 치맛자락 뒤에 감추었다. 초생이 치맛자락 뒤에 감춘 호로병을 발견한 추사가

"벗이 먼저 온 것인가, 술병이 먼저 온 것인가! 어허허허……"

하고 윤정현을 이끌고 방으로 들어가면서 술상을 재촉했다.

"아니 대감! 죄인이 참회를 제대로 하고 있는지 살피러 온 관찰사를 탁배기 한잔으로 구워삶을 참이요?"

윤정현이 근엄하게 추궁하듯 말했다.

"내 북녘 땅의 산난초 같은 첩이 따라주는 불노주 한 잔은 만 냥짜리라는 것을 아직 모르고 있었소이까?"

"어허허……."

"아하하하……."

그들은 서로를 향해 너털거리고는 술 두 순배가 돌 때까지 침묵했다. 술에 허기가 진 사람들처럼 술을 들이켜고 자반을 찢어 먹기만 했다.

"대감은 운이 억세게 나쁜 반면에 인덕이 무지무지 많은 위인이

더군요. 김도희 심희순이 찾아와서, 추사가 방송될 때까지만 함경도에 가 있어달라고 통사정을 해서…… 내가 대왕대비한테 함경도관찰사 자리를 달라고 자청을 했소이다."

추사는 가슴에서 일어나는 뜨거운 감개를 주체할 수 없어 허공을 향해 입을 벌렸다. 이렇게 고마울 수가…….

"아이고, 이를 어쩌나, 못난 벗 때문에…… 북쪽 변방의 외직으로 나오다니, 곧 혹한이 닥칠 터인데 이 죄인하고 함께 귀양살이를 하게 되었소이다."

"변방에서 고뿔을 함께 나누어 앓아줄 벗을 둔 대감은 하늘나라에서 유배 온 옥황상제의 아들이거나 사위인 모양이외다. 헛허허 허허……."

"외로운 풋늙은이를 위해서 친히 고뿔앓이를 함께 해주려고 북청까지 찾아온 벗에게, 오래전에 진 묵은 빚을 오늘 당장에 갚고 나서 내 한 가지 어려운 청을 해야겠소."

삼십 년 전 한 술자리에서 윤정현은 자기 서재 바람벽에 걸 현판 '침계'를 써달라고 했는데 차일피일하다가 아직 써주지 못하고 있었다. 제주에서 돌아온 다음 질펀한 물너울 내려다보이는 용산 언덕배기에 머무르고 있을 때, 윤정현은 하인을 통해 곡식 한 자루를 보내주었었다.

"쓰려고 쓰려고 해도 머리에서 형상화되지 않아 못 쓰곤 했는데, 지금 나의 고뿔을 절반씩 나누어 앓아주겠다는 침계를 뵈니 그것이 아주 잘될 것 같습니다" 하면서 추사는 전지를 펴놓고 먹을 갈았다. 큰 붓을 집어 들고, 예서체 행서체를 한데 합하여 한사코 멋스럽게 썼다. 한나라 때 비문의 예서체에서 볼 수 있는, 고졸하면서도 정제되어 있는 삐침과 파임이 음악의 화음처럼 미묘하게 울리도록.

'梣溪(침계)'

라고 쓰고, 그 왼쪽에다가 그 글씨를 그렇게 쓴 내력을 적었다.

'침계, 이 두 글자를 부탁받고 예서로 쓰고자 하였으나 한나라 비문에 첫째 글자가 없어서 감히 함부로 쓰지 못하고 마음에 두고 잊지 못한 것이 이미 삼십 년이나 되었다. 요사이 자못 북조 금석문을 많이 읽는데 모두 행서와 예서의 합체로 쓰여 있다. 수나라 당나라 이후의 비석들은 그것이 더욱 심하다. 그래서 그런 원리로 써내었으니 이제야 평소에 품었던 뜻을 쾌히 갚을 수 있게 되었다. 완당이 쓰다.'

윤정현은 글씨를 받아들고

"과연, 과연! 물푸레나무숲을 청아한 목소리로 노래하며 흐르는 시냇물답습니다. 이렇게 천하의 신필로 축하를 받았으니, 남은 내 삶이 더욱 향기롭게 풀릴 듯싶습니다" 하고 탄성을 질렀다.

추사는 붓을 놓고 그에게 부탁했다.

"지난번에 이재가 이곳 관찰사로 왔을 적에 황초령에 있었던 진홍왕순수비를 찾아 탁본을 해 보내주었고, 저는 그것을 보고 저수량체를 공부했고, '진흥왕순수비를 고찰한다'란 글을 쓴 적이 있습니다. 그런데 이재는 그 비석을 원래 있던 자리로 옮겨 복원해놓지 못하고 퇴임하고 돌아갔는데, 이번에 침계가 그 일을 좀 하시지요. 황초령비가 원래 있던 자리에 있어야 시대가 변하더라도 강계를 분명하게 말해주지 않겠습니까?"

윤정현은 추사의 얼굴을 놀라운 눈으로 건너다보았다. 유배되어 곤고한 형편임에도 불구하고, 그 비석을 옮겨 세우고 비각을 건립해놓으라고 권하다니.

"대감 말씀대로, 곧 비석을 원래의 자리로 옮기고 비각을 건립할 테니까 비각에 걸 현판을 아주 미리 써주십시오."

"그럼 당장에 써 올리겠습니다."

그는 그 글씨를 황초령비의 글씨와 어울리도록 고졸한 예서체로 썼다.

'진흥북수고경眞興北狩古竟'

그 글씨를 쓰고 있는 추사의 얼굴을 보며, 윤정현은 추사가 초의에게 사람들에게서 잊혀가는 '진묵대사'의 일대기를 찬술하라고 권했다는 말을 떠올렸다. '춤추는 소매 길어 곤륜산에 걸릴라!'라는 게송으로 유명한 자유자재의 선승 진묵대사. 그래 그렇다, 추사 김정희는 예사 사람이 아니다. 이 천재의 몸과 마음은 하늘과 땅의 운행 궤적에 맞닿아 있다.

두 장의 현판 글씨를 받아 든 윤정현은

"추사가 있어 이 나라 북쪽의 강계가 더욱 확실해질 터입니다"
하고 나서, 초생과 상우를 불러 북청에 와서 불편한 점이 무엇인지
일일이 묻고

"이후에 혹시라도 곤란한 점이 있으면 찾아와서 아뢰도록 하여
라" 하고 돌아갔다.

날씨가 추워지면서부터, 추사가 촛불 아래서 서책을 읽거나 글
씨를 쓰거나 반가부좌를 하고 마음의 고요에 들어 있으면, 초생
이 그의 몸이 차가워지지 않도록 솜 둔 두루마기로 윗몸을 감싸주
었다.

그가 밤늦도록 서재에 앉아 있으면 그녀는 잠자리를 펴놓고 그
의 누울 자리 속에 들어가서 훈훈한 온기를 들여놓았고, 그는 측간
에 다녀온 다음 그녀가 미리 덥혀놓은 이불 속에 들어가 자곤 했
다. 그 이불 속에는 초생의 체취와 온기가 어려 있었다. 그 체취와
온기가 어머니의 품속처럼 그를 편안하게 했다.

노염이 가시고, 아침저녁으로 찬바람이 나고, 밤이면 귀뚜라미
가 울 무렵부터 발밤발밤 바깥나들이를 했다. 그런 어느 날 한낮에
그 고을 임실 마을에 사는 유치전이란 풋늙은이가 찾아와 큰절을
했다.

"진즉 문안을 드린다는 것이 이렇게 늦어 송구스럽사옵니다."

유치전은 국화 소주 한 병을 들고 왔고, 서재에 마주 앉아 초생이 마련해준 자반을 안주로 대작을 했다. 그는 지방 토호답지 않게 소동파와 굴원과 도연명을 좋아했다. 시 읊기, 글씨 쓰기, 난 치기를 좋아한다는 것이 서로 닮았으므로 둘은 금방 친해졌다.

추사는 유치전에게 함흥 만세교를 지나며 읊은 시를 들려주었다.

　　진흥왕이 북쪽으로 사냥 오신 때를 추억한다
　　날아오르는 듯싶은 누대 앞의 화려하던 그 모습
　　긴 다리 지는 해에 고개를 돌려 바라보니
　　몇 가닥의 새털구름 가장자리를 빙 둘러쳤구나.
　　緬憶眞興北狩年 飛騰綺麗一樓前
　　長橋落日堪廻首 數抹雲燃若個邊

취기가 오른 유치전은 머리를 끄덕거리며

"아, 신라 진흥왕 시절까지를 추억하시다니! 시공을 넘나드는 상상…… 아름답고 장엄합니다."

작달막한 키에 얼굴이 여성처럼 아리따운 유치전은 나귀 두 마리를 끌고 와서 추사가 가고 싶어 하는 대로 모시고 다녔다.

추사는 북청의 구석구석을 돌아본 다음 말했다.

"아, 내가 머물고 있는 성동城東의 자작나무 지붕 얹은 집자리가 다름 아닌 대조영이 세운 발해의 남쪽 서울 한복판입니다. 이제 보니 나는 전생에 대조영에게 늘 시를 지어 바치곤 하던 신하였는지도 모릅니다."

그 말을 듣고 난 유치전은 갑자기 나귀에서 내려 추사를 향해 무릎을 꿇고 앉더니 머리를 조아리며 격정 어린 목소리로 말했다.

"소인은 대감께서 신모화 사상에 깊이 젖은 절대 북학주의자라고 생각하고 있었사옵니다. 젊은 시절에 청나라 연경엘 다녀오신 다음부터 대감께서는 삶의 태도가 표변하셨다고 들었고, 그래서 사실은 대감을 오해하고 있었사옵니다……. 조선 사람들이 써오고 있는 글씨, 특히 이광사 같은 사람의 글씨는 중국 사람들이 실사구시 정신으로 쓰고 있는 글씨가 아니고 조선 풍으로 촌스럽게 변질 된 것이다. 절대로 중국 것이 옳을 뿐이다. 난초 치는 것, 그림 그리는 것도 반드시 중국의 옛 명인들이 치듯이 쳐야 한다……. 이런 주장을 통틀어 볼 때, 대감께서는 거대한 중화의 나라에서 태어나지 않은 것, 중국에 비하여 백 분의 일밖에 안 된 작은 나라 조선에서 태어나서 살고 있는 것을 부끄러워하고 자존심 상해하는 분이다 싶었사옵니다. 중국적인 것만 옳다면 참으로 조선적인 것, 우리의 것은 과연 있는 것인가, 조선 사람은 어떻게 살아야 잘 사는 것인가 하는 의문을 가질 때가 한두 번이 아니었사옵니다. 그런데 대감께서 조선 땅과 이 땅의 역사까지를 자랑스러워하고 감격스러워하고 사랑하고 아끼시는 모습을 보니, 그동안 저는 분명 대감께 큰 죄를 지었사옵니다. 대감, 우물 안 개구리보다 못한 소인을 크게 꾸짖어주시옵소서."

추사는 나귀에서 내려, 유치전의 손을 잡아 일으키며 말했다.

"중국의 문화를 받아들이되 굴절된 것을 받아들이지 말자는 것이지, 우리 피와 살과 영혼을 모두 중국과 똑같은 것으로 그들의 체질로 바꾸어야 한다는 것은 아닙니다. 중국 옆에 살되, 신라 백제 고구려가 다 망했을지라도, 발해로서 고려로서 조선으로서 경계를 확실하게 하여 꿋꿋이 살아 있어야 합니다."

그날 밤 추사는 바람에 우는 소나무 아래에서 시 한 수를 읊었다.

　　대조영의 발해 나라 남경의 붉은 낙조
　　산천을 둘러보니 웅대한 패기 기록되어야 하네
　　한 지팡이에 찍힌 관만 한 지역
　　버들 물결 솔바람 소리에 흩어지는 무더위여.
　　大氏南京夕照紅 山川猶記覇圖雄
　　一笻只管漫聞境 散署松濤柳浪中

수선화

아득한 혼침 속에서 수선화 한 송이가 보였다. 묽은 황색 잎사귀 속에 앙증스러운 진한 금색의 술잔이 들어 있는 꽃. 수선화와 그는 인연이 깊었다. 제주도 산하에 그 수선들이 지천으로 피어 있었다. 농부들이 그것들을 김매듯이 파 없애곤 했는데, 그는 그것이 가엾고 아까워 견딜 수 없었다. 보리 한 톨이라도 수확하려 하는 농부들에게는 그 수선화는 꽃이 아니고 한낱 귀찮은 잡초일 뿐이었다. 그 수선화와 자신이 같은 신세인 듯싶어 슬펐다.

혀와 목에 난 종기로 인해 침을 줄줄 흘리고 살면서도, 그 알토란 같은 수선화의 뿌리들을 화선지에 고이 싸서 정학유 정학연 형제에게 보냈다. 그들 형제의 위로 편지에 대하여 그는 답신 대신으로 그것을 보낸 것이었다.

그들 형제의 아버지 정약용과 그의 아버지 김노경은 정치적인 처지가 판이했다. 그렇지만 그분들의 자식인 그들은 마음을 나눈 벗들이었다. 특히 그의 아우인 김명희 김상희는 정학유 정학연과 자주 만나 선유와 시회를 하곤 하는 처지였다.

과천에 정착한 이듬해 초봄의 어느 날, 마당을 바장이다가 대문 옆에 피어 있는 수선화 한 송이를 발견했다. 하아, 이것을 누가 여기에 심었을까. 아버지가 심었을 터이다.

황금색의 그 꽃을 보자 제주도 시절이 생각났고, 그것의 뿌리 일곱 알을 고이 싸 정학연 정학유 형제에게 보낸 일이 떠올랐다. 그들의 마당에도 그 수선화들이 피어 있을 터이다. 문득 그들 형제를 만나고 싶었다. 근처의 강마을에서 배를 타면 북한강 두물머리 연안의 여유당까지 쉽게 갈 수 있을 것이다.

달려갈 차비를 하려는데 대문 밖에서

"아무도 없느냐!" 하는 남자의 걸걸한 목소리가 들려왔다.

유배가 풀려 북청에서 돌아온 추사와 초생은 용산 언덕 위의 집에서 살 수가 없었다. 그 집은 간 곳이 없고 빈터만 남아 있었다.

초생과 상우가 북청엘 들랑거리는 사이에 안동 김씨 일파의 하수인들이 쓸 만한 물건들을 다 빼돌린 다음 불을 질러버린 것이었다.

심장병으로 말미암아 입술이 파래진 아우 상희가 아버지 김노경이 만년에 거처하던 과천의 초가를 추사에게 내주었다.

초생은 또 부지런히 추사가 편히 먹고 잠들고 문기 어린 삶을 사는 데에 불편함이 없도록 보살펴주었다.

추사는 툇마루에 앉은 채, 파르무레한 새털구름 어린 청계산 자락을 바라보다가 방 안으로 들어가 앉았다가 누웠다가 하면서 글씨를 쓰거나 그림을 그리거나 난을 치곤 했다.

그해의 봄 날씨는 일찍 풀렸고, 여기저기에서 꽃들이 시샘하며 벌어졌다. 마당으로 나와서 천천히 바장이며 찬란한 햇살 아래서 해바라기를 하고, 마당귀에 있는 복숭아꽃으로 다가가 쿵쿵 향기를 맡다가 수선화를 발견하고 정학연 형제를 떠올린 것이었다.

"게 아무도 없느냐!"

귀에 익은 목소리다 싶어 방문을 열어보니, 감색 두루마기 차림의 늙수그레한 선비가 안으로 들어서고 있었다. 이 사람이 누구일까, 하며 추사는 들어서는 선비를 멍히 바라보았고, 선비는 두 팔을 벌리고 추사를 향해 달려들었다.

추사는 '아!' 하고 비명 같은 탄성을 지르며 두 팔을 벌리고 그를 얼싸안았다.

"추사, 우리 마당에 수선화가 하도 만발했길래!" 하고 선비가 말했고 추사가

"아하, 유산, 글쎄, 우리 마당에도 웬 수선화가 저렇게 피었길래!" 하고 받았다. 찾아온 손님은 다산 정약용의 아들 정학연이었다.

초생이 술상을 보아왔고, 그들은 서재에서 마주앉아 대작을 했다. 추사는 불행에 처해 있을 때마다 보내준 위로 편지에 대한 고마움을 이야기했고, 정학연은 건강한 얼굴을 뵈니 하늘이 무심하지는 않다고 말했다. 두어 잔의 술로 얼굴이 복사꽃 빛으로 변했고, 정학연이 갑자기 찾아온 뜻을 말했다.

"…… 어려운 부탁 말씀을 드리려고 왔습니다. 그동안 암암리에 제 선친의 문집을 만들려고 사람을 풀어…… 찬술하신 책들이며, 수원성 설계도며, 친지들에게 보낸 편지글들이며, 상소문들이며를 모두 모았는데, 그것들이 큰방 두 간 안에 가득 차 있습니다. 우리 형제가 의논한 결과, 아버지의 정신세계를 확철하게 읽어 구분해내고 또 편집을 할 수 있는 사람은 추사 김정희 대감뿐이라는 결론을 내렸습니다. 감히 청하오니, 한번 와서 보시고 좋은 방도를 강구해주셨으면 합니다."

추사는 한동안 술잔을 들여다보고 있기만 했다. 정학연이 다시

"어려운 부탁인 줄 압니다만, 일단 한번 가서 그것들을 보시고…… 조언을 해주십시오" 하고 말했다.

그러나 추사는 고개를 저으며 말했다.

"유산의 말을 들어주려면, 여러 가지 어려운 일이 따를 터입니다. 첫째는 정학연 가문과 김정희 가문의 정치적인 입장과 처지가 다른 것입니다. 물론 우리가 그 입장과 처지를 초탈한 벗들임에는 틀림없습니다만, 그러나 이 추악한 세상은 그것을 우리 둘만의 일로 여기지 않을 터입니다. 두 번째는 이 추사가 너무 늙었다는 것이고, 그다음은 다산 정약용 선생의 살아온 세계가 너무 크고 깊고 높고 넓은 산과 바다이므로 한두 해 동안에 섣부르게 읽어 구분하고 편집 간행할 수 없다는 것입니다. 유산 형, 그 일은 먼 훗날 후학들의 일로 남겨놓도록 함이 옳습니다. 서두르지 마십시오."

정학연은 돌아가면서

"헤아려보니 분명 그렇습니다. 추사의 말이 백 번 천 번 옳습니다" 하고 말했다. 추사는 정학연이 타고 온 배가 정박해 있는 강 마을의 나루터까지 배웅해주었다.

이듬해 봄부터 추사는 강 마을의 한 머리 하얗게 센 어부의 고기잡이배를 타곤 했다. 어부는 말없이 고기를 잡고, 추사는 그것을 구경하며 강바람을 쐬고, 물결과 낙조와 물새들을 즐겼다.

하루는 저녁녘에 늙은 어부가 추사를 자기 집으로 이끌고 가서 쏘가리 메기 매운탕에다가 탁배기를 대접했다. 어부의 주름살 깊고 저승꽃들이 핀 얼굴은 금방 불쾌해졌다. 흥이 오른 어부는 목을 길게 빼 늘이면서 〈배따라기〉를 구성지게 불렀다.

취하여 돌아오는 길에 보니, 어부의 집 마당가에 수선화가 한 무더기 피어 있었다. 그 수선화를 보자 문득 정학연이 생각났다. 그의 집 마당 가장자리에도 수선화가 만개해 있었다.

이튿날 아침밥을 먹자마자

"초생아, 나 저기 두물머리 여유당에 좀 다녀와야겠다. 고기잡이하는 벗을 하나 사귀었는데, 그 사람 배를 타고 가면 쉬 다녀올 수 있을 것이니라" 하고 말했다.

초생이 의관을 차려주었다. 도포 자락을 휘날리며 강 마을로 나갔다. 한데, 이날은 어부가 나와 있지 않았다. 어부의 거무스레한 배는 연안 갯버들나무에 매달려 있었다. 그 배의 옆으로 가서 송아지만 한 바위 끝에 앉아 어부가 나오기를 기다렸다.

"당신이 가장 많은 고기를 잡았을 때, 대개 얼마어치쯤을 잡는가요? 제일 많이 잡은 만큼의 고깃값을 내가 쳐주겠으니 나하고 함께 북한강 두물머리 연안까지 좀 다녀오십시다" 하고 어부에게 해줄 말을 준비해놓은 채. 요즘 도자기 굽는 재미에 맛을 들였다는 정학연 형제를 만나서 주고받을 말도 준비했다.

"추사, 무슨 바람이 이렇게 불었소이까?"

"내가 몇 년 전에 제주도에서 보내준 그 수선화 꽃값을 받으러 왔소이다."

"그 수선화가 우리 집 마당에서 빨아먹은 물값 거름 값을 제하면 몇 푼 되지 않을 듯싶은데 어찌합니까?"

"식구들 모두가 눈요기하고 향기 맡으신 값하고, 선친이신 정 다산 선생의 혼령께서 밤이면 오셔서 운감하신 향기 값하고…… 모두 합하면 탁배기 한 말쯤이면 되겠소이다."

"어허허허……."

"아하하하……."

마음을 비운 채 하늘을 향해 껄껄거리고 또 껄껄거리고 돌아오리라. 한데, 한 식경이 지나도 늙은 어부가 나타나지 않았다. 발밤발밤 어부의 집으로 찾아갔다. 어부의 늙은 할멈이 마당에서 약을 달이고 있다가 그를 맞았다. 추사가 다가가자 할멈이 울면서 말했다.

"새벽녘에 측간에 다녀오자마자 쓰러져 저렇게 정신을 놔버렸습니다."

어부는 끝내 일어나지 못하고 사흘 뒤에 저승으로 갔고, 어부의 배는 혼자 물결을 따라 몸을 이리저리 움직거리고 있었다.

불이선란不二禪蘭

    상여도 없는 어부의 널이 청계산 기슭으로 올라가는 것을 보고 들어온 날 저녁 무렵에 추사는 문득 난을 치고 싶어졌다. 하얀 종이를 펼쳐놓고, 먹을 갈고 붓을 들었다. 한동안 흰 종이만 들여다보았다. 머리와 가슴속에 아무런 것도 담겨 있지 않고, 오직 하얀 텅 빈 시공만 가라앉아 있었다.

    그 시공은 하얗게 눈 덮인 신들의 세상 같았다. 그가 걸어 나온 태초의 시원의 태허. 그 속에서 난초 한 촉이 솟아 나왔다. 그것은 분명 난초인 듯싶은데 난초가 아니었다. 그 난초가 말했다.

'나는 마음을 잃어버린 추사 김정희이다. 그대는 나를 그리되 나를 그리지 말고 그대의 태허 같은 텅 빈 마음을 그리시게.'

'아, 그렇다' 하고 추사는 부르짖었다. 가슴이 떨렸다. 깊이 숨을 들이쉬고 또 내쉬었다. 점차 떨리던 가슴이 깊이 가라앉았고, 고요해졌다.

추사는 붓을 들고 태허의 텅 빈 시공 속에다 마음 한 자락을 그어갔다. 마음은 오른쪽으로 뻗어가는 숨결이 되었다. 그 숨결은 한 번 굽이치고 다시 굽이치고 또다시 굽이치다가 신화 그 자체인 태허의 속살을 비수처럼 찔렀다. 다음 잎사귀는 첫 번째의 마음을 싸고돌면서 마찬가지로 세 번 굽이치며, 첫 번째 잎사귀의 모가지 근처까지 뻗어가다가 몸을 틀어 먼 데 산의 푸른 눈을 찔렀다. 그다음 잎사귀들은 줄줄이 굼실굼실 뻗어 오르다가 땅을 향해 고개를 떨어뜨렸다.

호리호리한 꽃대를 그렸다. 잎사귀들과 상반되게 왼쪽을 향해 굽이치고 또 굽이쳐 뻗어간 꽃대 끝에 봉의 눈도 아니고 흰 코끼리의 눈도 아니고, 메뚜기의 주둥이와 활짝 편 날개 모양새도 아닌 꽃 한 송이가 향기를 토해냈다.

그것을 쳐놓고 나서 추사는 탄성을 질렀다. 그가 친 것이지만 그가 친 것이 아니었다.

'신이 나의 손을 빌려 친 것이다. 신명이 난초를 쳤지만 그것은 난초가 아니고, 난초가 아닌 것도 아니다.'

그 난초는 하나의 세계를 형상화하고 있었다. 자기만 아는 어떤 속병인가를 앓고 난 듯 가냘프지만 가냘프지 않고, 외롭지만 외롭지 않고, 어떤 세계를 통달한 듯하지만 백치처럼 하늘만 보고 있었다. 유마거사의 불가사의 해탈의 경지다. 그렇다. 이것은 '불이선란不二禪蘭'이다. 태허 속에서 단단히 엉글어버린, 보이지 않는 어떤 생각의 알맹이와 보람과 희한한 세계의 발견으로 인한 환희가 들끓고 있었다. 난생처음으로 무지개를 본 소년의 가슴처럼.

추사는 밖을 향해 소리쳐 불렀다.

"초생아!"

초생에게 먼저 그것을 보일 생각이었다. 그녀의 해맑은 눈빛 앞에 그로 인해 세상에 새로이 태어난 '불이선란'을 선보이고, 증명받고 싶었다. 한데, 아무런 응답이 없다. 이 사람이 어디엘 갔을까. 초의의 형형한 눈빛이 떠올랐다. 권돈인 조인영의 눈빛도 떠올랐다. 신위의 거슴츠레한 눈빛도 떠올랐다. 그들 모두에게서 그 난을 증명받고 싶은데, 그들은 그의 옆에 있지 않았다. 들뜬 마음을 가라앉히면서 자기가 쳐놓은 난을 다시 내려다보았다. 그래 그렇다. 난이란 것은 이렇게 치는 것이다.

여기엔 나무를 놓고, 요쪽에는 집을 놓고, 저기에는 먼 데 산을 놓아야겠다고 미리 계획하고 그리는 그림처럼 치는 것이 아니다. 이 잎사귀는 이렇게 뻗게 하고, 요 잎사귀는 저렇게 뻗게 하겠다고 계획하여 치는 것이 아니다.

'내 속의 무념무상과 불가사의 해탈이 난으로 솟구쳐 오른 것이다.'

한데, 너무 허전하다. 화제를 써야 한다. 유마거사는 칭병하고 방 안에 내내 누워 있으면서, 자기 나름대로 크게 깨달았다는 자부심을 가진 자들의 문병을 받고, 문병 온 그들에게 불가사의 해탈을 침묵으로 강설했다. 칭병하고 누운 유마거사는 문병하러 올 깨달은 자들에게 보이기 위하여 방 안에서 책 책상 종이 벼루 붓 먹 따위를 깡그리 치우고 텅 비워놓게 했다. 유마거사의 방은 음음해야 한다. 난은 반양 반음의 현자賢者이다.

추사는 화제를 쓰기 시작했다. 공간이 가장 많은 왼쪽 위의 귀퉁이에서부터 내리글씨로 오른쪽을 향해 썼다.

난초를 치지 않은 지 스무 해인데
우연히 그렸더니 본성이 태허에 이르렀다
문 닫은 채 궁구하고 찾아 이르고 싶은 그 경지
이것이 바로 유마거사의 불이선이다.
不作蘭畵二十年 偶然寫出性中天
閉門覓覓尋尋處 此是維摩不二禪

다 쓰고 나니 오른쪽에 남은 네모의 흰 공간이 마음에 걸렸다. 불이선란이 그 공간을 싫어할 듯싶었다. 거기에 다음과 같이 썼다.

만약 누군가가 강요한다면 또 구실을 만들고
비야리성에 있던 유마의
말 없는 대답으로 거절할 것이다. 만향.

그 글씨들 다음에 '추사'라는 자그마한 관을 찍었다.

다시 내려다보자, 가장 키가 큰 잎사귀의 끝과 두 번째 세 번째의 잎사귀 사이의 여백이 마음에 걸렸다. 『능엄경』에 '텅 비어 있음 속에서 생기는 큰 깨달음의 마음은 바다에서 일어나는 한 방울의 거품과 같은 것'이라고 했다. 그 공간을 다음의 글로 메웠다.

초서와 예서의 기자奇字 법으로 그렸으니 세상 사람들이 이를 어찌 알아보며, 어찌 이를 좋아할 수 있으랴. 물거품의 경지를 또 써놓는다.

그리고 봉의 눈 같기도 하고 메뚜기의 눈과 날갯짓 같기도 한 꽃송이 아래쪽의 여백에 '도 닦듯이 치고 붓을 놓는다. 이 난은 오직 하나만 있어야 하고 둘이 있을 수 없다. 신선 동네 노인'이라 쓰고 그 오른쪽에 '낙문유사' '김정희인'이란 낙관을 했다.

호리병 하나를 안고 온 초생이 방바닥에 펼쳐져 있는 난을 향해 큰절을 했다. 마치 순박한 여인이 자기의 몸과 마음을 모두 처음 허락하기로 작정한 남정네에게 하듯이 두 손을 이마에 대고 팔꿈치를 치켜올린 채 조심스럽게 주저앉은 다음 머리를 방바닥에 붙였다.

그녀의 치마폭에 담겨 있던 바람이 조용히 빠져나가고 있었고, 그 바람이 체취를 싣고 추사에게로 날아왔다. 절을 하고 난 초생의 얼굴을 추사가 건너다보았다. 그의 눈빛이 큰절하는 까닭을 묻고 있었다. 초생은 빙긋 미소를 지을 뿐이었다. 그 얼굴은 '불이선란을 보자. 그냥 절을 하고 싶어서 했을 뿐'이라고 말하고 있었다.

추사는 그 난을 책상 위에 걸쳐놓고, 초생이 들고 온 호리병의 술을 다 기울인 다음

"가까이 오너라" 하고 말했고, 초생이 다가오자 그녀의 상체를 끌어안고 이마와 코를 그녀의 불룩한 젖가슴에 댔다. 초생이

"바야흐로, 소첩의 가슴에서 봄물 오르는 소리 새움 돋아나는 소리가 들릴 것이옵니다" 하고 쓸쓸하게 말하며 추사의 머리를 두 팔로 안아주었다. 추사는 눈을 감았다. 처마 끝에서 물방울 떨어지는 소리였다.

"비가 오는구나!"

"들어오면서 보니 복사꽃 송이들이 벌써 반쯤 피었던데 이 비 맞으면 만개해버릴 듯싶사옵니다."

'그래 봄이 깊어가는데 돌아오는 여름을 어디에서 날까' 하고 추

사는 생각했다. 그의 얼굴에 어린 수심을 읽은 초생이

"문을 열어드릴까요? 여기서도 복사꽃 송이들이 보일 것이옵니다" 하고 말했다.

추사가 고개를 끄덕거렸다. 초생이 문을 열었다. 안개처럼 보얀 이슬비가 바야흐로 벌어지고 있는 복사꽃 송이들을 감싸고 있었다.

복사꽃은 하늘마음을 지닌 꽃이다. 이승에서 일어나는 행운과 불행을 미리 예시해주는 신통스러운 꽃. 돌아가신 아버지께서는 그 하늘 꽃에게 앞날을 묻곤 하신다고 했었다.

추사는 가까이에 가서 그 꽃송이들을 보고 싶었다. 댓돌로 내려서자 초생이 우장을 머리에 씌워주었다. 마당으로 나갔다. 꽃송이들 옆으로 다가간 추사는 '아!' 하고 부르짖었다. 그의 정수리에서 슬픈 예감 하나가 일어났다. 그것이 전율이 되어 등줄기와 겨드랑이와 온몸의 살갗으로 퍼져나갔다. 꽃송이들이 고개를 숙인 채 눈물을 뚝뚝 떨어뜨리며 울고 있었다.

'이 꽃송이들이 이 집주인의 앞날을 예감하고 있구나.'

그 우는 꽃송이들을 바라보면서 시를 읊었다.

마당의 복사꽃이 슬피 운다
어째서 가랑비 내리는 때에 우는 것일까
주인이 오랫동안 병들어 있으므로

감히 봄바람 앞에서 웃지를 못하는 것이지.

庭畔桃花泣 胡爲細雨中

主人沈病久 不堪笑春風

추사는 문득 부처님께 귀의하고 싶어졌다. 이해 한여름을 아미타 세상에서 보내다가 총총히 바람처럼 연운처럼 짙푸른 태허 속으로 날아가고 싶었다.

제주도에 들어간 날부터 그는 하루에도 열두 번씩 머리를 깎고 부처님께 귀의하고 싶었다. 그렇지만 월성위궁의 종손이라는 질곡이 그렇게 하지 못하도록 소매를 잡았다. 용산 언덕배기에 살 때 모든 것을 태운 것은 오탁악세의 탁한 너울을 떨쳐버리자는 것이었다. 그렇지만 이제는 상무에게 사당을 맡기었으므로 자유로울 수 있다.

"초생아, 나 내일 아무 절로나 들어가야겠다. 부처님께 귀의하고, 팔뚝에 연비하고 염불하고 참선하고……."

초생이 정색을 하며 말했다.

"그 무슨 청천의 벽력 같은 말씀이시옵니까? 소첩이 편히 모시지 못하여 그런 생각을 하셨사옵니까? 아니 되옵니다. 대감께서 절로 들어가시면 소첩은 어찌 삽니까? 대감께서 기어이 귀의하시겠다면 소첩이 머리를 깎고 옆에서 시봉을 하겠사옵니다."

이튿날 아침 초생이 방문 앞으로 와서, 한 젊은 수좌가 찾아와 뵙기를 청한다고 말했다. 수좌는 감히 방으로 들어오지 못하고, 댓돌 아래 엎드려 고했다.

"빈도는 봉은사에서 도를 닦는 영기라는 중이온데, 하늘 같으신 대감께 어려운 청을 드리고자 찾아왔사옵니다."

추사는 가슴이 화끈 뜨거워졌다. 이 스님은 내 마음을 읽은 관세음보살이 보내신 심부름꾼이다.

"스님 어서 들어오십시오."

영기가 들어왔다. 머리가 커다란 직사각형인 데다 볼과 턱이 동글납작한 영기의 눈은 반짝거렸다. 말을 하지 않을 때는 굳게 다무는 버릇이 있는 입모습에는 고집과 의기가 어려 있었다. 영기는 윗목에서 두 손을 짚고 엎드린 채로 말했다.

"빈도가 감히 이렇게 무례를 무릅쓰고 찾아온 것은, 오래전에 대감께서『화엄경소』팔십 권을 써낸 바 있으신 호봉 스님에게 내린 간찰의 사연을 염치없이 훔쳐본 까닭이옵니다. 그 간찰에서 대감께서는 '요즈음 모든 절집에서는 경전 공부는 젖혀두고, 참선을 구실 삼아 한데 모여 앉은 채 가부좌하고 무無 자 화두와 뜰 앞의 잣나무라는 화두만 들고 있는데, 그들의 그러한 짓거리는 결국 모든 영특한 젊은 수좌를 새까만 귀신의 굴속으로 타락하게 할 것이다' 하고 말씀하셨사옵니다. 빈도는 대감의 그 말씀을 거울 삼아, 세속 나이 열네 살에 입도하여 스무 살에 득도한 이래 서른네 살이 되는 금년까지 열다섯 해 동안 경전을 판각하여 출간하여 보급하는 일을 하여오고 있사옵니다. 그런데 그 판각이 쌓이고 쌓여 그것들을 마땅하게 보관할 장소가 없는지라, 봉은사 대웅전 왼쪽에 저장할 전각을 짓고 있사옵니다. 그리고 저희 절 스님들이 대중공사를 통해 결정하기를, 그 전각의 문 위에 걸 '板殿'이란 현판 글씨와 대웅전 뒤편 언덕 위에 이미 지어놓은 북극보전과 영산전의 현판 글씨와 앞면의 주련 글씨들을 모두 대감께 청하는 것이 옳다고 하였으므로, 빈도가 감히 찾아와 청하는 것이오니 뿌리치지 말아주시옵소서."

추사는 가슴이 벅차올랐다. 나의 삶은 부처님의 혜량으로 이루어진 것인데, 그에 대하여 보답할 길이 바야흐로 열린 것이다. 그는 고개를 끄덕거리며 말했다.

"내 그렇지 않아도 어느 절로든지 들어가 부처님께 귀의할 생각을 하고 있던 차입니다. 내가 그 절에 머무르며 염불도 하고 참선도 하고 그러면서 나의 작은 예술적인 재능들을 시주할 수 있게 해주시오."

"아, 대감! 마침 공양간 옆에 한 도반이 쓰던 초가가 한 채 비어 있사옵니다."

영기는 이마를 방바닥에 붙이고 두 손바닥을 펴서 하늘 쪽으로 받들어 올리며 탄성 어린 목소리로 말했다.

불가사의 해탈

추사는 일순간 혼침에서 깨어나, 둘러 앉아 있는 초생과 상우와
상무와 그들의 처와 소치 허유를 차례로 바라보았다.

가장 좋은 반찬은 두부에 오이에 생강 넣은 나물이고
가장 지순 지고한 모임은 남편과 아내 아들딸 손자.
大烹豆腐瓜薑菜 高會夫妻兒女孫

이는 촌 늙은이의 제일가는 즐거움이다. 비록 허리춤에 말만큼

큰 황금 도장을 차고, 밥상 앞에 시첩 수백 명을 거느리고 있다 하더라도 능히 이런 쾌미를 누릴 수 있는 사람이 몇이나 될까. 행농에게 써준 주련을 생각하다가 다시 혼침에 빠져들었다.

추사의 얼굴의 근육들이 움직였다. 눈동자가 움직이는 듯싶었다. 눈을 힘주어 감기도 하고 입을 굳게 다물기도 했다. 그는 꿈속에서 바쁘게 서두르고 있었다.

맑게 갠 하늘이 하얗다. 그 하늘이 광막한 화선지로 변해 있었다. 거기에다가 글씨를 쓰기로 작정했다. 상우를 시켜 세상에서 붓을 가장 잘 만드는 장인을 불러왔다. 관우처럼 몸집 큰 장인이 왔다. 수염이 한 자 반인 붓의 장인을 데리고 맹종죽 밭으로 갔다. 가장 굵고 기다란 장대를 베어 오라고 명했다. 사냥꾼을 불러 붓 한 자루를 만들 수 있을 만큼의 빳빳한 멧돼지 수염을 구해 오라고 명했다. 뜻밖에 허유가 그것을 보듬고 나타났다.

추사는 그것으로 세상에서 가장 거대한 붓을 만들라고 붓의 장인에게 명했다. 장인이 곧 거대한 장대 붓 한 자루를 만들어주었다. 하인과 상우에게 먹을 갈아 먹물을 절구통에 부으라고 명했다. 먹물이 절구통에 가득 찼을 때 추사가 붓을 들었다. 붓을 절구통의 먹물 속에 넣었다. 먹물을 흠뻑 묻힌 다음 하늘을 향해 치켜들었다. 붓이 너무 무거워 땀을 뻘뻘 흘렸다. 숨이 가빴다.

바야흐로 서쪽 하늘에서 스님들의 가사 색깔의 노을이 피어올랐다. 추사는 안간힘을 쓰면서 온 하늘이 가득 차도록 커다란 동그

266

라미 하나를 그려가기 시작했다. 오 분의 일도 그리지 못했는데 붓
에 먹물이 말라 희미해지려 했다. 다시 먹물을 묻혀가지고 그리고,
또 다시 묻혀가지고 그렸다. 어떤 곳은 가늘고 어떤 곳은 굵었다.
군데군데 희끗희끗한 비백飛白이 생기기도 했다. 수백 마리의 거
대한 검은 누에들이 머리와 꼬리를 마주 댄 채 동그라미를 만들고
있었다.

추사는 숨을 가쁘게 쉬면서, 그 동그라미가 어디선가 본 듯하다
고 생각했다. 그렇다. 저것은 제주도에서 이상적에게 주기 위하여
그린 〈세한도〉 속의 초가 바람벽에 뚫려 있는 동그란 구멍이다. 그
구멍이 커지고 또 커지면서, 지붕과 바람벽과 옆에 서 있는 나무들
을 다 삼켜버렸다. 그러더니 하얀 태허 속의 거대한 동그란 구멍이
되었다. 그것이 열두 발 상모처럼 휘돌았다. 추사는 지친 몸을 일
으키고 다시 붓을 들어올렸다. 온 하늘을 차지해버린 거대한 동그
란 구멍 왼쪽에, 해서도 전서도 예서도 행서도 초서도 아닌 글씨들
을 종으로 썼다.

　　돌아가자 돌아가자 시원의 하늘 한가운데로
　　歸去來兮 歸去來兮 太虛中

한동안 땅바닥에 드러누운 채 숨을 가쁘게 쉬고 난 추사는 천천
히 몸을 일으키고, 그 거대한 동그란 구멍 오른쪽에 마찬가지의 내

리글씨로 썼다.

저 높은 곳으로 가게 해주십시오.
南無阿彌陀佛

글씨를 쓰느라고 탈진한 추사는 한동안 땅바닥에 누워 있다가
일어나서 붓을 들고 동그란 구멍 위쪽의 여백에다가 자잘한 글씨
로 썼다.

말도 아니고 글씨도 아닌 이 동그라미 안의 세상은, 내가 평생
가고자 소원했던 시공이다. 말이기도 하고 말 아니기도 한 이 동
그라미의 뜻을 나는 지금 칭병을 한 채 문병객들을 불러들여 설
법한 유마거사의 말 없는 말법으로써 불가사의 해탈의 법을 말
하고 있는데 내 뜻을 아는 사람들은 알 것이다. 하하하呵呵呵.

그 밑에 더욱 작고 가는 글씨로 '승련노인勝蓮老人 추사 김정희'
라고 쓴 다음 붓을 던지면서 쓰러져 눈을 감았다.
짙푸른 태허 속에 그린 거대한 동그라미 속으로 그는 검은댕기
두루미 한 마리로 변신하여 훨훨 날아가고 있었다. 수천 명의 비천
녀들이 켜는 공후인과 수천 개의 하늘 편경들이 일제히 울었고, 두
리둥 두리둥둥 하는 지령음이 들려왔다.

'신필'에 가려진 추사의 또 다른 얼굴

마음 가는 대로 살지라도 도리에 어긋남이 없다는 나이 일흔을
한 해 앞두고, 일흔한 살에 이승을 떠난 추사 김정희 선생의 신산
한 삶과 예술을 소설로 썼다.

왜 이 시대에 추사 김정희를 이야기하는가. 그는 개혁적인 정치
인인데 많은 오해를 받고 있다.

'김정희의 증조모는 영조 임금의 따님이고, 증조부는 영조 임금
의 사위(월성위)이다. 월성위의 종손인 김정희는 태어나기를 대단
한 천재로 태어난 데다, 스물네 살에 아버지(생부)를 따라 중국의

연경을 다녀온 당대의 기린아로서, 젊은 날을 내내 부귀영화를 누리며 보냈다. 그리하여 오만하고 타협할 줄 모른 까닭으로 세상으로부터 많은 미움을 받아, 오십 대 후반부터 제주도 유배 구 년, 북청 유배 이 년의 신산한 삶을 살게 된 것이다.'

나는 김정희와 그의 시대를 깊이 읽으면서 그것이 얼마나 무책임한 오독인가를 알았다.

추사 김정희는 실사구시 온고지신 이용후생의 경학, 기굴하고 고졸하고 현묘한 추사체의 글씨, 그림, 난 등의 특출한 세계를 성취해낸 삼절三絶이기는 했지만, 결코 '오만한 천재'는 아니었다고, 나는 그를 읽었다.

우물 안의 개구리 같은 조선 땅이 한창 서양의 근대문물을 중국 연경을 통해 받아들일 때, 추사 김정희는 북학파의 선구자였으며, 안동 김씨의 세도정치 속에서 왕권을 강화시키고, 부정부패를 바로잡고, 근대문물을 받아들이려 하는 쪽에 서 있었다.

정조의 갑작스러운 죽음 뒤, 어린 임금의 외척세력인 안동 김씨와 그들을 둘러싼 일당은 왕권을 무력화시키고 개혁세력에 대하여 딴죽을 걸었다. 그 과정에서, 그들은 그들의 행로에 방해가 되는 추사 김정희를 제거하려고 들었던 것이다.

한번 권력을 움켜쥔 자들이 자기 패거리의 권력과 이권을 위하여 백성들의 고달픈 삶을 외면해버리는 일은 오늘에도 똑같이 반복되고 있다.

나는 추사 김정희의 '신필神筆' 뒤에 가려져 있는 전혀 또 다른 김정희의 얼굴, 잘못 흘러가고 있는 역사를 제대로 흘러가게 하려다가 다친 과정과 유배지에서 아파하고 슬퍼하면서도 치열하게 분투하는 그의 모습을 제대로 드러내주고 싶어 이 소설을 썼다.

추사는 제주도 유배, 북청 유배의 신산한 삶을 극복하는 방법으로, 글씨 쓰기 그림 그리기 난초 치기를 일삼을 수밖에 없었다. 나는 추사의 빼어난 아름다운 글씨와 그림과 간찰과 시에서, 그리고 그가 살아온 그 시대의 아픈 역사의 행간을 통해서, 그의 인간적인 고뇌와 절대 고독과 절망과 좌절과 분투를 살피고 '중생이 앓고 있는데 어찌 보살이 앓지 않을 수 있느냐' 하며 칭병하고 누워 지낸 유마거사나 평생 유배생활을 한 소동파 시인처럼 해탈하려 한 몸부림을 가슴으로 읽으며 진저리쳤다. 그리하여 나는 추사 김정희의 내면과 더불어 나의 내면을 깊이 읽으려고 애썼다. 추사 김정희는 이 소설의 형상화 과정에서 내 속으로 들어왔고, 내가 김정희 속으로 들어갔다. 내가 김정희인지 김정희가 나인지 분별이 안 될 때가 있었다.

김정희의 천재적인 현학과 예술의 깊고 드넓은 바다를 나는 항해하기도 하고 잠수하기도 하고, 그 짠물을 모두 들이켜고 토악질을 하기도 하고, 그것을 소화시키려고 몸부림치기도 했다. 그 과정에서 나와 김정희는 대립각을 만들고 선 채 서로를 노려보기도 하고, 일망무제의 바다 앞에서 만나 화해하기도 했다. 김정희의 실수를 꼬집으면서 그와 대립할 때, 내 편을 들어주는 것은 김정희 선생의 평생 벗인 초의 스님이었다.

이 소설을 쓰는 데 많은 사람들의 도움을 받았다. 먼저 과천문화원장의 추사 김정희에 대한 존경과 애정과 집착, 과천문화원 안에 있는 추사연구회의 서지학자 김영복, 추사연구가 김규선 이동국 등 여러 학자들의 꾸준한 연구 발표, 세미나, 추사 작품 전시회, 발간한 책들, 많은 논문들에서 큰 도움을 얻었다.

이화여대 안외순 교수의 '추사 김정희가의 가화와 윤상도 옥사'에 대한 연구가 없었다면 나는 더 많은 방황을 했을 것이다. 그 논문은 이전에 나온 여러 김정희 평전들의 애매모호함과 오류를 바로잡아주고 있었다.

국역 『완당전집』과 최완수 선생의 『추사집』 유홍준 선생의 『김정희』 후지스카 박사의 『추사 김정희의 또 다른 얼굴』, 간송미술관이 발간한 여러 책과 전시작품들, 많은 자료를 구해다준 목포대학교 김천일 교수, 호남대학교 도서관 유영례 선생에게 감사한다. 정병조 교수 서예가 선주선 교수의 논문, 「추사의 선학변」을 쓰신 김약슬 선생, 내 이웃 마을에 살면서 글씨 쓰기에 미친 채 사는 모습을 보여준 서예가 이봉준 후배에게도 감사한다.

부정맥과 무력증으로 절망하곤 하는 나를 위하여 오래 살아주심으로써 희망과 용기를 주곤 하시는 올해 아흔네 살의 강건하고 총총하신 노모, 이 소설을 쓸 수 있도록 나를 양생해준 아내, 늘 용기를 주는 아들딸들, 쓸 기회를 준 다음 몇 년 동안 참을성 있게 기다려준 도서출판 열림원의 정중모 사장, 내 작품을 거듭 읽어주시는 독자 여러분께 진심으로 감사한다.

2007년 7월

장흥 바닷가 해산토굴에서 한승원

독수리에게 간을 뜯어 먹히는 프로메테우스 같은

어떤 역사 인물을 이 시대에 불러내 소설로 쓴다는 것은 꼭 그래야 할 만한 당위성이 있어야 한다. 추사 김정희가 살았던 시대, 개혁 의지를 가졌던 그가 기득권 세력인 안동 김씨 일파에게 당했던 박해, 그 정치적인 현실은 오늘의 정치적인 상황과 아주 많이 닮아 있다.

조선조 후기 최고의 지성인 가운데 특출한 추사 김정희를 나는 한 사람의 신화적인 절대 고독자, 불을 훔쳐 인간에게 준 형벌로 내내 독수리에 간을 뜯어 먹히며 살아야 하는 프로메테우스와 비숫한 인물이라고 읽었다. 요즘의 시쳇말로 표현한다면 정적들의 '추사 김정희 죽이기'로 함축할 수 있다.

예산에서 태어나 어린 시절을 보내다가 서울의 월성위궁에 양자로 들어간 추사는 철이 제대로 들기도 전에 양아버지 양어머니를 모두 잃고 고아가 된 채로 하인들을 거느리고 살지 않으면 안 되었다. 중국 사신으로 가는 친아버지를 따라 연경에 다녀온 추사는 안동 김씨 집안의 세도로 삼정이 문란해진 부정부패 매관매직의 시기에 세상을 개혁해보려고 고투하다가 제주도 유배 구 년, 북청 유배 이 년의 쓰라린 삶을 살다가 과천에서 생을 마쳤다. 나는 한 인간의 절대 고독과 개혁 의지와 유배지에서 언제 내려올지 모르는 사약에 대한 불안과 신산한 삶 속에서 꽃피운 추사체와 〈세한도〉〈불이선란〉 같은 예술작품, 그리고 절망적인 삶에서 정신을 북돋워준 벗 초의의 우정에 초점을 맞추어 수정 가필하여 개정판을 낸다.

이 책을 읽어준 독자들에게 감사한다.

2023년 1월

해산토굴 주인 한승원

꽃의 있음을 들어 달의 없음을 증명하리

: 추사 김정희 선생과의 대담

꽃 지면 열매 있고

달 지면 흔적 없어라

이 꽃의 있음을 들어

저 달의 없음을 증명하리

있음이면서 없음인 그 무렵의

그것이 실제 그 율사의 참모습인데

탐욕과 미망 속에 허덕이는 자는

자취에만 집착하네

내가 만약 그 율사의 자취라면

왜 세간에 남아 있겠는가

오묘하고 상서로운 모습이 휘날리면서

진리의 광명이 일어나 산봉우리 짙푸르네.

　이 시는 추사 김정희 선생이 금강산 여행 중 마하연암에서 하룻
밤 머물며 이승을 떠난 한 율사를 위하여 읊은 것인데, 마치 추사
자신의 모습을 읊은 듯싶다.

나라고 해도 좋고 내가 아니라고 해도 좋다

나라고 해도 나이고 내가 아니라고 해도 나이다

나이건 나 아니건 나라고 새삼스럽게 말할 것은 없다

조화 세계의 구슬이 겹겹이 쌓였거늘 누가

큰 여의주 속에서 참모습을 찾아낼 수 있겠는가 하하!

과천 늙은이가 스스로 화제를 쓰다.

謂是我亦可 謂非我亦可

是我亦我 非我亦我

是非之間 無以謂我

帝珠重重 誰能執相於大摩尼中

呵呵 果老自題

277

추사 김정희 선생이 늘그막에 과천에서 살 때에 그린 수묵 자화상에 붙인 이 화제畫題는 조선 왕조 후기의 유학 사상가다운 깊은 성찰을 담고 있다.

나는 천재를 싫어한다.

천재들의 눈을 마주 보고 있으면, 내 눈동자가 뚫리는 것처럼 아리고 정수리와 가슴이 시리다. 천재들의 형형한 눈빛은 방사선이나 레이저광선 같은 파장이고, 그 파장은 순식간에 내 몸과 마음이 구석 저 구석을 속속들이 휘젓고 다니면서 아프게 탐색해버린다. 그들의 눈빛에 의해 휘저어진 내 몸과 마음은 한겨울 숭숭 뚫린 창구멍처럼 황소 같은 찬바람을 들랑거리게 한다.

내가 만난 추사 김정희의 눈빛도 그러했다.

하늘의 이치를 따라 흘러가는 것天理流行

천재의 형형한 눈빛이 지겹지만, 그러나 나는 추사와 깊은 인연을 맺지 않을 수 없었다. 불경에서 '지나가다가 옷자락을 한 번 스치게 되는 이승에서의 인연은 전생에 오백 매듭 이상의 인연이 있었어야 이루어질 수 있는 것'이라고 했다.

추사와 나와의 인연은 보통으로 두터운 것이 아니다. 추사에 관한 기록들을 구해서 읽어내고, 그의 발걸음 닿는 곳을 쫓아다니고, 추사의 삶을 소설로 형상화시키느라고 두 해 동안을 내내 나부댔다.

잠자리에 들면서도 추사 생각, 산책을 하면서도 여행을 하면서도 밥을 먹으면서도 추사 생각을 했다. 새 한 마리 날아가는 것, 벌레 한 마리 기어가는 것, 먼 바다에서 달려오는 파도, 구름 한 장 흘러가는 것들을 추사의 눈으로 보고, 들꽃 한 송이에서 향기가 풍기는 것을 추사의 코로 냄새 맡고, 솔바람 소리, 풍경 소리, 염불 소리, 버들숲에서 우는 꾀꼬리 소리를 추사의 귀로 들으면서, 추사의 뇌가 방사하는 파장을 따라 사유했다.

그러다가 추사가 된 꿈을 꾸었다. 추사가 되어 청나라 연경의 친구들이 벌여준 송별연에 참여하고 나오다가 갖신을 잃어버린 꿈을 꾸고, 제주도에 위리안치된 꿈을 꾸고, 집 주위의 밭 언덕에 지천으로 피어 있는 수선화를 농부들이 김매듯 뜯어 죽이는 꿈도 꾸고 안타까워했다.

추사와의 만남

그런 어느 날 한낮에 잠을 자다가 선잠을 깨어 밖으로 나갔는데,

토굴 마당가의 감나무숲 그늘 아래 평상에 연한 회갈색의 삿갓에다 잿빛의 도포 차림에다 갈색의 나막신을 신은 조선조의 칠십 대 초반 늙은 선비 한 사람이 앉아 바다를 내려다보고 있었다. 소동파와 추사 김정희의 '삿갓 쓰고 나막신 신은 모습 그림(소치 허유의 그림)'을 연상시키는 오동통한 체구의 늙은이.

뒷산의 뻐꾹새 울음소리가 흘러와 마당에서 메아리쳤고, 처마 끝의 풍경이 바다와 들판을 건너온 남풍에 챙그렁 챙그르렁 자지러지는 소리를 내고 있었다.

내가 다가가 그 노인에게 말했다.

"처음 뵙겠습니다. 어르신은 어디서 오신 누구십니까?"

그가 내 목소리를 듣고 고개를 돌렸다. 순간 나는 소스라치게 놀랐다. 작달막하고 강단진 그의 얼굴은 창백한데, 수염이 억새꽃처럼 희었고, 주름살 깊은 얼굴의 살갗에는 보라색 저승꽃들이 피어 있었다. 콧등과 양쪽 볼에 얽은 곰보 자국이 스무남은 개 있었다.

"나는 추사일세."

자그마한 독 안을 울리고 나오는 듯싶은 목소리에 쇳소리가 들어 있었다. 나는 그 목소리와 말투와 형형한 눈빛에서 냉철한 명석함과 오만함을 읽었다.

"아니 추사 선생께서……?"

"이 토굴 주인이 오래전부터 '추사'에 미쳐 있다고 해서 왔네……. 그런데 그대는 왜 그렇듯 멀리 사라지고 없는 나에게 집착하는가?"

"산이 거기에 있으므로 그 산을 올라, 눈앞에 피어 있는 꽃의 있음을 들어 지고 없는 달의 없음을 증명하려 하는 것입니다."

나는 산에 미친 사람들이 두고 쓰는 이 말과 추사가 금강산 마하연에서 읊은 시 한 구절을 편집해서 대답했다.

"하아, 그렇다면 추사라는 산은 자네라는 바다가 여기 있어 이리로 흘러 들어온 셈이네."

추사의 말에 농弄이 담겨 있었다.

"그러시다면 선생께서는 제 바다 안에서 새로이 거듭나셔야 합니다."

추사의 눈길이 내 두 눈 속으로 깊이 파고들었다.

"자네, '내 눈빛이 하늘의 별을 만든다'는 투로 이야기하는 걸 보니 유식학唯識學에 빠져 있군그래."

나는 진저리 치며 대꾸했다.

"그렇습니다. 요즘 저는 제 눈빛으로 추사를 만들고 있습니다."

추사는 미리 준비하고 온 말을 나에게 던져주었다.

"나 추사는 육십 대 후반에서 칠십 대 초반까지 잠깐 과천 청계산 밑의 초당에서 머물렀는데, 항상 짙푸르면서도 텅 빈 하늘太虛의 이치를 따라 흘러가고, 구름 속을 노닐었네."

추사는 땅의 모든 기운을 받고 태어났다

나는 마당 가장자리에 서 있는 감나무와 동백나무와 공작단풍나무와 철쭉나무와 호두나무와 대나무들을 둘러 살폈다. 그 잎사귀들이 맥없이 늘어져 있었다. 그것들의 맥없어진 모습들이 추사의 출현과 연관이 있다고 생각되어 추사에게 말했다.

"추사 선생께서 어머니 배 속에 들어 있는 동안 충청도 예산 일대의 푸나무들은 가뭄에 시달리는 것처럼 맥없이 늘어져 있었는데, 선생께서 '응아' 하고 어머니의 자궁 밖으로 나오는 순간 그 푸나무들이 예전처럼 활기를 되찾았다고 들었습니다. 그것은 어머니 배 속의 선생께서 그 일대의 지기地氣들을 모두 흡입하고 있었기 때문이었을 거라는데 그게 사실이었을까요? 지금 저 짙푸른 하늘이 전라도 장흥 안양 일대 땅의 모든 푸나무의 기를 한데 모아 추사의 영을 가시적으로 드러내놓고 있는 것 아닐까요?"

추사가 코를 찡긋하면서 말했다.

"자네는 흘러 다니는 허랑한 말이나 기록들을 믿는 모양이군."

"소설가는 흘러 다니는 말이나 기록(역사)의 행간에 서려 있는 숨은 그림 같은 서사, 그 출렁거리는 파도 같은 우주의 율동을 빨아먹고 삽니다."

"나는 내 벗들이 나에게 보낸 편지나 나의 저서나 중국에서 들여온 경전들을 깡그리 태워버린 바 있네."

"추사 선생이 분서焚書를 하시다니요?"

"사람은 가시적인 것만으로 판단하는 미욱한 동물이야. 나는 그
것들을 태움으로써, 나를 미친 듯이 탄핵하는 자들의 눈에 내 사랑
하는 친지들의 모습이 보이지 않게 하고 싶었네."

"경학의 흔적들은 남기지 않았으면서 그림이나 글씨들은 남기
고 떠나셨습니다. 왜 말 아닌 글씨로써 이야기하려 하셨습니까?"

추사가 대답했다.

"입으로 뱉는 말틈은 타고 다니는 말馬이란 짐승하고 같은 것이
고, 글씨나 그림은 몸의 율동이니까."

"글씨나 그림으로써 어려움을 극복하려 했다는 말씀이십니까?"

"그래. 제주도에서 말 다루는 테우리한테서 들었는데, 말이란
짐승에게는 쓸개가 없다고 하더군. 그런 까닭으로 말은 사람을 태
운 채 깊은 강이나 가시밭길이나 화살이나 총알이 빗발치는 전쟁
터도 무서워하지 않고 줄달음질한다더군. 그런데 밤에 헛것을 보
면 등에 탄 주인을 떨어뜨려버리고 저 혼자서만 살려고 달아나버
린다고."

"말틈이나, 말馬이나 마찬가지로 주인을 배반한다는 말씀이십
니까?"

"그러하네."

"추사 선생께서는, 자기 제자들에게 말로 된 경전 공부를 등한

283

시하게 하고 침묵을 앞세운 참선만을 가르친다고, 백파 스님을 공격하지 않았습니까?"

"말과 말 아닌 것은 둘이 아니네."

"왜 경전들만 태우고 글씨나 그림은 태우지 않았습니까?"

"학문보다는 예술이 영원하네."

사람은 가시적인 것만으로 판단하는 미욱한 동물이야

"추사 선생께서 저에게 미욱하다 할지 모르겠습니다만, 저는 추사에 대한 기록들을 가지고 추사를 읽을 수밖에 없었습니다. 여섯살 되시던 해, 한양 월성위궁의 종손으로 양자를 가신 선생께서는 양아버지 김노영의 명을 따라 입춘 날 대문에 '立春大吉(입춘대길)' '建陽多慶(건양다경)'을 써서 붙이셨는데, 영의정이던 채제공이 지나가다가 그 글씨를 보고 선생의 양아버지에게 '저 글씨로 보아 글씨 쓴 아이의 앞날이 순탄치 않을 것 같소이다. 글씨를 쓰게 하기보다는 시문 짓기를 가르치는 것이 좋을 듯싶습니다' 하고 예언을 했다는데, 그때 대문간에 붙인 그 글씨가 대관절 어떤 모양새였을까요?"

추사는 잠시 먼 하늘을 바라보고 있다가 말했다.

"혹시, 서울 봉은사의 경전 판각 저장하는 전각의 현판 '板殿(판전)'을 보았겠지?"

"네, 물론 가보았습니다. 추사의 최고 최후 명품이라는 그 '板殿' 글씨…… 해서나 예서라고도 할 수 없고, 행서라고도 할 수 없고, 전서라고도 할 수 없고, 그 모든 서체를 아울러놓은 듯싶은 모양새의 글씨 말입니다."

"아마 그와 비슷했을 거야."

"그렇다면 일흔한 살의 추사가 쓴 글씨가 여섯 살 때 쓴 글씨와 비슷하다는 것은 무얼 말하는 것일까요?"

"모든 것은 되돌아가네."

"아이 적의 마음으로 되돌아간다는 것인가요, 태초 시원의 미분화 상태로 되돌아간다는 것인가요? 가장 순수하고 고졸한 아름다움은 하늘처럼 텅 비운 마음에 있다는 것인가요?"

추사는 하늘을 바라보면서 입을 다물었다.

'오만한 천재'였다는 평가에 대하여

나는 어떤 한 사람의 깊은 속마음을 깊이 읽고 싶으면, 그의 아픈 구석을 이 방법 저 방법으로 공격해야 한다는 것을 경험으로 알고

285

있다.

"대개의 이 시대 사람들은 추사 선생이 '오만한 천재'인 까닭으로 말년을 불행하게 보낸 것이라고 평가하고 있습니다. 선생의 삶과 예술을 다룬 어떤 평전은 '추사 김정희 선생의 고모할머니뻘(김정희의 조부와 십촌)인 정순왕후가 영조 임금의 두 번째 아내이고, 증조모가 영조 임금의 따님이고, 증조부가 영조 임금의 사위 월성위이다. 그 월성위의 종손인 추사 김정희는 영조 임금과 안팎으로 친척인 데다가, 태어나기를 대단한 천재로 태어났고, 스물네 살에는 동지부사인 생부 김노경을 따라 중국의 연경을 다녀온 당대의 기린아로서, 젊은 날을 내내 부귀의 화려한 삶을 누린 까닭으로, 오만하고 타협할 줄 몰라 세상으로부터 많은 미움을 받아 제주도 유배 구 년, 북청 유배 이 년의 신산한 삶을 살게 된 것'이라고요. 이러한 평가에 대해서 하실 말씀이 있으십니까?"

추사는 어처구니없어하며 말했다.

"내가 '오만한 천재'였다는 그 시각은 하나만 알고 열을 모르는 유치한 시각일세. 천재라는 말이 나왔으니 하는 말인데, 미안하지만 나는 천재가 아닐세. 흔히 추사를 명필이라 말하고, 추사의 글씨를 천재의 글씨라고 하는 사람이 있다고 들었는데, 그것은 실없고 허랑한 소리네. 이 세상에는 하늘에서 타고난 천재는 없네. 내 평생 붓글씨를 쓰기 위하여 먹을 갈고 또 간 까닭으로 닳아져서 밑구멍이 뚫어진 벼루가 몇 개인 줄 아는가. 추사라는 한 남자가 평생 글씨를 써오면서 닳아져 못 쓰게 되어버린 몽당붓이 몇 백 자루나 되는 줄 아는가? 천재는 없고 신을 향한 도전이 있을 뿐이네. 사람은 남자이건 여자이건 내 손으로 세상을 바꾸어놓겠다는 의지와 열정을 가져야 하는 법일세. 세상을 바꾼다는 것은 물의 흐름 바람의 흐름을 바꾼다는 것이고, 세상을 비추는 햇살의 색깔을 바꾼다는 것이네. 검게 보이던 세상을 밝고 희게 보이게 한다는 것이고, 무지갯살을 일어나게 하여 더욱 아름답게 보이게 한다는 것이네. 그 짓을 나는 경전 읽기와 글씨 쓰기로써 해온 것이네."

추사는 마른 입술에 침을 바르고 나서 말을 이었다.

오만한 까닭으로 말년에 고생을 했다는 시각에 대하여

"그리고 오만해서 타협할 줄 모르기 때문에 말년에 들어 신산한 삶을 살았다는 견해에 대하여 말하겠네……. 역사를 읽되 문자에 걸리지 말고, 행간에 숨어 있는 것들을 깊이 확철하게 읽을 줄 알아야만 추사의 말년의 삶을 분명히 읽을 수 있을 것이네. 내가 살던 당시의 조선 후기 사회는 이기理氣 논쟁을 벌이던 성리학파가 제값을 다하지 못하고, 임금의 친척들이 되어 세도를 부리는 쪽으로 흘러갔네. 그들 보수 세력에 반발하여, 실사구시 온고지신 이용후생으로 세상을 살아갈 만한 가치가 있는 세상으로 만들고자 하는 '북학파(개혁 세력)'가 생겨났네. 당시의 보수 세력을 대표하고 이끌어가는 사람들은(오늘날의 대한민국에서도 개혁 세력이 하는 일에 계속 딴죽을 거는 보수 집단이 있지 않은가) 임금의 외척인 안동 김씨를 중심으로 한 일파로서, 왕권을 무력화시키고 정권을 좌지우지했으므로 세상은 속속들이 썩어갔네. 개혁 세력을 이끌어려 하는 사람들은 홍대용 박지원 박제가 김정희 조인영 권돈인 등의 북학파로서, 왕권을 강화시키고 청나라를 통해서 서양의 근대문물을 받아들이려 하였네. 그들을 요즘 사람들은 '실학파'라고 부르더군."

추사의 코는 흥분으로 인해 벌름거리고 있었다. 추사는 마른 입술에 침을 바르고 나서 말을 이었다.

"정조 임금이 의문의 죽음을 당한 다음, 어린 나이에 임금이 된 순조 임금은 안동 김씨 일파에게 주눅이 들어 장인인 김조순에게 모든 것을 맡겨버렸었지. 그런데 그 아들인 효명세자가 아주 영민했네. 효명세자는 할아버지 정조 임금이 못한 일을 이룩하려고 왕권을 강화하고 서양의 근대문물을 받아들이려고 북학파와 가까이 하였네. 효명세자는 정조 임금 못지않게 영민하고 현명하고 당찬 인물로서, 당시 조선 사회의 새 희망이었네. 효명세자는 밤에 미복차림으로 여항을 돌면서 뜻있는 젊은 서얼들을 많이 만나고, 그들 가운데 씩씩한 젊은 무인들을 휘하에 거느렸네. 그 젊은이들 중 대표적인 인물이 연암 박지원의 손자 박규수였네. 박규수 밑에는 여항의 뜻있는 젊은이들이 다 모여들었지……. 효명세자를 범상하지 않게 본 순조 임금은 열아홉 살의 효명세자에게 대리청정을 하게 했는데, 왕권을 손에 쥔 효명세자는 당시 규장각 대교인 나에게서 조언을 들으며 안동 김씨 중심의 세도정치를 무력화시키고 왕권을 강화시켜가기 시작했네. 그러자 안동 김씨 일파는 나를 눈엣가시로 생각했네. 효명세자가 대리청정을 하고 있는데도 그러한데, 만일 장차 임금이 되어 친정을 하게 되면 추사가 중책을 맡게 될 것이고, 추사로 말미암아 자기들이 모두 도태되고 죽게 될 것을 걱정하며 반격할 기회를 노리고 있었네. 그런데 그때에 효명세자가 스물두 살에 급사를 했고, 안동 김씨 일파는 일차적으로 효명세자의 병을 돌본 내의원의 사람들을 죽이거나 유배 보내고 나서, 효명세자의 대리청정 시절에 중용된 대신들을 공격하여 유배 보내거나 죽였으므로, 효명세자를 따르던 의식 뚜렷한 젊은이들은 뿔뿔이 흩어졌네. 안동 김씨 일파는 그때에 효명세자의 보도와 시강을 맡았던 추사의 생부 김노경을 제거하기 위해 김우명을 사주하여 탄핵 상소를 하게 했네.(김우명과 나는 보통의 악연이 아니었네. 나는 충청우도 암행어사로 나갔을 때, 비인현감을 지내고 있는 김우명의 실책과 비리를 파헤쳐 봉고파직시킨 바 있었네.) 순조 임금은 자기 할아버지인 영조 임금의 따님 후손인 김노경을 보호하고 나섰네. 그러자 안동 김씨 일파는 순조 임금을 협박했는데, 그것이 부사과 윤상

도의 '박종훈 신위 유상량에 대한 탄핵 상소'로 불거졌네. 윤상도
를 사주한 것은 대사헌을 지낸 김양순이었는데, 김양순은 안동 김
씨 일파의 우두머리인 김조순(순조의 장인)의 사주를 받은 것이지."

추사는 슬픈 눈으로 허공을 쳐다보며 잠시 뜸을 들였다가 말을
이었다.

왕권 강화와 외척 세도정치의 틈바구니에서

"출세에 눈이 먼 윤상도의 상소문은 사실상 순조 임금에 대한
협박용이었네. 그 상소문 가운데 '임금을 정당한 도리로 인도하게
하는 것이 성현의 가르침인데도 박종훈, 그는 바로 그것을 뒤집었
다'는 대목이 그것일세. 순조 임금은 발끈 화를 냈지. 임금의 도리
를 제대로 다하지 못한 자기를 몰아내고 죽일 수도 있다는 협박(역
모의 기도)으로 받아들인 것이지. 그러나 순조 임금은 '그렇지만 윤
상도의 뒤를 캐려 들면 더 큰일이 일어날 것 같으므로, 그냥 추자
도로 유배를 보내라' 하고 일을 끝내려고 들었지. 그러자 안동 김
씨 일파는 순조 임금의 말에 밑이 져려 윤상도의 배후를 캐서 발본
색원하자고 억지를 쓰며, 추사의 아버지 김노경과 역적 윤상도를
함께 끌어다가 국청을 열자고 들이댔네. 자기들이 사주한 윤상도

와 함께 김노경을 역적으로 몰아 죽이겠다는 것이지. 김노경이 국
청에 끌려 들어가 고문을 당하다가 역적으로 몰린다면, 그 자식인
추사 김정희도 살아남지 못하게 되는 것 아닌가. 순조 임금은 김노
경을 더 보호해줄 수 없음을 알아차리고 먼 데 섬 고금도로 유배시
키라는 명을 내렸네."

광기狂氣 어린 탄핵 정국

　살구나무에 주렁주렁 열린 열매들이 노랗게 익어 있었다. 어치
스무남은 마리가 우르르 몰려들어 경쟁하듯이 열매들을 공격했다.
그들은 향기롭게 익은 것들만 골라 쪼아 먹었다. 나는 극성스러운
그들에게서 광기를 느끼고 '우우!' 하고 소리쳐 쫓았다. 그들은 삼
나무 가지로 달아나서 내 눈치를 살피고 있었다. 내가 딴짓을 하고
있기만 하면 다시 몰려들어 살구를 공격할 심산이었다.
　추사는 말을 이었다.
　"순조 임금이 돌아가시고 어린 헌종 임금이 뒤를 잇자, 안동 김
씨의 수장인 김조순의 아들 김좌근은 자기 일가 형인 김조근의 딸
을 헌종 임금의 왕비로 삼았네. 순조 임금의 아내이자 김좌근의 누
님인 순원왕후가 수렴청정을 하면서 세상은 더욱 확실하게 안동

김씨 일파의 것이 되어버렸네. 그런데 추사의 오랜 벗인 조인영(효명세자 장인의 동생)이 어린 헌종 임금을 올바르게 이끄는 보도의 책임과 시강을 맡았는데, 그는 순원왕후의 수렴청정이 끝난 다음 헌종 임금이 친정을 하려면, 임금의 보도와 시강을 당대 최고의 지성인이자 북학파인 추사 김정희에게 맡겨야 한다는 말을 했네. 그리고 조인영은 추사에게 힘을 실어주기 위하여, 추사를 청나라 연경에 사은사로 보내려고 동지부사로 임명하게 했네."

내가 추사의 말에 몰두해 있는 동안, 어치 떼가 다시 살구나무 위로 우르르 몰려들어 부리로 열매를 찍어 파먹고 있었다. 나는 다시 그들을 쫓았고, 그들은 또 삼나무 가지로 달아났다.

추사가 말을 이었다.

"내가 청나라 연경의 친구들을 머지않아 만나게 된다는 기쁨에 들떠 있을 때 안동 김씨 일파가 나를 확실하게 죽여 없애려고 나섰네. 대사헌 김홍근이 '역적 윤상도와 김노경의 국청을 열어야 한다' 하고 탄핵 상소를 했네. 그것은 윤상도가 추자도에 유배된 지십 년 뒤이고, 내 아버지 김노경이 유배에서 풀려나 돌아가신 지삼 년 뒤의 일이네. 그들은 눈 깜짝할 사이에 추자도의 윤상도를 끌어다가 국청을 열고, 문초를 하기 시작했네. 임금을 협박하는 그 상소문을 누가 써주면서 상소하라고 하더냐고 고문하자 윤상도는 허성을 댔고, 허성을 고문하자 그는 대사헌을 지낸 바 있는 김양순을 댔네. 김양순을 고문하던 자들은 김양순의 입에서 안동 김씨 우두머리인 김조순 김좌근 김조근의 이름이 나올 것을 두려워한 나머지 '만일 그 상소문을 김정희가 써주었다고 불면 살려주겠다'고 귀띔을 했네. 김양순은 살아나려고 '그 상소문을 추사 김정희가 써주었다' 하고 말을 하기는 했지만 곤장을 맞고 죽어버렸네."

추사는 내 눈을 빤히 들여다보며 말을 이었다.

"사람들의 광기를 아는가. 사람들의 작은 광기는 사냥을 하고, 좀 더 큰 광기는 반대파를 숙청하고, 더욱 큰 광기는 전쟁을 일으키네. 2002년 월드컵 열풍이 한반도를 휩쓸었을 때 나는 광기를 생각했네. 모든 스포츠는 광기 어린 경기들일세. 그것의 역사는 로마의 원형경기장에서 벌어진 죄수들의 검투, 노예 출신 장사와 황소와의 경기에서부터 시작되었네. 예수 살아 계실 적에 사람들이 한 간음한 여인을 돌로 쳐 죽이려고 들었지. 그들은 손에 돌멩이 한 개씩을 들고 '저년을 쳐 죽여라!' '그렇다, 죽여라!' '죽여라!' 하고 소리쳤네. 그때 예수가 '죄 없는 자는 이 여인을 돌로 쳐라' 하고 말했고, 그들은 돌을 버렸다고 기록되어 있네. 사람들만 광기를 가지고 있는 것이 아니고, 동물들도 광기를 가지고 있네. 어느 농장에서 돼지를 놓아먹이는데, 한 돼지의 꼬리가 다른 돼지들의 그것과 달리 반대쪽으로 꼬부라져 있었네. 그것을 본 어느 돼지가 그 이상스러운 꼬리를 물어뜯었고, 옆의 다른 돼지들이 덤벼들어 한 번씩 물어뜯었어. 상처 입은 돼지는 비명을 지르며 달아났지만, 모든 돼지가 거듭 공격을 했으므로 결국 피투성이가 되어 죽고 말았네……. 내가 살았던 조선조 후기의 그 정국은 결국 나를 죽이기 위한 광기 어린 탄핵 열풍으로 들끓고 있었고, 마침내 의금부는 나를 국청으로 끌어들였네. 국청으로 끌려들어간 내가 살아나서 제주도로 유배된 것은 두 사람의 벗 권돈인과 조인영 덕분이었어……. 그런데 어찌하여 사람들은 추사가 오만한 까닭으로 사람들의 미움을 사서 유배되는 불행을 당했다고만 말한다는 것인가?"

나는 생각했다. 역사는 반복된다. 개혁하려 하면 기득권 세력이 사력을 다해 제동을 건다. 민주화 과정에서 체제에 저항하는 세력을 응징하기 위해, 한 주동자가 자살했다고 위장하는 유언장을 대필시켜 유포한 사건이 있었다. 도둑을 잡아주니 그 도둑을 잡아들이는 과정에서 불법을 저질렀다고 도둑 잡은 자를 처단하는 기득권 세력의 세상이다.

내가 물었다.

"그렇다면 추사 선생의 삶은, 한마디로 말하여, 세상을 올바로 바꾸어놓으려다가 보수 반대파들에게 당한 고난의 삶이라고 요약할 수 있겠습니까?"

그는 대꾸하려 하지 않고 하늘을 쳐다보았다.

잘나가는 선지식 찾아가 깨부수는 천둥벌거숭이

"흔히 말하기를, 추사 김정희는 스물네 살 때에 아버지 김노경을 따라 청나라 연경에 가서 근대의 신문물을 대하고 온 다음부터 (요즘 세상에 미국이나 영국이나 프랑스 유학을 다녀온 젊은이들이 국내파를 깔보듯이) '그것의 원산지에서는 전혀 그런 모양새가 아니야. 너는 굴절되어 들어온 것을 잘못 알고 있는 것이야' 하고 국내파들을 거만스럽게 폄하하고 꾸짖었다고 합니다. 특히 추사 선생께서는, 동국진체를 완성했다는 평을 받고 있을 뿐 아니라 이미 명필로 알려져 있는 원교 이광사의 글씨를 무시하고 폄하했습니다. 또 국내에서 대단한 선승으로 알려져 있는 당시 오십 대의 해붕 스님을 찾아가 그의 공空 사상을 공박하고 깨부수려 들었고, 국내의 스님들이 참선을 배우려고 구름같이 몰려들곤 하는 백파 스님에게 달려가 경전을 도외시한 참선 수련의 실없음을 공박한 바 있습니다. 훗날 제주도에 유배되었을 때에는 백파와 편지로써 논전을 벌인 바도 있습니다. 당시에 백파는 추사의 행실을 두고 '저 사람 반딧불로 온 산을 태우려고 드는군' 하고 빈정거렸다는 기록이 있습니다. 그것은 당시 삼십 대 초반 천둥벌거숭이였던 선생의 오만방자한 행위이지 않았습니까?"

나의 물음에 추사가 말했다.

"그것은 당시 청나라를 통해 조선 땅으로 들어온 실사구시의 북학에 대해서 잘 모르는 사람들이 하는 소리일세. 원교 이광사의 글씨는 술집 작부가 요조숙녀 차림을 하고 다소곳한 체하고 있는 것인데, 사람들은 속고 있었네. 그의 글씨는 한나라 당나라 때의 왕희지 미우인 저수량 등의 글씨들이 이렇게 저렇게 굴절되어 들어온 것을 굴절된 줄을 모르고 임모하여 익힌 결과물이므로, 그것이 순 조선식의 명필이라는 잘못된 인식을 내가 바로잡으려 한 것이네."

추사는 마른 입술에 침을 바르고 나서 말을 이었다.

"불교에는 경전을 읽고 또 읽음으로써 점차로 깨달음을 얻어가는(점수) 수행 방법이 있고, 화두를 머리에 굴리면서 면벽참선을 함으로써 단박에 깨달음을 얻는(돈오) 수행 방법이 있네. 내가 생각하기로, 경전 공부를 통한 수행을 부지런히 하여도 앞이 막히면 그때에 가서 해야 하는 수행이 단박 깨달음의 방법일세. 그런데 선승이란 자들이 제자들에게 경전 공부는 시키지 않고, 면벽 좌선부터 시킴으로써 경전 무식쟁이를 만드는 우를 범하고 있는 것이야. 나는 그것을 경계하고자 하는 것이었네."

내가 따졌다.

"한민족의 명나라가 만주 몽골의 청나라에게 망하자, 조선의 성리학자들은 중화 문화가 단절되었다고 생각하고, 오직 세상에서 조선만이 중국 문화의 정통을 이어받고 있다고 생각했습니다. 그래서 미술계에서는 겸재 정선 등의 조선에서만 볼 수 있는 그림(동국진경)이 나타나고, 글씨 쪽에서는 옥동 이서 한석봉 백하 윤순에서 원교 이광사로 이어지는 조선에서만 볼 수 있는 글씨(동국진체)가 나타났습니다. 그런데 추사 선생이 청나라 연경에 다녀온 다음, 이광사의 동국진체를 깨부수려 한 것은 신모화 사상으로 인한 것이라고 말할 수 있지 않습니까?"

추사가 담담한 목소리로 말했다.

"먼저, 더 확실하게 내가 살던 조선 후기의 시대 상황을 말해야겠네. 임금의 친척들을 중심으로 한 족벌이 하늘을 나는 새도 떨어뜨리는 세도를 부렸으므로, 조선 후기 사회는 일종의 세도정치 암흑기였네. 중국의 정통을 이어받았다는 '성리학'은 명목상의 지도 이념으로 전락했고, 현실과 유리되었네. 그리하여 학문은 텅 빈 껍데기가 되었고, 정치지도의 근간인 예禮라는 것도 형식만의 허례가 되어버렸고 파당 싸움의 도구로 전락했었네. 그때 뜻을 가진 젊은이들 사이에 공허한 성리학에 대한 회의를 가지고, 청나라에서 일어난 고증학을 받아들여 현실을 개혁하려는 움직임이 일어났네. 그것이 '북학'이네. 역대 임금들 가운데서 가장 영명하고 지혜로운 임금 정조는 북학파들을 대거 기용하였는데 박제가 유득공 등이 그들이네. 내 양아버지 김노영은 양반이면서도 서얼인 박제가 유득공 등의 북학파들과 뜻을 함께하였으므로, 어린 나의 교육을 바로 그 서얼 출신인 박제가에게 맡겼던 것이네. 내가 서얼인 박제가의 제자라는 사실을 생각한다면, 나를 신모화 사상에 젖은 사람이라고 하는 말이 옳지 않음을 알 수 있을 것이네. 나는 북한산의 '무학대사비'라고 알려진 것을 답사 결과 '진흥왕순수비'라고 밝힌 바 있고, 북청에 유배되었을 당시 함경도관찰사로 부임해온 침계 윤정현에게 부탁하여 함경도에 있는 진흥왕순수비를 강계에 옮겨 세우고 비각을 세움으로써 후세들로 하여금 중국과의 국경을 분명하게 한 바도 있고, 또한 대조영의 발해 나라를 찬양하는 시도 쓴 바 있네."

추사 글씨의 기괴함과 고졸함에 대하여

나는 추사의 글씨에 대하여 물었다.

"언제부터인가 이 땅의 사람들은 누군가가 기괴하게 글씨를 쓰면 '추사체'라고 말해버립니다. 선생의 글씨의 특징을 기괴와 고졸古拙(예스러우면서 못나 보이고 서투름)에 있다고 말하는데, 무슨 뜻입니까? 선생께서 창안하여 남기신 '추사체'라는 것은 일부러 남과 달리 독특하게 기괴하고 고졸하게 쓴 글씨라는 것입니까?"

추사가 대답했다.

"억지로 기괴하고 고졸하게 쓰려고 하는 것은 진실로 기괴함과 고졸함이 아니네. 사실상 기괴함과 고졸함이란 것은 내 몸의 우주 속에 들어 있네. 가령 금강산의 기괴함과 고졸함은 우주라는 자연 속에 들어 있는 기괴한 모습, 고졸한 모습이 드러난 것이네. 글씨는 붓이 쓰는 것이지만, 사실은 붓이 쓰는 것이 아니네. 원래 먹물 속에 그 글씨가 들어 있었지. 붓은 먹물을 묻혀 종이 위를 지나갈 뿐이지만, 종이에 영원히 남은 것은 먹물이네. 나는 먹물 속에 들어 있는 글씨를 물 흐르듯이 꽃 피듯이 종이 위에 꺼내 건져놓고 있을 뿐이야."

"말씀이 어렵습니다. 좀 더 쉽게 말씀해주십시오."

"오천 권 이상의 책을 읽음으로써 내 머릿속에 형성된 서권기書卷氣와 문자향文字香 하늘과 땅으로부터 얻은 영감을 가지고, 벼루 열 개를 구멍 내고 천 자루의 붓을 몽당붓으로 만드는 미치광이같이 꾸준하게 연습을 한 사람만이 먹물 속에 숨어 있는 글씨를 꺼내놓을 수 있는 법이네. 말하자면 머리에 들어간 수많은 책 기운이 글씨로 나타난 것이야."

"원교 이광사를 가리켜 '동국진체'를 완성시킨 명필이라고들 말합니다. 한데, 선생께서는 그의 글씨를 '술집 작부가 요조숙녀 차림을 하고 춤추는 것'에 비유해 말합니다. 또한 이광사의 저서인 『글씨 쓰는 비결』의 잘못된 점들을 지적했습니다. 선배인 원교 이광사를 무시하고 폄하하고 있는데, 혹시 선배의 혁혁한 명성을 시기 질투한 것이 아닙니까?"

"내가 살던 조선조 후기의 내로라하는 서예가들 대부분은 중국에서 흘러들어온 왕희지 왕헌지 등의 글씨본(서첩)들이 모두 굴절된 것인데 굴절된 줄을 모르고 임모함으로써 일가를 이룬 사람들이었네. 그런데 나는 중국의 옹방강 선생의 석묵서루에서 실제 한나라 당나라의 비석 탁본한 글씨들을 보고 나서, 우리나라에 들어와 있는 모든 서첩이 다 어처구니없이 굴절된 채로 흘러들어온 가짜들임을 알아차렸네. 귀국한 다음 우리나라에 산재한 신라시대 비석들을 찾아다니면서 탁본을 했는데, 그것들은 제대로 된 글씨의 원류(저수량의 글씨체)였네. 나는 중국에서 보고, 그리고 가지고 들어온 제대로 된 비첩과 우리나라에 산재한 비석 글씨들을 바탕으로 잘못 흘러가고 있는 조선 땅의 글씨 경향을 바로잡으려 한 것이야."

"줄기가 없지만, 칼 같은 잎사귀와, 봉이나 흰 코끼리의 눈 같은 꽃으로 기품을 드러내는 난초가 도학자풍이라면, 줄기가 튼실하고 헌걸찬 소나무는 유학자풍입니다. 〈세한도〉는 대단한 명품입니다. 그 그림을 그리게 된 내력을 말씀해주십시오."

나의 말에 추사가 대답했다.

"소나무가 지맥 속에 뿌리를 깊이 뻗고 짙푸른 하늘을 푸른 가지로 떠받치고 있는 것을 보면 공자의 모습이지만, 그것이 드리우고 있는 거무스레한 그림자를 먼저 보고 짙푸른 하늘에 우듬지를 묻고 사유하고 있는 자세를 보면 석가모니의 모습이네. 하늘과 달과 별과 구름과 안개와 바람과 새들과 소통하는 소나무의 몸은 신화로 가득 차 있네. 나는 문득 겨울 한파와 적막과 침잠 속에서 다사로운 몸피를 둥그렇게 키우고 있는 우주의 시원을 형상화시켜보고 싶은 충동이 일었네."

내가 물었다.

"유배된 다음에도 변함없이 잘해주는 역관이자 제자인 이상적에게 은혜를 갚는다는 생각으로 그려준 것이라고 알려져 있는데요?"

추사가 대답했다.

"그렇다 할지라도 〈세한도〉 속에는 당시의 내 실존實存이 다 함축되어 있네. 그 그림을 잘 들여다보시게. 설 전후의 고추 맛보다 더 매운 찬바람이 몰아치자, 모든 짐승과 새는 모습을 감추고 푸나무들은 죽은 듯 말라져 적막하건만, 건장한 소나무만 푸른 가지를 뻗은 채 우뚝 서서 제 몸을 지탱하기 힘들어하는 늙은 소나무 한 그루를 부축하고 있네. 그 부축으로 말미암아 늙은 소나무는 간신히 푸른 잎사귀 몇 개를 내밀고 있네. 그 두 나무 옆에 집 한 채가 있는데, 그 집은 마음을 하얗게 비운 채 유마거사처럼 사는 한 외로운 사람의 집이네. '세상의 모든 중생이 앓고 있는데 어찌 깨달은 자가 앓지 않을 수 있겠느냐' 하며 칭병하고 누운 채 문병 오는 사람들에게 불가사의 해탈의 진리를 설하는 유마거사는 문병 온 손님들에게 깨달음의 세계를 보여줄 심산으로 거실을 텅 비워놓았네. 세한 속에서 얻은 불가사의 해탈의 무한 광대하고 둥근 깨달음圓覺은 텅 빈 하늘을 흡수지처럼 빨아들인 신묘한 힘일세. 수미산을 겨자씨 속에 넣고, 세상의 모든 바닷물과 강물을 한 개의 털구멍 속에 다 쑤셔 넣을지라도, 수미산과 겨자씨와 사해의 물과 털구멍들이 모두 꿈쩍도 안 하는 그 신묘한 힘은 공자와 맹자의 어짊과 안빈낙도와 노장의 무위와 다르지 않네. 그 힘은 그 집의 주인으로 하여금 장차 병에서 일어나 중생들과 더불어 살게 할 터이네."

가슴이 뜨겁게 부풀어 오른 내가 말했다.

"아, 그래서 저는 그 〈세한도〉를 보고, 시 한 편을 썼는데, 읊어

보겠습니다. 나무/천축국의 왕자는/푸른 우듬지를 하늘로 쳐든 나무를 보며/'나무南無(그곳에 이르게 해주십시오)'라고 말했지만/ 나는 그곳에 이르려면 '나무我无(나 없음)'가 선행되어야 한다고 말한다/어디에 이르게 해달라는 나무인가/그곳은 내가 나를 텅 비운 채 돌아갈/태허, 그 푸른 하늘의 시공이다."

추사는 코를 찡긋했다.

나는 추사의 두 눈을 빤히 들여다보며 물었다.

"〈세한도〉에 그려진 소나무 네 그루가 사실은, 추사 선생이 유년 시절을 보내신 예산 향저 근처에 서 있던 소나무들 아닙니까?"

추사는 빙그레 웃기만 했다.

〈불이선란不二禪蘭〉에 대하여

"추사 선생의 또 하나의 명품인 〈불이선란〉에 대하여 한 말씀 해 주십시오."

"상여도 덮지 않은 한 어부의 널이 쓸쓸하게 청계산 기슭으로 가는 것을 보고 온 이튿날 나는 문득 난을 치고 싶어졌네. 하얀 종 이를 펼쳐놓고, 먹을 갈고, 붓을 들었네. 한동안 흰 종이만 들여다 보았네. 머리와 가슴속에 아무것도 담겨 있지 않고 오직 하얀 텅 빈 시공만 있었네. 그 시공은 하얗게 눈 덮인, 신들의 세상 같았네. 내가 걸어 나온 태초의 시원의 태허만 있었네. 그 속에서 난초 한 촉이 솟아 나왔네. 그것은 분명 난초인 듯싶은데 난초가 아니었어. 그 난초가 말했네. '그대는 나를 그리되 나를 그리지 말고 그대의 태허 같은 텅 빈 마음을 그리시게.' 나는 '아, 그렇다' 하고 속으로 부르짖었지. 가슴이 떨려 숨을 깊이 들이쉬고 내쉬기를 거듭했네. 점차 떨리던 가슴이 가라앉았네. 고요 속에서 붓을 들고 태허의 텅 빈 시공 속에다 마음 한 자락을 그어갔지. 마음은 오른쪽으로 뻗어 가는 숨결이었네. 그 숨결은 한 번 굽이치고 다시 굽이치고 또다시 굽이치다가 태허 속을 비수처럼 찔렀네. 다음 잎사귀는 첫 번째의 마음을 싸고돌면서 마찬가지로 세 번 굽이치며 첫 잎사귀의 모가지 근처까지 뻗어가다가 몸을 틀어 먼 데 산의 가슴을 찔렀네. 그 다음 잎사귀들은 줄줄이 굽이치며 뻗어 오르다가 땅을 향해 고개를 떨어뜨렸네. 그리고 호리호리한 꽃대 하나를 그렸지. 잎사귀들과 상반되게 왼쪽을 향해 뻗어간 꽃대 끝에 봉의 눈도 아니고 흰 코끼리의 눈도 아니고, 메뚜기의 주둥이와 활짝 편 날개 모양새도 아닌 꽃 한 송이가 향기를 토해냈네. 그것을 쳐놓고 나서 탄성을 질렀네. 내가 친 것이지만 내가 친 것이 아니었어. '신이 나의 손을 빌려 친 것이다. 신명이 난초를 쳤지만 그것은 난초가 아니고, 난초가 아닌 것도 아니다.' 그 난초는 하나의 세계를 형상화하고 있었네. 자기만 아는 어떤 속병인가를 앓고 난 듯 가냘프지만 가냘프지 않고,

외롭지만 외롭지 않고, 어떤 세계를 통달한 듯했네. 유마거사의 불가사의 해탈의 경지, 이것이 '불이선란'이네. 태허 속에서 영근, 보이지 않는 어떤 생각의 알맹이와 보람과 희한한 세계의 발견으로 인한 환희가 들끓고 있었네. 난생처음으로 무지개를 본 소년의 가슴처럼."

사랑에 대하여

"선생께서는 서얼 자식 상우를 두셨습니다. 과거시험도 치를 수 없고, 아버지를 아버지라고 부르지도 못하는 슬프고 천한 자식을 왜 두셨습니까? 당시의 양반으로서 너무 잔인한 일 아니셨습니까?"

추사는 난처해하면서도 당당하게 말했다.

"한 여인을 사랑한 결과일세."

"부인을 두고 어찌 다른 여인을 또 사랑한다는 것입니까?"

"난초꽃을 사랑하는 마음은 수선화를 사랑할 수도 있네."

"요즘 사람들이 자식 교육시키는 데에 어떤 문제가 있다고 보십니까?"

"내가 「인재설人才說」이라는 글에서 이렇게 쓴 바 있네. '모든 사람이 아이였을 적에는 대개 총명한데, 이름을 기록할 줄 알만 하면 아비와 스승이 경전의 『주석』과 과거 시험에 응시할 자들을 위하여 모아놓은 어려운 어구 풀이들만을 읽힘으로써 그 아이를 미혹시키는 바람에, 종횡무진하고 끝없이 광대한 고인들의 글을 읽지 못하고 혼탁한 흙먼지를 퍼먹음으로써 다시는 그 머리가 맑아질 수 없게 되는 것이다.' 이것은 글로벌 세상 속에서 우리 후세들의 영혼이 너무 가볍게 단세포화하는 것을 경계한 것이네."

"아, 네, 이 시대 사람들은 오천 권 이상의 책 읽기와 벼루 열 개를 구멍 내고 붓 천 개를 몽당붓 만든 부지런을 통해 얻은 신통과 향기로움의 결과로 아름다운 추사체를 만들어낸 선생의 말씀을 명심해야 할 것 같습니다."

뜻밖에 추사가 나에게 물었다.

"자네는 이 글로벌 시대에 왜 추사에 집착하는가."

내가 얼떨결에 대답했다.

"추사와 그의 시대를 읽어보면, 아주 슬프고 절망적인 현실과 광기 어린 정글의 삶들을 만나게 됩니다. 청나라로부터 근대문명을 받아들여 개혁하려는 추사를, 지긋지긋하게 탄핵하여 죽이려 하는 세력(안동 김씨 일파)이 있습니다. 지금도 그 역사는 반복됩니다. 저는 추사와 그의 시대 이야기를 통해 그 반복되는 슬픈 일(광기 어린 정국 혹은 마녀사냥 같은 탄핵)을 나 스스로 각성하고 경계하고 싶었습니다."

흘러가는 흰 구름 한 장

추사는 시들해진 얼굴로, 마당 가장자리에 피어 있는 연보라색의 초롱꽃 한 송이를 보고 있었다. 그가 돌아가고 싶어 한다는 것을 알아차린 내가 물었다.

"여기 오신 김에 오탁악세를 살아가는 사람들에게 한 말씀을 해 주십시오."

추사는 말없이 턱으로 먼 하늘을 가리켰다. 나는 추사의 턱이 향하고 있는 하늘을 바라보았다. 그 하늘은 텅 비어 있었다. 저 하늘이 어떻다는 것인가, 하고 생각하다가, 그의 시 한 대목 '꽃의 있음을 들어 달의 없음을 증명하리'가 떠올라 앞에 앉아 있는 추사에게로 눈길을 옮겼다.

추사가 앉아 있던 평상은 비어 있었다. 어디로 가셨을까, 하고 주변을 두리번거렸지만 추사의 모습은 그 어디에도 없었다. 재빨리 하늘을 쳐다보았다. 하늘은 끝 간 데 없이 깊고 짙푸르렀다. 추사가 하늘이 되어 있었다.

격쟁擊錚: 징이나 꽹과리를 침. 원통한 일이 있는 사람이 거둥 때 임금에게 하
소연하려고 꽹과리를 쳐 하문을 기다리던 일. 신문고.

경연經筵: 어전에서 경서를 강론하게 하던 일. 또는 그 자리.

공즉시색空卽是色: 이 세상에 있는 모든 것은 실체가 없는 현상에 지나지 않지
만, 그 현상 하나하나가 그대로 실체라는 말.『반야심경』에 나오는 말.

구양순歐陽詢(557~641): 중국 당나라 서예가. 서체가 북위파北魏派의 골격을 지
니고 있으며, 가지런한 형태 속에 정신 내용을 포화상태에까지 담고 있
다는 느낌이 강하다.

국문鞠問·鞫問: 국청에서 역적 같은 중한 죄인을 신문하던 일.

국청鞫廳: 국문을 열기 위하여 설치하던 임시 관아.

굴원屈原: 초나라 정치가·시인. 중국 역사상 가장 위대한 비운의 시인.

금시조金翅鳥: 불경에 나오는 상상의 큰 새로, 매와 비슷한 머리에는 여의주가 박
혀 있으며 금빛 날개가 있는 몸은 사람을 닮고 불을 뿜는 입으로 용을 잡아
먹는다고 한다. 묘시조妙翅鳥라고도 한다.

금어金魚: 불상을 그리는 사람.

나합羅閤: 나주 기생 출신으로, 김좌근의 소실 노릇을 하면서 정권을 농락한 여
인의 별호. 그녀는 찾아오는 선비들에게 지방 관직을 팔았다. 처녀 시절
자태가 곱고 소리를 잘하고 기악에도 뛰어났다. 그녀의 집은 현 내영산
마을 건너 어장촌 근처에 있었기에 그곳에 있던 도내기샘을 이용했는데
그녀의 모습을 보고 애태우는 총각이 많았다. 그래서 "나주 영산 도내기

샘에 상추 씻는 저 큰애기, 속잎일랑 네가 먹고, 겉잎일랑 활활 씻어 나를 주소"라는 민요가 나돌 정도였다고 한다.

난정서蘭亭序: 『삼월삼일난정시서三月三日蘭亭詩序』. 353년 3월 3일에 당시의 명사 41인이 회계산 정자에 모여서 제를 올리고 술을 마시며 시를 지었는데, 문집을 만들고 왕희지가 서序를 지었다. 서에는 계절에 따라 변화하는 자연의 경치를 묘사하고 이어서 모인 사람의 감상을 적었다. 이 난정서는 서예작품에 있어서도 고금의 신품으로 칭송받아오고 있는데, 즉석 휘호 작품으로 쥐 수염 붓으로 쓴 것으로 유명한데 많은 갈지자가 나오지만 같은 형태가 없다.

대리청정代理聽政: 임금이 노환이나 병환 등으로 인해 정사를 돌보기 어려울 때 왕세자가 임금을 대신하여 정사를 돌보던 일.

돈오頓悟·점수漸修: 돈오는 '단박 깨달음'을 말하고 점수는 '점차로 깨달음'을 말한다. 돈오 이전에 점수 과정이 있어야 한다는 주장과, 돈오 후에 점수한다는 주장이 있다. 남종선 계통은 후자를 강력하게 주장, 이후의 선종은 주로 먼저 깨닫고 뒤에 닦는 입장을 취하였다. 고려시대 지눌의 '돈오점수론'도 그의 영향을 받았다.

동국진체東國眞體: 한민족의 명나라가 만주 몽골의 청나라에게 망하자, 조선의 성리학자들은 중화 문화가 단절되었다고 생각하고, 오직 세상에서 조선만이 중국 문화의 정통을 이어받고 있다고 생각했다. 그래서 미술계에서는, 겸재 정선 등의 조선에서만 볼 수 있는 그림(동국진경)이 나타나고, 서예계에서는 옥동 이서 백하 윤순에서 원교 이광사로 이어지는 조선에서만 볼 수 있는 글씨체(동국진체)가 나타났다.

마구니魔軍: 마군. 악마들의 군병. 불도를 방해하는 온갖 악한 일.

면벽참선面壁參禪: 바람벽을 향해 앉은 채 하는 참선.

모질도耄耊圖: 추사가 유배 가면서 그린 고양이 그림. 오래 살기를 축수하는 뜻을 담고 있다.

무예도보통지武藝圖譜通志: 정조 때, 왕명에 따라 무예 이십사반을 그림으로 풀어 설명한 책. 규장각 검서관 이덕무 박제가와 장용영 장교 백동수 등에게 명령하여 작업하게 하였으며 1790년(정조 14년)에 간행되었다.

무진장無盡藏: 한없이 많이 있음. 덕이 넓어 끝이 없음. 닦고 또 닦아도 다함이 없는 법의法義.

미우인米友仁: 중국 송나라 서화가. 아버지 미불을 이어 산수 화조의 화법을 배웠고, 그의 운산 화법은 '미법산수米法山水'로 정착되었다. 미점米點을 써서 변환 출몰하는 안개와, 그로 말미암아 생기는 산이나 나무의 아련한 형태를 묘사하였다. 아버지를 대미大米, 그를 소미小米라고 하였다.

백파긍선白坡亘璇(1767~1852): 조선 후기 승려. 구암사에서 선강법회를 열어 선문 중흥의 종주가 되었다. 설파 설봉 문하에서 불도를 닦았다. 추사와 선禪에 대한 논전을 했다. 선운사에는 추사가 쓴 비가 남아 있다. 저서 『정혜결사문』『선문수경』 등이 있다.

범패梵唄: 석가여래의 공덕을 찬미하는 노래.

북학北學: 영·정조 대 이후 청나라의 학술과 문물을 배우려 한 조선 학자들의 학문적 경향. 1778년 박제가가 중국의 문물을 배울 것을 주장한 자신의 저서 제목을 『북학의』라 이름 한 이후, '북학'은 청에 남아 있는 중국의 선진문물을 배운다는 의미로 널리 사용된다. 인조 대에 병자호란의 치욕을 당한 이후 조선에서는 오랑캐 청에 대해 복수하고자 '북벌'을 주장하고 청의 문물을 배척하였으나 영·정조 대 일부 학자들은 조선 문화의 후진성을 자각하고, 청의 문물이 바로 선진 중국 문화임을 인정하여 그를 받아들이자는 북학의 주장을 폄으로써 커다란 사상적 전환을 모색하였다. 이는 홍대용 박지원 박제가 이덕무 이서구 등의 학자들이 국제질서와 조선 사회 내부의 변화에 부응하여 민생을 이롭게 하는 이용후생의 실용적 학풍을 추구하였던 결과였다.

불이선不二禪: 상대 차별을 없애고, 절대 차별 없는 이치를 나타내는 선. 선과

악이 둘이 아니고, 떠남과 머물음이 둘이 아니고, 삶과 죽음이 둘이 아니다. 주인과 손님이 둘이 아니고, 대상과 내가 둘이 아니다.

비천녀飛天女: 욕계육천에 사는 여인. 부처님을 위하여 공후인을 켜기도 하고, 차를 나르기도 하는 천사.

사도세자思悼世子(1735~1762): 영조의 둘째 아들. 이복형 효장세자가 요절하자 세자에 책봉되었다. 1749년 영조의 명을 받고 15세에 대리기무를 보았다. 1762년 김한구와 그의 일파인 홍계희 윤급 등은 세자의 장인 영의정 홍봉한이 크게 세력을 떨치자, 홍봉한 일파를 몰아내고 세자를 폐위시키고자 윤급의 종 나경언을 시켜 세자의 비행 십여 가지를 들어 상변하게 하였다. 이에 영조는 대로하여 나경언을 참형하고, 세자에게 마침내 자결을 명령하였으나, 이를 듣지 않자 뒤주 속에 가둬 죽게 하였다. 정조가 불행하게 죽은 그의 아버지를 기린 여러 행적은 유명하다.

색즉시공色卽是空: 색色이란 유형의 만물을 말하며, 이 만물은 모두 일시적인 모습일 뿐 그 실체는 실유의 것이 아니므로 텅 빔이라는 말. 『반야심경』에 나오는 말.

서권기書卷氣: 책을 많이 읽음으로써 마음에 생기는 드높으면서도 그윽한 영감.

석묵서루石墨書樓: 추사가 청나라 연경에 갔을 때 옹방강과 만났던 서재 이름이다. 추사는 이십 대, 옹방강은 칠십 대였는데 추사의 비범한 재능을 한눈에 알아본 옹방강이 십년지기처럼 추사를 대했던 일로 유명하다. 옹방강이 경학과 금석학을 연구하던 누각으로 수십만 권의 자료가 있었다.

세한도歲寒圖: 국보 제180호. 추사가 제주도에서 유배생활을 할 때, 북경에서 귀한 책을 구해다준 제자 이상적의 인품을 송백의 지조에 비유하며 그 답례로 그려준 그림이다.

세신世臣: 대대로 한 가문이나 왕가를 섬기는 신하. '세록지신世祿之臣'의 준말.

세혐世嫌: 두 집안 사이에 대대로 지녀 내려오는 원한과 미움.

소동파蘇東坡(1036~1101): 호 동파거사東坡居士, 이름 식軾. 송나라 제1의 시인
　　이며, 문장에 있어서도 당송팔대가의 한 사람. 천성이 자유인이었으므로
　　기질적으로도 신법을 싫어하였다. 중국 최남단의 하이난 섬으로 유배되
　　었다. 당시가 서정적인 데 대하여 그의 시는 철학적 요소가 짙었고 새로
　　운 시경을 개척하였다. 대표작인 「적벽부」는 불후의 명작. 중국과 조선
　　의 많은 사람들이 추앙하는 인물이다.

소동파입극도蘇東坡笠屐圖: 혜호가 소동파의 유배 시절 모습을 그린 그림. 도포
　　에 삿갓에 나막신을 신고 있다. 소치 허유가 그 그림과 비슷하게 그린 추
　　사의 입극도가 전해지고 있다.

송명이학宋明理學: 송명이학은 한대 경학을 계승한 기초 위에서 불교학과 도가
　　사상을 흡수하여 형성된 하나의 새로운 유학체계이다. 그것은 '이理(천
　　리)'를 근본으로 하기 때문에 이학이라 일컫는다. 송명이학의 대표적인
　　인물은 송대의 정씨 형제, 주희와 명대의 왕양명 등이다.

숭정금실崇禎琴室: 한양 교동 월성위궁에 있었던 추사의 서재.

시강侍講: 왕이나 세자 앞에서 학문을 강의하던 일. 또는 그 사람. 경연원 홍문
　　관의 한 벼슬.

시강원侍講院: 세자시강원 왕태자시강원 황태자시강원의 통칭.

시경詩境: 추사의 가문에서 세운 절. 충청남도 예산의 화암사 경내 병풍바위에
　　새겨진 글씨. 중국의 한 벼슬아치가 부임하는 곳마다 그 글씨를 바위에
　　새겼으므로 그것을 본떠 새긴 것.

실사구시實事求是: 사실에 입각하여 진리를 탐구하려는 태도. 눈으로 보고 귀로
　　듣고 손으로 만져보는 것과 같은 실험과 연구를 거쳐 아무도 부정할 수
　　없는 객관적 사실을 통하여 정확한 판단과 해답을 얻고자 하는 것이 실
　　사구시이다. 『후한서』에 나오는 "수학호고 실사구시修學好古實事求是"
　　에서 비롯된 말로 청나라 초기에 고증학을 표방하는 학자들이 공리공론

만을 일삼는 송명이학을 배격하여 내세운 표어이다. 추사는 실사구시의 방법론과 실천을 역설하였다.

심우도尋牛圖: 본래 중국 도교의 〈팔우도八牛圖〉에서 유래된 것으로 12세기 중엽 송나라 때 확암선사가 두 장면을 추가하여 〈십우도十牛圖〉를 그렸다. 도교의 〈팔우도〉는 무無에서 그림이 끝나므로 진정한 진리라고 보기 어렵다고 생각하고 이 그림을 그렸다고 한다. 모두 열 개의 장면으로 구성되어 있는데 소 찾아가기는 인간의 본성 찾아가기에, 동자나 스님은 불도의 수행자에 비유된다. 중국에서는 소 대신 말을 등장시킨 시마도가, 티베트에서는 코끼리를 등장시킨 시상도가 전해진다. 한국의 절 뒤란 바람벽에 그려져 있다.

액속掖屬: 액정서에 속하여 궁중의 궂은일을 맡아 하던 사람.

여래선如來禪: 『능가경』『반야경』 등의 여래의 교설에 따라 깨닫는 선. 마음이 곧 부처라는 경지로 의리의 격을 벗어난다는 뜻에서 격외선이라고도 한다. 선가의 깨침으로써 여래의 만법을 한 번에 밝히는 경지와 같다는 점에서 교학의 흔적이 있기 때문에 여래선이라 한다.

여항閭巷: 여염. 백성의 집이 모여 있는 곳.

연비燃臂: 자화煮火라고도 한다. 스님들이 수행 과정에서 촛물 먹인 실오라기에 불을 붙여 팔뚝의 살갗을 지짐으로써 순간적인 아픔으로 깨달음을 얻으려는 의식.

연운煙雲: 구름처럼 피어나는 연기. 산수화에서 안개 같은 구름, 구름 같은 안개.

영녕전永寧殿: 조선조 임금 왕비로서 종묘에 모실 수 없는 분의 신위를 봉안하던 곳. 종묘 안에 있는 사당으로 태조의 4대조 및 그 비, 대 끊어진 임금과 그 비를 모심. 종묘와는 달리 일 년에 두 번 대관을 보내 간소하게 제사 지내고 공상에도 차별이 있음.

오규일吳圭一: 추사의 제자로 조선조 서각의 일인자.

오온五蘊의 공空: 오온은 색色 수受 상想 행行 식識으로 다섯 가지이다. 현상세계 전체를 의미하는 말로 통용되었다. '색'은 육체, '수'는 감각, '상'은 심상, '행'은 의지, '식'은 인식 판단. 그것들이 다 실체가 없다는 것이 '공'이다.

옹방강翁方綱(1733~1818): 중국 청나라 법첩학의 4대가로 꼽히는 금석학, 비판, 법첩학에 통달한 학자 겸 서예가. 호는 담계이고, 추사의 스승이다.

완원阮元: 호 운대. 중국 청나라 여러 학자의 경학에 관한 저술을 집대성하여 『황청경해』를 편찬하고 청 고증학을 집대성. 추사가 완당이란 호를 쓰기 시작한 것은 완원과 만난 뒤부터이다.

왕희지王羲之(307~365): 중국 서예가. 중국 고금의 첫째가는 글씨의 성인으로 존경받고 있다. 해서 행서 초서의 각 서체를 완성함으로써 예술로서의 서예의 지위를 확립하였다. 예서를 잘 썼고, 당시 아직 성숙하지 못하였던 해 행 초의 3체를 예술적인 서체로 완성한 공적이 있으며, 현재 그의 필적이라 전해지는 것도 모두 해 행 초의 3체에 한정되어 있다. 오늘날 전하여오는 필적만 보아도 그의 서풍은 전아하고 힘차며, 귀족적인 기품이 높다. 별칭 왕우군.

유리창琉璃廠: 중국 베이징에 있는 문화의 거리. 청나라 북경 외성의 유리 공장 일대가 점차 번성하여 고서적, 골동품, 탁본한 글자와 그림, 문방사우 등을 중개 판매하는 특색 있는 상점 거리가 형성되었으며, 상인 관리 학자 서생 등이 끊이지 않는 문화의 거리로 명성이 자자했던 곳이다. 조선조 선비들은 이곳에서 서적을 구입해왔다.

월성위궁月城尉宮: 추사의 증조 김한신(영조의 사위)에게 주어진 작호이자 김한신 부부가 살던 집의 이름이다.

유마거사維摩居士: 대승불교 경전인 『유마경』 속의 주인공. '중생이 앓고 있는데 불보살이 앓지 않을 수 있느냐'고 칭병하고 누운 채 여러 깨달은 자들의 문병을 받고 불가사의 해탈, 불이법 등을 설법한다.

의리선義理禪: 중생은 상에 집착하여 생사에 빠져 교화하기가 어려우므로, 불조들이 방편이 없는 가운데 방편을 베풀어 깨쳐 닦아 성불하는 법을 가르치는데, 불성은 못 보고 다만 깨쳐 닦는 허수아비만 아는 경지를 의리선이라 한다.

입춘첩立春帖: 이십사절기의 첫째 절기를 맞아 대문에다 붙이는 글씨. '立春大吉(입춘대길)' '建陽多慶(건양다경)' 등

저수량褚遂良(596~658): 중국 당나라 서예가. 우세남 구양순과 아울러 초당 3대가로 불린다. 왕희지의 필적 수집 사업에서는 태종의 측근으로 그 감정을 맡아보면서 그 진위를 판별하는 데 착오가 없었다고 한다. 왕희지의 서풍을 터득하여 대성하였다. 아름답고 화려한 가운데에도 용필에 힘찬 기세와 변화를 간직하였다.

절차고折釵股: 굽어진 획을 그을 때, 붓을 바르게 세워 둥글게 비틀어 비녀 모양새로 돌리는 것을 말한다.

정재呈才: 대궐 안 잔치에 벌이던 춤과 노래.

조맹부趙孟頫(1254~1322): 중국 원나라 화가 겸 서예가. 서예에서 왕희지의 전형에 복귀할 것을 주장하고, 그림에서는 당 북송의 화풍으로 되돌아갈 것을 주장하였다. 해서 행서 초서의 품격이 높았으며, 당시 복고주의의 지도적 입장에 있었다.

조사선祖師禪: 달마의 정전正傳인 석가의 마음을 마음으로 아는 참된 선을 말한다.

조천朝遷: 종묘의 본전 안의 위패를 영녕전으로 옮겨 모시던 일.

조희룡趙熙龍(1789~1866): 추사의 제자. 조선의 여항 화가. 매화를 잘 그렸다. 추사가 북청으로 유배될 때 섬으로 유배되었다.

주련柱聯: 기둥이나 벽에 세로로 써 붙이는 글씨.

지령음地靈音: 토지의 정령. 또는 땅의 신령스러운 기운으로 인한 소리.

진망塵妄: 버려야 할 탐욕이나 헛된 망상.

진체晉體: 중국 진나라의 명필 왕희지의 필체. 우군체.

진체眞諦: 변하지 않는 진리.

천주경天主經: 중국을 거쳐 들어온 한자로 된 기독교 성경

천주실의天主實義: 천주교 교리. 이탈리아 신부 마테오 리치 저술.

천축고선생댁天竺古先生宅: '석가모니 부처님의 집'이라는 뜻으로. 추사가 예산 화암사 병풍바위에 새겼다.

천파성天破星: 사주에서 천파성이 들어 있으면. 모험 정신 도전 정신이 있다고 본다. 관상에서는 아랫입술로 윗입술을 누르는 버릇이 있는 사람도 천파 성이 들어 있다고 본다.

초립동초笠童: 초립을 쓴 어린 남자.

칠극七克: 천주교 신앙자로서 극복해야 할 일곱 가지를 서술한 책. 일종의 교리 서. 판토하 신부 지음.

자제군관子弟軍官: 청나라 사은사와 동지부사가 대동하고 가는 아들이나 동생 을 말한다. 그들은 청의 선진문물을 배우러 갔다. 추사는 동지부사인 아 버지 김노경을 따라 청나라 연경에 갔다.

탁벽흔拆壁痕: 글씨에서 벽이 터지고 찢어지는 상처 같은 괴이한 자연스러운 획과 파임을 말한다.

탄핵彈劾: 죄상을 들어서 논란하여 책망함.

태극太極: 역학에서 말하는 우주 만물의 근원이 되는 본체. 하늘과 땅이 아직 나뉘기 전의 세상 만물의 원시 상태.

태허太虛: 하늘의 다른 이름. 우주의 시원.

파탈擺脫: 어떤 예절이나 구속에서 벗어남.

판전板殿: 봉은사의 경판을 저장한 전각의 현판 글씨. 추사가 쓴 것으로 고졸함 이 극치에 달한 작품이다. 흔히 해서 예서 전서 행서가 융화된 것으로 최 고의 명품이라 평가한다.

해붕海鵬(?~1826): 순천 선암사에서 출가한 스님. 초의 스님과 더불어 호남 칠

고붕이다. 교와 선에 능통했다. 흑림암에서 초의와 추사가 함께 만나 그의 공空 사상에 대하여 논전을 했고, 훗날 추사가 그의 화상찬을 써주었다.

혼침昏沈: 정신이 극도로 혼미함.

화두話頭: 공안. 참선하면서 머리에 굴리는 말 아닌 말. '뜰 앞에 잣나무' '달마가 동쪽으로 온 까닭은' '무無'등 천 오백여 개가 있다고 한다.

황산곡집黃山谷集: 중국 송나라의 대문호인 소동파와 병칭되는 산곡 황정견의 시집으로 한국 강서시파의 교본이었으므로 널리 유행되었다.

황청경해皇淸經解: 청나라 고전 연구 총서. 천 사백 권. 완원이 그의 문인 엄걸 등에게 편집하게 하여 1829년에 편찬하였다.

효제자孝.悌. 慈: 다산 정약용은 그의 『대학공의』에서 공자의 어짊仁을 효제자라고 말했다. 윗사람을 받들고 아랫사람을 사랑하고 못사는 사람을 가엾어 하는 마음.

훈고학訓詁學: 언어를 연구함으로써 문장을 바르게 해석하고 고전 본래의 사상을 이해하려는 학문. 중국의 경서 연구로부터 일어났으며, 좁은 의미로는 한 당 청의 훈고학을 일컫는다. '훈訓'은 언어를, '고詁'는 옛 언어를 말한다.

1786년(정조 10년) 출생

6월 3일 충청도 예산(신암면 용궁리) 향저에서 김노경과 부인 유씨 사이에
서 장남으로 출생. 자는 원춘, 호는 완당 추사 노과 승련노인 등 다수.
첫째 부인 한산 이씨 출생. 나주(지금의 무안)의 삼향에서 초의 스님(장차 추사
와 백년지기가 됨) 출생. 경기도에서 정약용 둘째 아들 학유 출생(정학유 정학연
형제와 추사 형제는 친분이 두터웠음).

1788년(정조 12년) 3세

동생 명희 출생. 둘째 부인 예안 이씨 출생.

1791년(정조 15년) 6세

한양 교동의 월성위궁(영조 임금의 사위인. 추사의 증조 김한신에게 주어진 월성위라
는 작위)의 큰아버지 김노영에게 양자로 입적. 『북학의』를 저술한 박제가,
김노영에게 '내가 어린 추사를 가르쳐 성공시키겠다' 하고 말함(박제가와
의 인연으로 추사는 북학에 눈을 뜨게 됨).

1792년(정조 16년) 7세

입춘첩立春大吉 建陽多慶을 대문에 써 붙였는데, 채제공이 지나가다가
보고 들어와서 '글씨로 장차 큰 이름을 드날릴 것'을 예언.

1794년(정조 18년) 9세

둘째 동생 상희 출생.

1797년(정조 21년) 12세

양아버지 김노영 돌아가심.

1800년(정조 24년) 15세

박제가에게서 가르침을 받음. 6월 28일 정조 임금 돌아가심(독살되었다는 설이 있었음). 순조 임금 어린 나이로 즉위. 대왕대비 정순왕후 수렴청정 시작. (정순왕후는 영조 임금이 늘그막에 얻은 둘째 왕비로 사도세자, 정조와 갈등 대립을 한 왕비이다. 정순왕후는 추사의 할아버지와 십촌이다. 그러므로 추사의 집안은 영조 임금과 안팎으로 친척이 되는 것이다.)

1801년(순조 1년) 16세

2월 박제가, 중국 청나라 연경(지금의 북경)에 들어감. 26일 신유사옥(천주교 사건)으로 정약용 정약전, 강진과 흑산도로 유배(정약용의 둘째 형인 정약종은 한강변 절두산에서 목 잘려 죽임을 당했음). 8월 31일 어머니 유씨 돌아가심. 9월 16일 박제가, 신유사옥에 연루되어 함경도 종성으로 유배(천주교 신자는 아니지만, 중국에 드나들면서 천주교의 서적을 들여온 혐의 때문인 듯).

1802년(순조 2년) 17세

9월 6일 안동 김씨 김조순의 딸이 순조의 비가 됨. 김조순은 돌아가신 정조 임금의 신임을 한 몸에 받은 신하로, 안동 김씨 장기 세도 집권의 싹이 틈.

1804년(순조 4년) 19세

1월 10일 정순왕후 김씨 수렴청정이 끝남. 2월 24일 박제가 유배에서 풀려남.

1805년(순조 5년) 20세

1월 20일 정순왕후 김씨 돌아가심. 상례에 추사의 아버지 김노경이 종척 집사로 임명. 10월 13일 아버지 김노경 문과급제.

1806년(순조 6년) 21세

2월 12일 추사의 본부인 한산 이씨 돌아가심.

1809년(순조 9년) 24세

생원시 입격. 9월 30일 김노경 호조참판. 김노경, 동지 겸 사은부사가 되어 중국 연경에 감. 추사는 자제군관의 자격으로 연경에 아버지를 따라

가서 당시 청나라에 들어와 있는 근대문물을 대하고 눈이 크게 뜨임. 중국의 대학자인 옹방강과 완원 등을 만나 스승으로 모심. 후에 또 하나의 호를 '완당'으로 지은 것은 스승 '완원'과의 인연으로 말미암음.

효명(덕인)세자 출생. (효명세자는 순조의 왕자로 영명하여 장차 19세부터 대리청정을 하는데, 할아버지 정조가 못다 한 개혁을 위해 분투하다가 22세에 요절한다. 추사와 그의 형제들은 효명세자와 아주 가까웠다. 그러므로 효명세자가 돌아가신 뒤 추사의 가족은 안동 김씨 일파들에 의해서 곤경에 처하게 된다.) 소치 허유 출생.

1810년(순조 10년) 25세

2월 1일 완원 등 중국의 여러 학자 문인들이 송별연을 베풀어줌. 3월 17일 환국.

1811년(순조 11년) 26세

김노경 예조참판.

1812년(순조 12년) 27세

옹방강이 '시암詩盦' 편액 보내옴.

1813년(순조 13년) 28세

권돈인 문과급제.

1815년(순조 15년) 30세

김우명 문과급제. (추사가 장차 충청우도 암행어사로 나가 비인현감인 김우명을 봉고파직시키는 악연을 맺게 된다. 또 장차 김우명은 추사의 아버지 김노경을 탄핵하게 된다.)

1816년(순조 16년) 31세

7월 김경연과 함께 북한산 등정하여 무학대사비로 알려진 것이 사실은 진흥왕순수비라고 증명함. 『실사구시설』 집필. 김노경 경상감사.

1817년(순조 17년) 32세

6월 8일 조인영과 더불어 북한산 진흥왕순수비 재방문. 서얼 자식인 상우 출생.

1818년(순조 18년) 33세

1월 27일 옹방강 돌아가심. 8월 18일 정약용 강진에서 해배. 12월 16일 김노경 병조참판. 12월 27일 김노경 예문관 제학.

1819년(순조 19년) 34세

1월 25일 김노경 공조판서. 3월 29일 김노경 예조판서. 4월 25일 추사, 벗 조인영과 함께 문과급제. 윤4월 1일 순조가 문과급제 축하 의미로 풍류를 내려 월성위묘에 치제. 5월 20일 김노경, 효명세자 가례도감 제조로 임명. 8월 3일 장차 추사의 양자가 될 상무 출생. 8월 10일 효명세자빈 간택. (조인영의 형인 조만영의 딸로, 이 세자빈 조씨가 장차 철종이 돌아가시자 왕대비로서 흥선대원군과 합심하여 고종을 왕위에 오르게 하고 안동 김씨의 세도를 마감하게 한다.) 동생 상희의 아들 상준 출생.

1820년(순조 20년) 35세

9월 5일 김노경 홍문관 제학. 10월 12일 김노경 우빈객 임명. 10월 19일 추사 한림소시 입격. 흥선대원군 출생.

1821년(순조 21년) 36세

6월 4일 김노경 이조판서.

1822년(순조 22년) 37세

1월 17일 김노경 대사헌. 2월 10일 김노경 형조판서. 권돈인 전라우도 암행어사.

1823년(순조 23년) 38세

3월 20일 김노경 이조판서. 4월 28일 신위 병조참판. 8월 5일 추사 규장각 대교. 8월 14일 김노경 공조판서.

1824년(순조 24년) 39세

3월 1일 김노경 한성판윤. 12월 10일 김노경 형조판서.

1825년(순조 25년) 40세

1월 22일 김노경 대사헌. 2월 8일 김노경 예조판서. 3월 21일 조인영 성균관 대사성. 김노경 홍문관 제학. 7월 27일 김노경 병조판서.

1826년(순조 26년) 41세

6월 23일 김노경 판의금부사. 6월 25일 추사 충청우도 암행어사. 6월 25
일 추사, 비인현감 김우명을 봉고파직시킴. 김노경 회갑.

1827년(순조 27년) 42세

1월 4일 김노경 병조판서. 효명세자 대리청정 시작. 2월 20일 김노경 판
의금부사. 5월 17일 추사 의정부 검상. 10월 4일 추사 예조참의. 12월 22
일 조인영 예조참판.

1828년(순조 28년) 43세

7월 2일 김노경 평안감사.

1829년(순조 29년) 44세

1월 13일 조인영 전라감사. 추사 시강원 보덕 재직.

1830년(순조 30년) 45세

5월 6일 대리청정하면서 안동 김씨 일파를 억누르던 효명세자 갑자기 돌
아가심. (효명세자는 헌종 임금의 아버지로서 익종으로 추증된다.) 8월 27일 부사
과의 김우명, 대리청정 때에 권신 김노에게 아부했다는 이유로 김노경을
탄핵 상소. 8월 28일 윤상도 옥사. 10월 2일 김노경 고금도로 유배.

1832년(순조 32년) 47세

4월 3일 순조의 장인 김조순 돌아가심. 2월 26일, 9월 10일 추사, 아버지
김노경의 억울함을 격쟁. 10월 25일 권돈인 함경감사.

1833년(순조 33년) 48세

9월 13일 김노경 방송.

1834년(순조 34년) 49세

8월 24일 권돈인 함경감사, 조인영 공조판서. 11월 13일 순조 돌아가심.
헌종 즉위. 순원왕후 김씨(안동 김씨 일파의 수장인 김조순의 딸이자 김좌근의 누
님) 수렴청정 시작.

1835년(헌종 1년) 50세

1월 5일 조인영 이조판서. 7월 19일 김노경 판의금부사.

1836년(헌종 2년) 51세

2월 23일 정약용 돌아가심. 4월 6일 추사 성균관 대사간. 4월 18일 조인영 예조판서. 7월 9일 추사 병조참판. 11월 8일 추사 성균관 대사성.

1837년(헌종 3년) 52세

3월 18일 헌종 임금 가례. 3월 30일 김노경 돌아가심. 7월 4일 권돈인 병조판서.

1838년(헌종 4년) 53세

5월 25일 추사 형조참판. 6월 17일 김우명 대사간. 7월 16일 권돈인 이조판서. 10월 21일 조인영 우의정.

1840년(헌종 5년) 54세

6월 추사, 중국 연경에 갈 동지부사. 6월 30일 김홍근 대사헌. 7월 4일 권돈인 형조판서. 7월 10일 김홍근이 윤상도 옥사 재론하고, 이미 돌아가신 김노경을 탄핵. 7월 11일 추사와 김명희 김상희까지 거론하여 탄핵. 7월 12일 김노경 삭탈관직. 8월 11일 윤상도 부자 능지처참. 8월 20일 추사 나포. 8월 27일 윤상도를 사주한 김양순 장살. 9월 2일 추사, 권돈인과 조인영의 구제로 말미암아 죽음을 면하고 제주도 위리안치(집 주위에 가시울타리를 둘러치는) 유배 명령을 받음. 유배 도중에 남원에서 권돈인에게 주는 〈기로도〉 그림. 12월 25일 순원왕후 수렴청정 끝남.

1841년(헌종 7년) 56세

1월 16일 권돈인 이조판서. 4월 23일 조인영 영의정. 2월과 6월 8일 소치 허유, 제주도 추사를 뵙고 감.

1842년(헌종 8년) 57세

11월 11일 권돈인 우의정. 11월 13일 추사의 둘째 부인 예안 이씨 돌아가심.

1843년(헌종 9년) 58세

7월 중 소치 허유, 제주도 추사를 뵙고 감. 8월 25일 헌종의 왕비(안동 김씨 김조근의 딸) 돌아가심. 10월 26일 권돈인 좌의정, 김도희 우의정. 추사, 전라북도 영구암에 주석해 있는 백파 스님과 불교의 선禪 등 여러 문제에 대하여 논쟁.

1844년(헌종 10년) 59세

봄 추사, 수사 신관호에 소치 허유를 소개. 9월 10일 헌종의 왕비 책봉. 추사 〈세한도〉를 그림.

1845년(헌종 11년) 60세

1월 11일 권돈인 영의정.

1846년(헌종 12년) 61세

6월 3일 추사 회갑. 화암사의 상량문과 '无量壽閣(무량수각)' 현판 제작. 화암사 중수.

1848년(헌종 14년) 63세

1월 1일 대왕대비 육순. 12월 6일 추사 풀려남.

1849년(헌종 15년) 64세

추사, 한양으로 돌아옴. 6월 6일 헌종 임금 돌아가심. 권돈인 원상 임명. 안동 김씨 일파, 강화도령 원범을 철종 임금으로 추대. 순원왕후 수렴청정. 7월 23일 신관호, 사사로이 헌종 임금에게 의원을 데리고 가 약 처방을 한 죄로 유배.

1850년(철종 1년) 65세

12월 6일 조인영 돌아가심.

1851년(철종 2년) 66세

7월 12일 홍문관 교리 김회명, 영의정 권돈인이 진종(진종은 사도세자의 형으로, 정조의 양아버지이므로 진종으로 추대되었음) 조천 반대함에 대하여 탄핵 상소. 권돈인 유배. 7월 23일 추사, 진종 조천 반대를 권돈인에게 발설

사주한 자로 지목되어 함경도 북청으로 유배. 윤8월 24일 철종의 왕비 책봉. 9월 16일 윤정현, 함경감사로 가서 유배된 추사를 돌보아줌. 10월 12일 권돈인 순흥 유배. 12월 26일 대왕대비 수렴청정 끝남.

1852년(철종 3년) 67세

8월 14일 권돈인과 추사 방송. 추사, 과천의 초당에 은거.

1853년(철종 4년) 68세

12월 29일 윤정현 이조판서.

1855년(철종 6년) 70세

봄 소치, 과천 추사를 뵙고 감.

1856년(철종 7년) 71세

봉은사 초가에서 부처님께 귀의. 주지 영기 스님이 지은 경판각을 저장하는 전각인 '板殿(판전)'의 명필 현판을 쓰고, 10월 10일 추사 돌아가심.

* 이상의 기록은 『추사집』을 참조함.

참고 문헌

『5백년 내력의 명문가 이야기』   조용헌 | 푸른역사

『고문진보』   황견 엮음 | 최인욱 옮김 | 을유문화사

『관안官案』   한국도서관학연구회

『굴원』   하정옥 엮음 | 태종출판사

『궁핍한 날의 벗』   박제가 | 안대회 옮김 | 태학사

『금강경대강좌』   이청담 | 보성문화사

『김정희』   유홍준 | 학고재

『노자·장자』   노자, 장자 | 장기근, 이석호 옮김 | 삼성출판사

『논어·중용』   주희 | 한상갑 옮김 | 삼성출판사

『다산 시선』   정약용 | 송재소 옮김 | 창비

『다인초의선사유묵』   백선문화사 편집부 엮음 | 백선문화사

『동의보감』   허준 | 법인문화사

『무문관』   무문혜개 | 이희익 옮김 | 기린원

『박제가와 젊은 그들』   박성순 | 고즈윈

『북학의』   박제가 | 안대회 옮김 | 돌베개

『서법대관』   축민신 엮음 | 이봉준 옮김 | 이화문화출판사

『소동파 선을 말하다』   스야후이 | 장연 옮김 | 김영사

『소치실록』   허유 | 남농기념관

『소치 허련』   김상엽 | 학연문화사

『신증 동국여지승람』   민족문화추진회 | 경인문화사

『완당선생 화란책』(도록)	백선문화사
『완당전집』	김정희 │ 민족문화추진회 엮음 │ 솔출판사
『완당평전』	유홍준 │ 학고재
『원각경강의』	신소천 옮김 │ 법보원
『원교 서예의 형성과 전개』	임창순, 최완수 외 옮김 │ 동아일보사
『원교와 창암 글씨에 미치다』	최준호 │ 한얼미디어
『원교 이광사의 서결』	김남형 옮김 │ 한국서예협회
『유마경』	한정섭 옮김 │ 법륜사
『조선왕조실록』	국사편찬위원회
『조선의 화가 조희룡』	이성혜 │ 한길아트
『주역』	남만성 옮김 │ 현암사
『초의 다선집』	초의 │ 통광 옮김 │ 불광출판사
『초의선집』	초의 │ 임종욱 옮김 │ 동문선
『추사 글씨 귀향전』(도록)	과천문화원
『추사 김정희의 또 다른 얼굴』	후지쓰카 지카시 │ 박희영 옮김 │ 아카데미하우스
『추사명품첩 별집』	김정희 │ 최완수 옮김 │ 지식산업사
『추사와 그의 시대』	정병삼 외 │ 돌베개
『추사의 작은 글씨전』(도록)	과천문화원
『추사의 주련집』	추사고택
『추사집』	김정희 │ 최완수 옮김 │ 현암사
『택리지』	이중환 │ 허경진 옮김 │ 한양출판
『한국불교전서』	동국대학교 출판부
『한국의 실학사상』	유형원 외 │ 강만길 외 옮김 │ 삼성출판사
『화엄경』	법정 옮김 │ 동국역경원

『과천문화』	과천문화원, 10호.
『추사연구』	과천문화원, 창간호, 2호.
「추사명품」	『간송문화』, 한국민족미술연구소, 65호.
「추사묵연」	『간송문화』, 한국민족미술연구소, 24호.
「추사서파」	『간송문화』, 한국민족미술연구소, 19호.
「추사와 그 학파」	『간송문화』, 한국민족미술연구소, 60호.
「추사 통해 본 한중 묵연」	『간송문화』, 한국민족미술연구소, 48호.
「동국진체의 완성과 완도」	김종주 논문
「안반수의安般守意의 행법 연구」	한주영 논문
「원교와 문학과 인간애」	정양완 논문
「원교의 생애와 예술」	이완우 논문
「원교의 학술 사상」	심경호 논문
「창암 이삼만의 서결」	김진돈 논문
「추사 김정희가의 가화와 윤상도 옥사」	안외순 논문
「추사 김정희의 불교의식과 예술관」	선주선 논문
「추사의 선학변」	김약슬 논문
「추사체의 첩비帖碑 혼용의 경계」	이동국 논문
「침계 윤정현의 문학활동」	김용태 논문

추사2

초 판 1쇄 발행 2007년 8월 27일
개정판 1쇄 인쇄 2023년 1월 16일
개정판 1쇄 발행 2023년 1월 31일

지은이 한승원
펴낸이 정중모
펴낸곳 도서출판 열림원

출판등록 1980년 5월 19일(제406-2000-000204호)
주소 경기도 파주시 회동길 152
전화 031-955-0700
팩스 031-955-0661
홈페이지 www.yolimwon.com
이메일 editor@yolimwon.com

페이스북 /yolimwon
트위터 @yolimwon
인스타그램 @yolimwon

주간 김현정
책임편집 최연서
편집 조혜영 황우정 이서영 김민지
디자인 강희철

마케팅 홍보 김선규 최가인
온라인사업 서명희
제작 관리 윤준수 이원희 고은정 원보람

ⓒ 한승원, 2023

ISBN 979-11-7040-159-9 04810
      979-11-7040-156-8 (세트)